JN034555
人間五十年
天才少女、
桜小路シエルは
異世界が
描けない
春日みかげ
illust. Rosuuri

ええっ⁉
保父星レナ
新人編集者。
シエルの従兄。
女子っぽい名前が
コンプレックス。

うあああああ！
ダメだダメだダメだ。
プロットも思い浮かばないが、
キャラクターラフも描けない！
人間五十年
桜小路シエル
自称天才マンガ家。
引きこもりで、超偏食。
服はいつも格言入りの
Tシャツ。

は、はぁ。
ウマレタトキハチガエドモ～？
スモール
異世界に住む、エルフ。
男性が、苦手。
普段は大人しい
女の子だが……？

我ら天に誓う！
生まれたときは違えども、
死すべき時は同じ日同じ時を願わん！
よかったな、シエル。付き合ってもらえて
虎穴に入らず
虎子を得ず

いいかレナ？
あのミザールという恒星が、私だ。
会いたくなったら、
ミザールを探せばいい。

ありがとう。
東京に行っても、毎晩探すよ。

Contents

The genius girl,
Ciel Sakurakouji can't draw
another world

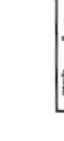

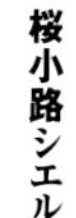

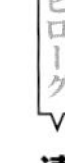

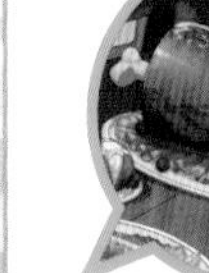
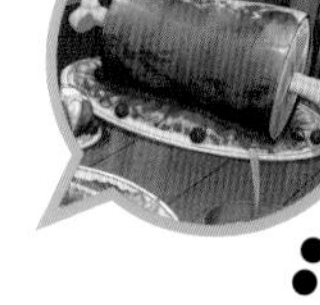

春日みかげ

illust.
Rosuuri

The genius girl,
Ciel Sakurakouji can't draw
another world

No. Title.

プロローグ 保父星レナの災難

「うわあああ!? プテラノドンだ! プテラノドンが飛んでいる! ここは群馬県か!?」

「あれはワイバーンだ。落ち着け、ヘンな踊りを踊るなシエル」

「あーあー聞こえない! もっと大きな声で喋れ、レナあああ! うわ、うわ、うわぁ」

「いや、お前がヘッドホンを外せよ?」

これでは会話にならない。突然の事態にパニクって、生まれたてのひよこのように「ぴよぴよ」と細い身体を小刻みに震わせる謎ムーブを続けるシエルの肩を、俺は背後から押さえ、頭から遮音性が高い大型ヘッドホンを外して取り上げた。

「みぎゃあああ!? なにをする? 私の聴覚は繊細なのだ、プテラノドンの鳴き声を聞いたらきっと正気を失ってしまう!」

「それはマンドラゴラな。そして、あの翼竜はワイバーンだ。異世界ファンタジーで序盤にエンカウントしがちな強キャラモンスターだ」

「愚かなことを言うなレナ。異世界など実在しない。なぜなら、異世界など実在しないからだ」

「そのシエル構文やめろ」

シエルは頑として目の前の事態を認めず、こんどは目を瞑ったが、現実は非情である。

ここは、ファンタジーマンガに出てくる架空の群馬県と見まがう、緑に覆われた秘境。

眩しい青空には、想像上のモンスター生物・ワイバーンが飛び交っている。

どうやら俺たちは、ほんとうに飛ばされてしまったらしい。

そう。「異世界」に——。

瞬間、俺の脳裏に駆け巡る焦燥感。

「まずい。夜が明けたら出社してタイムカードを押さないと給料を引かれてしまう！　こんな危険な世界に出張しているというのに」

「レナは骨の髄まで社畜だな。社畜という字は、会社の家畜と書くのだぞ。要は奴隷だ」

「ほっとけ」

俺が背後から抱きしめたので、パニックに陥っていたシエルは落ち着いたらしい。

もうプロのマンガ家だというのに、子供の頃と変わらない。まったく手がかかる奴だ。

「知っているかレナ。タイムカードという文化は古代エジプト時代に既に存在していた。当時のピラミッド建築に従事していた労働者たちは、ホワイトな職場で手厚い福利厚生を受けていたという。彼らは住み心地のいい家族住居に子供の高等教育、そして肉やビールなどの最高級の食事まで保証されていた。現代の独身男性社畜とは大違いだな。ところで」

「今はその話やめろ」

シエルは独特の喋り方をする。天使のような愛らしい声なのに、どこかロボットもしくはAIっぽい、感情がこもっていないぎこちない口調。そしてなによりも、会話中に絶対に相手の目を見ない。常に、明後日の方向を眺めながら独り言を呟くように喋る。

その上、話題が逸れる。逸れまくる。

大好物の歴史ネタを喋りはじめると、永遠に止まらない。

しかもこいつは、いったん安心するとすぐに調子に乗る。

「はっ閃いた？　エウレカ～！」

「こらこら、手をぐるぐる振り回すな！　ワイバーンを挑発してどうする」

「そうだ！　異世界が描けないなら、異世界に来ればよかったのだ！　レナ、これで問題解決だな！　現地を直接取材すれば、私にも異世界マンガが描けるぞ！」

「やっと現実を受け入れたか……いや、おかしいだろ！　なぜ召喚されたかもわからないのに、どうやって元の世界に帰るんだよ!?」

「……ふっ。天才のこの私に任せておけ。なにしろ私は、異世界に造詣が深い」

「俺が強制的に、二時間ほど異世界アニメを見せただけだろうが」

「それは違うぞレナ。異世界コミック、異世界小説の消化を含めれば三時間三十四分だ」

「どっちだって一緒だよ。この異世界素人め」

俺とシエルが異世界に召喚されてしまった原因は、八時間前に遡る――。

☆

八時間前。

自己紹介が遅れたが、俺は、大卒新人編集者の保父星玲那。

妙な名字だし、それ以上に女の子みたいな名前だが、男だ。見た目も中身も普通の社畜男子だ。髪型も普通。黒髪。ラフな格好で会社に来るのがマンガ編集者あるあるだが、俺は常にスーツとネクタイを着用して「男」アピールと「社畜」アピールを欠かさない。

とはいえ、ブラック大手出版社に入社したての一年目で、研修と現場でのサポート業務を数ヶ月こなしたばかりのド新人。

まだ見習い同然で、担当するマンガ家を割り当てられた経験はない。

そんな俺がこの日、いきなり身長2メートル体重100キロの筋骨隆々としたガタイにドレッドヘアというコワモテの編集長に呼び出された。

編集長は四十歳になったばかりの現場からの叩き上げ組で、恐ろしくエネルギッシュでワーカホリックな男だ。いつも椅子に座りながら、せかせかと貧乏揺すりを欠かさない。目つきは、朝も昼も夜もらんらんとしている。気力体力が有り余っているのだろう。

そして——とても怖い。常に命令はトップダウン。わが編集部の、専制君主である。

「新人の保父星だったな。お前、手が空いているだろう」

「はい」

超多忙な編集長との打ち合わせは、十分以内に終わるのがデフォだ。無駄口を叩いている暇はない。

「俺は忙しい、手短に用件だけを伝える。『くぅぱぁ丼』先生は知っているな」

「はい。歴史神話や古代文明を題材に、美少女ヒロインの旅行記を描くという作風の持ち主。かわいい絵柄とディープな歴史ネタの組み合わせでマニアックなファンを獲得している、わが社期待の新人若手作家です」

いつ編集長にどんな質問をされても即答できるように、この手の情報は全て押さえてある。

くぅぱぁ丼先生のデビュー作は、二年以上連載が続き、最近惜しまれつつも連載終了した「れきじょっ！」。

歴オタの女の子が、お一人様で日本や世界の古墳・城郭・戦場跡・ストーンヘンジやピラミッドなどを訪れて独自の歴史解釈・神話解釈を閃き、自分の素っ頓狂なトンデモ仮説を証明する証拠を探すために違法盗掘をしたり違法盗掘をしたり違法盗掘をしたりするという、独特の歴史旅行マンガだ。

そういえばだいたい毎回違法盗掘しているな。まあ、マンガだからいいんだが。通称・仁徳天皇陵に突撃しようとしてとっ捕まる話はギリギリだった。

だが、入社したての俺ですら「あの先生だけは担当しちゃダメだぞ」と複数の先輩から忠告されている。くぅぱぁ丼先生は恐ろしく気難しくて超面倒臭いという事故物件作家伝説が、社内に蔓延しているのだ。

「保父星。先生は感染症恐怖症で二年前から外出できなくなって取材不可能となり、やむなく『れきじょっ！』の連載を終了し、以後極度のスランプに陥った。いくら待っても、新作の企画があがってこない」

「難あり作家の扱いが得意なベテランの担当編集さんが上手くコントロールしていたのでは？」

「ああ。前の担当は今朝、『探さないでください』という書き置きを残して夜逃げした」

「ええっ⁉」

内にコワモテ編集長、外に難あり厄介作家。もしや編集者人生に疲れ果てたのか？

「そして、くぅぱぁ丼先生は面倒臭い性格なので、誰も後任を引き受けない」

「……いったいどれほど面倒臭い人なんですか……？」

「保父星。お前、今日から『くぅぱぁ丼』先生の担当をやれ」

「えっ？　『くぅぱぁ丼』先生の担当ですか⁉」

「そうだ」

「ですが俺は新人で、担当経験がなく」

「これは決定事項だ。俺の命令に背く者は許さん。倉庫番に左遷されたくなければ、イエスと応えろ。いいな？」

　編集長がまるで筋者のような鋭い眼光を飛ばしながら、圧をかけてきた。

　完全にパワハラじゃないか。今時の会社じゃないぞこのブラックさは。

　だが、この編集長に逆らえば俺の社員人生は一年目で終わる……売れっ子作家を多数輩出し、莫大な売り上げを稼ぎ出すという大正義な結果を叩き出してトップまでのし上がってきた編集長の命令は絶対。

　俺は観念した。この編集部で働く編集者たちは全員、この編集長に使役される社畜なのだ。

「……承知しました」

「グッドだー。では、本日直ちに先生とオンラインで顔通しするように」

　このご時世だし、くぅぱぁ丼先生は絶対に会社に来ないから、リモートで顔合わせということになる。だが、いきなり今日なのか？　性急すぎるだろうこの編集長。

「引き継ぎ事項は、なにかありますか？」

「ある。新作のジャンルは『異世界転生』だぞ。いいな！」

　えっ？

「異世界転生ですか？　くぅぱぁ丼先生は、歴史神話ネタしか描いた経験がないのでは？　異世界ジャンルに適性があるんですか？　商業誌で描いたことは一度もないはずです」

「知らん。うちはこれから、異世界転生で行くと決めた。時代は異世界だ、うちの編集部もこのビッグウェーブに乗るしかない。これは決定事項だ」

「そんな無茶な⁉」

「お前にとっては初耳でも、先生には一ヶ月前に伝えてある」

新作の企画があがってこない理由の一因が、俺にもわかった。

野球選手にサッカーをやれと言っているようなものだ、編集長のこの無茶振りは。

先代の担当編集者は恐らく、この独裁者編集長と変人難物作家の板挟みになって――。

しかし、先代の心配などをしている場合ではなかった。

編集長が部下を追い込む圧とスピード感は異常。

「保父星。三ヶ月後の企画会議までに、先生から第一話の原稿と三話までのネームを取れなければ、お前は首だ」

編集長は、口元にお愛想の笑みを浮かべつつも、「絶対に口答えは許さん」という鋼の意志を籠めた恐ろしい視線で俺を睨みつけていた――。

「……了解しました。異世界ものの新作原稿とネームを取ってきます」

蛇に睨まれた蛙と化したかのように、俺は唯々諾々と全てを引き受けさせられていた。

担当経験ゼロ、相手は若くして伝説クラスの厄介作家、しかも門外漢の若手作家に「異世界もの」を要求してくるコワモテ編集長。

ありとあらゆる要素が、「ミッション達成は不可能だ」と俺に告げてくるのだった。

どうすれば、いいんだ……。

☆

六時間前。

編集長からいきなり振られた、突然のくぅぱぁ丼先生とのオンラインミーティング。

会社から支給されている安物のノートパソコンは絶不調で、オンラインミーティングには使えない。ミーティングルームに据え置きされている専用のパソコンは空いてない。

なにしろ、「今すぐ先生と会え」と突然振られたのだ。

俺は、自宅アパートのデスクトップパソコンでくぅぱぁ丼先生との顔合わせを実行するべく、地下鉄に飛び乗って急いで都内下町のわが家へと急いでいた。

（まずいぞ、まずいぞ。あと一時間だ）

約束の時間が迫っている。急がなければ、初手で「遅刻」をやらかしてしまう。

くぅぱぁ丼先生は、異常に「時間」にこだわる作家で、待ち合わせ相手の一分一秒の遅れですらカウントするのだという。

数度の遅刻は許されるが、先生には「三時間三十四分」という独自のタイムリミットがあり、この持ち時間を使い切った編集者は、以後、先生とのエンカウントを一切拒絶されるのだとか。まがりなりにも連載作家が、そんな偏執的な性格でいいのだろうか。

いったいどうやってマンガ家稼業を続けていたんだ？

などと「くぅぱぁ丼先生の事故物件作家列伝」に戦々兢々としながら自宅アパート前に到着した俺を待っていた光景は――。

こんがりと焼けて廃墟と化していた、築二十年のわが1DKのアパートの成れの果てだった。

「……これは、現実なのか……⁉　よりによって今日こんなことが起こるのか⁉」

俺は、断捨離好きな草食系の男。モノを増やさない主義。もともと室内はスカスカだった。しかも、「どうせ夜戻ってきて寝るだけだ」と家賃を節約して空き巣多発地帯に住んでいたので、通帳や判子、契約書などは常にスーツケースに入れて持ち歩いているし、各種保険にも加入している。われながら無駄に用心深いな。

だから、家が焼けても社会人生活の続行は可能。少々面倒な手続きが発生しただけだ。火事の事後処理は、とりあえず保険会社に丸投げしておけばなんとかなる……と思う。

しかし――ミーティングに使うためのデスクトップパソコンが焼けてしまった！

（打ち合わせ開始まであと三十分を切った⁉　どうする、どうすればいい？　ネットカフェはこのあたりにはない。そもそも次の物件を確保するまでずっとネカフェ生活は無理だ。ただで

さえ俺はあの編集長に日夜社畜として酷使されているのに。身体が壊れる）

パソコン確保がてら会社に舞い戻って、しばらく会社に住み着くか？　それも無理だ。行政からうちの会社に最近、ブラック労働環境改善勧告だかなんだかが入って、夜22時になると全員強制的にロックアウトされるシステムにされてしまったのだ。住めない！

ならば緊急的にホテル暮らしか？　新入社員の俺にそんな金はない！

考えれば考えるほど八方塞がり。行き着く先は左遷解雇。視界が真っ暗になっていく。

そんな俺のスマホに、見知らぬSNSメッセージがいきなり飛び込んで来た。

『私がくぅぱぁ丼だ　お前が新担当だな』

メッセージの発信者は、ひよこのアイコン。

先生のほうから連絡が来ることはまずないと聞いていたのに？　俺は急いで返信した。「三時間三十四分」のタイムリミット消費を阻止できる、絶好の機会ではないか。この悲惨な状況を正直に訴えれば、あるいは先生だって多少は持っているだろう人間の情が動いて――。

『はい　先生の新担当です　今ちょっとしたトラブルに巻き込まれていまして　実は先ほど自宅アパートが火事で全焼したんです　事後処理で数日潰れますので　オンラインミーティングの開催日を延期してもらえれば――』

『ダメだ』

や、やっぱりね。絶対にいかなる理由があろうとも遅刻も延期も認めない、全て「遅刻」として扱う。それが、くぅぱぁ丼先生。編集者の天敵。一名を妖怪「時間きっちり」。

『ですがパソコンが手許にありません　オンラインミーティングは物理的に不可能です』

『じゃあ今すぐ　うちに来い　住所は○○区○○町○○マンションの666号室だ　さっさと来い　遅刻時間カウント開始まであと三十分を切ったぞ』

『えっ　ちょっと待ってください　先生のご自宅に担当編集者が入っていいんですか　今まで前例がありませんが』

くぅぱぁ丼先生は必要以上に編集者との距離を保とうとする厄介作家で、自宅どころか自宅近くの喫茶店やファミレスでの打ち合わせすら拒否するのだという。

そんな面倒な作家がなんで、顔も知らない俺をあっさり自宅に招き入れるんだ？

『あと二十七分と三十五秒だぞ　今すぐ来い　私は腹が減った　最寄り駅からマンションへ向かう途中にバーキンがある　ハンバーガーを買ってこい　ワッパーの期間限定のやつで、オーダー可能ならオールへビーだぞ　サイドメニューはオニオンリングだ　私の注文通りに差し入れをよこせば　有能と認めてしばらくうちに泊めてやる』

『あっ　泊めるって　えっ　あのっ　そのっ』

……

……

……

待てど暮らせど、レスが来ない。

俺のセイウチみたいな返事に、既読がつかない⁉

一方的に言いたいことだけ送信して、スマホを放りだしやがった⁉

待て。落ち着け。これは好機だ。ごちゃごちゃしたオーダーを出されたが、この通りに買って持ち込めば、担当との接触を嫌うくぅぱぁ丼先生のマンションに泊めてもらえるのだから。

（うん？　オールヘビー。オニオンリング。昔どこかで同じことを言われたような記憶が？）

なにか腑に落ちないが、いきなり焼け出されて貯金もない俺に選択肢はなかった。

超厄介事故物件作家のマンションへと、俺は直行していた――。

☆

五時間前。

最寄り駅に到着するなり、駅前のバーキンで先生のオーダー通りの注文をテイクアウト。ところが、期間限定バーガーが複数ある⁉　激辛、チキン、ベーコン特盛りの三種展開だと？

なんだってえっ？　これは、どれをチョイスするのが正解なんだ？

たぶん、ハズレを引いたらアウトだ。窮してSNSで先生に尋ねてみたが「食べたこともないのにわかるわけがないだろう」と、正論なのだが理不尽な反応。

いきなり俺のセンスを試してくるだとっ⁉　既にはじまっている、担当適性試験が！

こういう時は「激辛」チョイスが無難なはずだ……たぶん……甘党だったらどうしよう。期間限定激辛バーガーをゲットした俺は大急ぎで、くぅぱぁ丼先生が暮らしているマンションに。

迷路みたいに妙に複雑なマンション内部で遭難しながら、部屋の前に到着した。

そして――天岩戸が――開いた。

いったいどれほどのレベルの変人なのだろうかと怯えていた俺の前に現れた、伝説の事故物件厄介作家・くぅぱぁ丼先生は、天使のような美声の持ち主だった。

「ゴゴゴゴゴ。どうやらわれわれは運命の眠れる奴隷らしい。ようこそ、わがスタンドよ」

ただし言っている台詞は、意味不明。っていうかジオジオじゃねーか。

だがそんなことよりもなによりも――若い女性だった。男じゃなかったのか⁉

しかも。

小柄で童顔で痩せている。オーバーサイズのダボダボ白Tシャツには「敵は本能寺にあり」というおかしな書き文字。顔だけは美形。小さな頭には重量級のヘッドホン。そして、喋りながらも俺と目を合わせない。明後日の方向を見ながら喋っている。

極めつけは、ジオジオ立ちのつもりだが全然真似できていない、ヘンなポーズ。足下は生ま

敵は本能寺にあり

れたてのひよこのようにぴよぴよフラフラしている。

間違いない。

彼女は、俺の幼なじみだ。四歳下の従妹だ。

東京で会ったのは、今回がはじめてになる。

「お前、シエルじゃないか？　桜小路シエルだろ？　俺だよ。従兄の――」

「ああ、宇宙剣士レナだな」

「違う。保父星玲那だ」

なんだよ宇宙剣士って。

そうだ、俺のアイコンは素顔の写真だ。こいつ、最初から新担当が俺だと知ってたのか。

「シエル、久しぶりだな？　お前、全然変わってないな。中学生に見えるぞ」

「フッ、波紋の使い手は老化しないのだ。わが好みのハンバーガーを買って現れるとは、さすがはわが幽波紋。そうそう、初見バーガーは激辛が正解だ。辛ければ、ベースの味がハズレでも辛味に上書きされてわからんからな」

「俺はお前のスタンドじゃないからな？」

この種の突っ込み台詞を、過去に俺は何度繰り返してきたことか。

シエルがマンガ家になると言いだし、単身上京してからもう三年以上経ったのか。

変人ぶりに磨きがかかったというか、以前より悪化している。ひよこのように小刻みに震えて踊るヘンなムーヴは以前より大きくなり、マンガのオノマトペや謎の造語を口にする癖も相変わらず。

そしてなにより目立つのが、小顔のシエルには重くて辛そうな大型ヘッドホン。シエルは雑音が苦手だから遮音目的で装着しているのだが、昔はカナル型イヤホンだったぞ。

「お前、くぅぱぁ丼先生のアシスタントをやっているのか？　その……よく務まっているな」

「は？　アシスタントなどいない。私が、くぅぱぁ丼先生だ」

えっ⁉

「お前が、くぅぱぁ丼先生⁉　いったいどういうことだ？」

「忘れたのかレナ？　私は『プロマンガ家になる』と宣言しただろう？　そして、なった」

「キンクリ構文で過程を省かれても、さっぱりわからない。どうやってなったんだ？」

くぅぱぁ丼先生のデビューは約三年前。正確には二年十ヶ月前だ。マンガを描いた経験がないシエルが突然マンガ家になると言いだして上京したのが、三年三ヶ月前。

つまり、ド素人が半年足らずでプロマンガ家デビューして、そのまま二年以上連載を続けていたということになる。

有り得ない。その発想はなかった。

そもそもシエルは中学校で「奇行種ちゃん」と渾名されるほど超面倒臭い性格で——

たとえば、食べ物の好みだ。シエルは極度の偏食家で、同じものしか食べない。好物はバーキンの期間限定ワッパー、可能ならオールヘビー、サイドは必ずオニオンリング、フライドポテトは「美味しい」と言いつつなぜか避ける。

たとえば、生活のルーチンを乱されること、予定を狂わされることを忌み嫌う。故に、極端すぎる時間厳守癖の持ち主。一分でも遅刻すると激怒する。あまりにルーチンを乱す相手に対してはストレスがかかるらしく、限界が来ると唐突に人間関係をリセットする。おかげで幼なじみの俺は、子供の頃から遅刻厳禁の社畜精神を修得できたのだ。

たとえば、他人とは距離を保つ。接近されることを苦手とする。異常なレベルの潔癖症で、常にウィルスや細菌に怯えている。自宅にプラズマクラスターを十台設置したことも。そんなシエルなら、新型感染症が流行した途端に取材旅行に出られなくなったのも当然だ。

そもそも幼い頃から、シエルの趣味は「歴史・神話・古代遺跡」だった！　一度歴史ネタトークをはじめると止まらない。運動はさっぱりだし音楽も家庭科も赤点だったけれど、国語と歴史は常に満点だった。興味があるものに関してはサヴァン症候群とおぼしき天才的な記憶力と集中力を発揮するが、興味がないものは一切できない。

そういう、得意不得意が極度に隔たった凸凹能力者。協調性が絶望的に皆無。およそ今時のマンガ家になれるような性格では……待てよ？　くぅぱぁ丼先生の事故物件厄介作家伝説は全て、シエルの行動パターンの特徴と一致しているではないか⁉

そうだったのか。

美少女キャラばかり描く作風から男だと思い込んでいたけれど、シエルだったのか。

ほんとうに、夢を叶えたんだな。

「愚問だなレナ。どうやってなかったか、だと？　私が、歴史的天才☆だからだ！」

相変わらず、あらぬ方向を見つめながらシエルは胸を張り豪語していた。

だが、彼女が他ならぬ俺に語りかけてくれていることだけはわかった。

だって俺は、幼い頃から桜小路シエルと一緒に過ごしていたのだから。

第一話 桜小路シエルとの再会

The genius girl, Ciel Sakurakouji can't draw another world

従妹の桜小路シエルに懐かれたのは、俺が小学六年生の年だった。シエルは小学二年生。

シエルは親戚の間でも、ちょっと変わった子供という噂だった。

風貌は大人びていて、フランス人形のように整った綺麗な顔立ちだったのだが——。

親戚の集まりでも、家でも、学校でも、いつも本を読んでいて誰ともほとんど喋らない。

声をかければ返事はするが、相手の言葉のオウム返しだったり、素っ頓狂な歴史蘊蓄トークしかもエンドレスだったり、空気を読まない言ってはならない皮肉だったりする。

しかも人と喋っている時、相手と目線を決して合わせない。

運動はまったくダメで、鉄棒の逆上がりどころか前回りもできない。

極度の偏食家で、母親が作ったハンバーグ弁当と食パンしか食べない。

教室では授業などまったく聞いておらず、授業中はノートに風景画や建物画ばかり描いているのに、特定の分野ではテストで常に１００点を取ってしまう。

まあ当然というか、学校では虐められる。

とりわけ、教師に煙たがられた。

桜小路家は母子家庭だった。母親が、ＡＳＤ（自閉スペクトラム症候群）の疑いがあるとシエルを心配し、専門の病院で検査を受けさせたが、結果は「正常」。ややＡＳＤ傾向が強めだったが、確定診断は下りなかった。ＩＱが１６０を越えていたために「この子は天才だから正常範囲」と判断されたのだろうか。診断を避けたかったシエルが一世一代の無理をして、面接中ずっと臨床心理士の目を見続けるという苦行に奇跡的に耐えきった可能性もある。

ある日そんなシエルが、教室でのお弁当の時間に愛用の「マイお箸」を忘れた。

担任の女性教師が割り箸を与えたが、シエルは「割り箸では食べられない」と謎の拒絶。

これに女性教師が切れて、幼いシエルを相手に「割り箸で食べる・食べない」で口論となって大騒ぎになった。「割り箸も使えないのに日本人を名乗るな、日本から出て行け」とまで暴言を吐かれてもシエルが折れないので、午後の授業もはじまらない。ついに、シエルが弁当を食べるまで授業をやらないと担任が言いだして、職務放棄してしまったのだ。

八歳の児童相手に酷い話だが、なおもシエルが折れず騒動が一向に収まらないため、とうとうシエルの従兄で六年生の俺がクラスの垣根を越えて臨時召集されたのだった。

俺の担任が、俺ならば問題児の従妹の扱い方に詳しいだろう、と思い込んだらしい。

（さんざん顔は合わせたけれど、ろくに喋ったことないよ。あいつはいつも本を読んでいる）

シエルの自宅に戻れば「マイお箸」があるかもしれないが、学校からは遠い。それに、自宅にもうないかもしれない。紛失した可能性がある。

（シエルは利口だ。理屈さえ通っていれば聞き分けてくれる。理屈で納得させずに感情をぶつけるとパニックに陥るんだ。暴言を吐くなんて論外だ。心を完全に閉ざしてしまう）

下準備を整えた俺は、教室の自分の席に座ったまま「割り箸では食べられない」とぽろぽろ泣いているシエルのもとにそっと近づいた。

猫みたいな奴なので、驚かせるのは一番いけない。感情的に恫喝して追い詰めたら、混乱してパニックを起こしてしまう。この時のシエルがそうだった。

「シエル。学校の向かいのバーキンでハンバーガーを買ってきたぞ。これなら食えるだろう」

「……ぐすっ……ハンバーガー……？　食べたことない……」

「でも、ハンバーグは毎日食べているだろう？」

「うん。毎日食べている」

「パンも食べるよな」

「うん。パンも食べる」

「これは、ハンバーグをパンで挟んだ料理なんだ。ハンバーグと同じ食べ物だ。しかも、お箸が要らない。手づかみで食べられる優れものだ」

「……なるほど、理解した。ハンバーガー、食べられる」

泣き止んでくれたシエルは「優れものだ、優れものだ」と俺の言葉を反復しながら、バッグから取り出したアルコール殺菌スプレーをハンバーガーに吹きかけはじめたのだった。

「こら待て、殺菌消毒するな！」

「手摑みするから、かんせんリスクを避ける」

「包装紙だけにしろ、ハンバーガー本体にはかけるな。こらこら、ピクルスを抜くな！　しかもさんざん衛生がどうとか言っておきながら、ピクルスは手づかみかよ？」

「わたし、きうりが嫌い」

「きうりじゃない、ピクルスだ。それが一番美味いのに！」

「はい。レナにあげる」

「おう、ありがと……すっぱ……単体で食うものじゃないな」

「へへー。ほら、やっぱり美味しくない」

はじめて見たシエルの笑顔は、誇張抜きで天使のようだった——視線は、俺の肩のあたりを見つめていたけれど。

その日から、俺はシエルに懐かれてしまったのだった。

俺が中学に進学しても高校に進学しても、シエルが奇行を起こす度に俺は「シエル係」として呼ばれるようになった。

もっとも、「奇行種ちゃん」と呼ばれてクラス中を困惑させ続けたシエルが無事に中学を卒業できたのだから、結果的にはよかったのだろうが。

ところが中学を卒業した直後。シエルは、急病で亡くなった自分の母親の葬儀の途中、親戚一同の前でいきなり「私はプロのマンガ家になる」と空気を読まない謎宣言を告げた。

皆が唖然としているうちに、シエルは「うんせ。うんせ」とオノマトペを口ずさみながら、巨大なスーツケースを引きずって葬儀場からタクシーに乗って去ってしまったという。

俺はその年、既に東京に引っ越して大学に通っていた。シエルの母親の葬儀に出席できなかったのは、急没だったことと、折悪しく春休みを利用しての海外旅行中だったことが理由だ。

だがまさか、シエルが謎の「プロマンガ家宣言」をかまして忽然と消えてしまうとは。

幸いＳＮＳは繋がったままだったので、母親を失って天涯孤独になったシエルが心配でＳＮＳでのやりとりは続けた。一人で上京したところまでは動きを掴んでいた。せっかく東京に引っ越してきたんだから直接会おうという話も進んでいた。

しかし、ある日ＳＮＳでの連絡が突然途絶えた。

どうもシエルが気分を害したらしく、ぱったりとレスを返してくれなくなった。

タイミング悪く、地頭がよくないのに無理をして難関大学に入学した俺は、単位取得と就職活動に忙殺されていて、そこに新型感染症流行も相まって大苦戦する羽目に。日本では就活と新人期に失敗したら人生終了だからな。それでどんどん後手後手に回って……。

などと言い訳してみたが、要はシエルのレスがいつまでも戻ってこないので、再度連絡するタイミングを逃してしまったのだ。シエルを怒らせることをうっかり書いてしまったのだろう。俺と会うのが嫌だったのかもしれないが、だとしても理由がわからん。

気がつけば、シエルからのSNS連絡を待っているうちに三年が経過してしまっていた。もうこうなると「三年間も怒り続けてるのか」と気まずくて、俺から連絡するのは無理な状況に。

そして、唐突に桜小路シエルと再会して現在に至る——。

☆

衝撃を受けて一瞬時間が巻き戻ってしまったが、現実に戻ろう。

ここは、くぅぱぁ丼先生の自宅マンション。すなわち、シエルの家のリビングだ。

「バーキンの宅配ご苦労。さすがはわがスタンドだ」

妙なポーズを取りながら、シエルはゴゴゴゴ……と得意のオノマトペを発してジオジオになりきっている。推しはジョセフだっけ条太郎だっけ。まあどっちでもいい。

しかし小学二年生の頃は大人びた顔立ちだったのに、まさか18歳になっても当時と変わらない童顔のままだとは。そうそう、令和シエルコソコソ話。シエルは早生まれだぞ。

「レナ。バーキンではちゃんとオールへビーを注文してきたようだな。偉いぞ」

おいシエル。俺はこっちにいるぞ。そっちは窓だ。まったく、こいつは野良猫だな。

「お前こそ一人暮らしだからって、これ幸いと同じものばかり食べてるんじゃないだろうな？感染症自粛と称して、もう二年もろくに外出していないんだろう？」

「ああ。この二年、カレーと焼きそばとラーメンと餃子と炒飯とハンバーガーしか食べていない。パスタはナポリタンとミートソースだけはいけるぞ。レンジで茹でられるので便利だ」

「まるで成長していない……！　子供舌のままじゃないか。栄養が偏るぞ」

「アメリカからマルチビタミン剤を通販で取り寄せているし、ベランダで毎朝日光浴もしているから、栄養は問題ない。ああそうだ、ピザだって食えるようになったぞ？」

「ひきこもりが手を出したら一番ダメなやつじゃないか。太るぞ」

「私はいくら食べても太らない。ほら、レナにもご褒美でアスパラをやる。私からのプレゼントだ、受け取れ」

「こらこら、ピザからアスパラだけ抜くな。ピクルスの時と同じじゃないか」

「ピクルスなら、中一の時に食えるようになったぞ」

「知ってるよ」

と、いうか。

「なあ、空腹でハンバーガーを買わせた件はどうなった。なんでピザを食ってるんだよ？」

「腹ぺこで我慢できなかった。レナが早く到着しないからだぞ」

あまりにも理不尽だ。

「とにかく、今日編集長からお前を担当しろと命令を受けた直後に自宅が燃えてしまったのは、ほんとうに偶然なんだ。貯金もないし、しばらく泊めてほしい。頼む！」

俺はシエルに「くの字腰折れ社畜式謝罪」ポーズを取った。あまりにも胡散臭い偶然が重なっていて、嘘にしか聞こえないからな。

ところが。

「そうか。偶然なら仕方ないな。これがわが家の合い鍵だ、やる」

軽っ⁉　昔から簡単に騙される奴だったけれど、だいじょうぶか⁉

「いいのかよ」

「ああ。レナは私を騙さないからな」

「お、お前っ、お年頃なのにガードが甘いぞっ⁉」

俺は年下の従妹のシエルを異性として意識したことはないが、ここまでストレートに信頼されるのも気恥ずかしいな。ピュアな奴め。

でもそれじゃあ、三年間音信不通だったのはなんだったんだ？　さっき知ったが、スマホのメアドや電話番号まで変えてるじゃないか。それほど俺に激おこだったのでは？

「レナ、もちろん寝室は別だぞ」

「そうだな。お年頃の異性だからな、当然だ。お前もちゃんと常識を身につけたんだな」

「違う。私は一人きりじゃないと眠れないからだ」

そういえばそうだった。一度、家族旅行で同室した時に「寝息が荒い」「レナの気配が気になる」「歯ぎしりするな」「眠れない」と大騒ぎだったっけ。って、そんな理由かよ。

「部屋は四つあるが、レナには一番狭くて使っていない物置部屋を貸してやろう」

アスパラのお裾分けといい、ケチ臭くね？

「お前、一人暮らしだろう？　なんでこんなに部屋が多いんだよ」

「雑音対策だ。仕事部屋の隣に隣人がいない間取りを探していたら、ここしかなかった」

「そうか。お前、雑音が苦手だったもんな」

ましてて集中してマンガを描くとなると、高い遮音性が求められるのか。

カナル型イヤホンが大型ヘッドホンに進化した理由も、わかった気がする。

「私は一度集中力が切れると、戻すのが苦手だ。平日午前九時から午後五時までの執筆中は静かにしろ。SNSで許可を取らずに無断で話しかけるな」

「安心しろ。その時間帯は出社してるよ」

「フッ。このご時世に、週に一度もリモートワークしないのか？　模範的な社畜だな」

その人を小馬鹿にするような目つきやめろ。あと、今お前が見下しているそれ、俺が買ってきたオニオンリングな。

どうやらシエルは俺に感情的なわだかまりなど持っていないか、もう忘れたらしい。

これでとうぶん、夜露は凌げそうだ。助かった……などと一瞬油断してしまった俺は、シエルがどれほど面倒臭い奴かを失念していたらしい。

桜小路シエルと同居するなど、苦役に等しい無謀な行為なのだということを。

「ただし、レナ。私と同居する以上、毎日万全のウィルス感染対策を徹底してもらう」

顔は能面みたいに無表情だが、シエルの細い身体がぷるぷると小刻みに震えている。

これは、「恐怖」の感情だ。

そう。シエルは、幼い頃から感染恐怖症だ。新型感染症が流行して以来、取材旅行を断念して二年間部屋にひきこもっているのも、全ては感染恐怖症のため。

「レナが感染を隠してわが家に上がり込むはずはないから、今日は安心安全だ。だが、お前が毎日定時出社する社畜である以上、今後いつ外で感染するかわからない」

「確かに、それはそうだな」

「最悪の場合、さっきバーキンでレジ待ちしている間に間抜けにも感染した可能性も」

「それはお前の命令に従ったんだろうが」

「いいか。新型感染症でもっとも恐ろしいのが家庭内感染だ。お前が感染したら、わが家は全滅だぞ。よって毎日の感染対策ルーチンを今すぐ教えるので、頭に叩き込むように」

シエルは完璧な感染対策ルーチンを確立しているらしく、てきぱきと機械のように「実演」してみせた。当然、俺も同じルーチンを反復させられた。面倒すぎて、そもそも外出する気が失せそうだ。

「玄関に到達したら、まず備え付けのアルコールスプレーで手を消毒してから、ドアノブをアルコールティッシュで拭き取るように。この時に握ったアルコールスプレーも拭き取る。財布やスマホも同様。アルコールを使うと変色するものはファブリーズで除菌しろ」

　喜々として実演している。こいつはほんとうにルーチンをこなすのが好きだな。

「スーツの上着もネクタイもスプレーで消毒して、玄関のハンガーに吊す。部屋の中には持ち込まない。ズボンも玄関で脱いで消毒して吊せ。今日は替えの部屋用ズボンを準備していないから、特別に免除してやろう」

　玄関でのルーチンが、長い長い。いつリビングに戻れるんだ？

「次は洗面所だ。洗面所では必ず、最初に手洗い。ハンドソープをたっぷり使え、ぬりぬりぬり。次に洗顔。ぱしゃぱしゃぱしゃ。続いて喉うがいだ。がらがらがら。次が鼻うがい。水道水を鼻に注ぎ込むと粘膜をやられて生き地獄を味わうから、専用の洗浄液を使うこと。最後に目洗いだ。目を洗う理由は、目からウィルスに感染する危険があるから――」

　長いよ！　いちいち実演しなくてもわかるよ！

「手の消毒と手洗いが被ってね？」

「やれやれ。レナ、人間は一日の間に二千回から三千回、自分の顔を触るのだぞ。手は、どれだけ消毒しても消毒したりない。それほど危険な部位なのだ」

　部位って焼き肉じゃないんだから。

「さて。ここまで終わったら、残りの服を全部脱いで洗濯機に放り込み、即座に洗う。念のため、身体全体も汗拭きシートで丁寧に拭いて消毒する」

「こらこら、脱がせるな！　俺のパンツまで脱がせようとしてるだろ、お前⁉」

しかも、服を脱ぐところは実演しないのかよ。俺だけ裸にひんむこうとは、ずいぶん都合がいいなおい。いやまあ、別に脱がなくていいけどな？

「問題ない、スタンドの裸に興味はない。私には感染対策のほうが大事だ。お前は、鳥インフルに感染した鶏の処分を躊躇するのか？」

「酷い！　俺だって適齢期の男なのにっ⁉」

鶏扱いかよ？　スタンドのほうがまだいいよ！

「なあシエル。ほとんど外に出ないお前ならこれで充分だが、俺は外にいる時間が遥かに長い。もっと効率よく身体を除菌する方法があるぞ」

「ほう？　それは？」

「シャワーだ！　全部脱ぐならいっそシャワーを浴びるから、リビングに戻ってろ！」

「おおー。私は毎朝必ず朝シャンして寝る前に必ずお風呂に入るから、帰宅即シャワールーチンの追加は思いつかなかった。採用だ」

しまった。大量のルーチンを押しつけられているのに、自分でルーチンを増やすとは。

「だがレナの下着を洗っている間、替えの下着がないな」

「俺はいつどこへでも出張できるように、替えの下着は持ち歩いてる。靴下も予備のネクタイも、カッターシャツもだ」

「この、ブラック出版社に飼い慣らされた社畜め。家の中ではカッターシャツはやめろ。私は、オフィス空間の雰囲気がとても苦手だ。胃が痛くなるし動悸が激しくなる」

たぶん、教師に虐められていた学校の教室や職員室を思いだすんだろうな。シエルがリラックスできそうな部屋着を買っておくか。

「おお、そうだ。私のダボダボTシャツを売ってやろう。きっと、のっぽさんのレナにサイズが合うぞ？　太秦村で購入した、この『人間五十年』シャツはどうだ？　戦国武将の織田信長公を『日本史上の特異点的英雄』として崇拝する私の一番のお気に入りだ。今ならなんと、たったの三万円で……」

「いや、貸せよ」

「やだ、もったいない」

はあ。これから毎日いちいちこんな感じなのか？　面倒臭ぇ上に、絶妙にケチ臭い！

しかし今は、なによりも仕事だ。

このままズルズルとシエルのペースに巻き込まれないためにも、初日から担当編集としてシエルをピシッと働かせなければ。

☆

四時間前。

シエルの仕事部屋は、リビングルームを兼任している広い部屋だ。大型有機ELテレビやごろ寝ソファーといった誘惑が多々ある部屋でよくマンガが描けるなと思うのだが、仕事道具のパソコン自体が誘惑の塊なのであまり関係ないそうだ。

「仕事の話か……う、う。頭が痛い……明日にしよう、レナ。今日はホームパーリーを開催して、ぱーっとピザを食おう。ピザをな」

シエルはデスク前のアーロンチェアに腰掛けながら、自分の頭を両手でぱたぱたと叩いている。パニックに陥りかけているサインだ。少しかわいそうだが、今は俺とシエル、二人の人生が終わるかどうかの瀬戸際だからな。

「なあシエル。三ヶ月以内に第一話の原稿と三話までのネームを取らないと、俺は首だ。俺が飛ばされたら、お前の次の担当候補はもういない。恐らくお前も事実上の戦力外だ」

「なんだと？　ぐぬぬ。あの邪悪編集長め～。パワハラ訴訟を起こされて更迭されろ～」

「編集長を呪ってる場合か。指定されているジャンルは、異世界モノだったな。この一ヶ月、どんな新作アイディアを構想していた？」

シエルならば、自信満々に「天才の私に描けないジャンルなどない」と豪語してくれる。

そう思っていた時期が、俺にもありました。

ところが——。

「……異世界モノは私には描けない。アイディアと言われても、なにも思い浮かばない」

シエルは自信なさげに萎れながら、パソコンのマウスをカチカチとクリックしはじめた。

異世界は苦手なジャンルだろうとはわかっていたが、なにも思い浮かばないだって？

どうしてだ⁉　マンガを描いたことがない素人が「マンガ家になる」と宣言して半年足らずでプロデビューして連載を続けたんだ。歴史的天才☆だろう？　この☆はなんだ？

「ええと、シエル。お互いに深呼吸して落ち着こう。なぜ描けないのか理由を話してくれ」

俺がマンガ編集者になった理由。それは、創作の苦しみに悩むクリエイターをサポートしたい、お助け軍師キャラになりたいというささやかな夢だ。

もしかしたら子供の頃、シエルに「三国志」ネタをさんざん見せられた結果、自分とキャラが被っている苦労人軍師の諸葛孔明が好きになったせいでは？　考えるな負ける！

今こそ、シエルのスランプの原因を解き明かして、話し合って、助言して、そして一緒に解決しよう。

「なぜ私が異世界を描けないか？　理由は簡単だ」

さあ。どんとこい、クリエイターのお悩み相談。

「私は、異世界を実際に見たことがない。だから、異世界に興味がないのだ」

シエルさん？　異世界を直接見たことがある人なんか、どこにもいないよ……⁉

「だってレナ。そもそも、異世界とかそんなものが現実にあるわけないだろう？」

それ、マンガ家が言っていい台詞じゃないぞ。

「実際に存在したもの」にこだわる、歴史マニアのシエルらしいといえばらしいが……。

「異世界と言っても、そんな難しいものじゃない。要はゲーム世界だよ。簡単だろう？」

「ゲームは、ＥＩＫＯゲームとＳｉｖしか知らん」

「えーっ⁉」

まさか、王道ＲＰＧも有名アクションゲーも、あの国民的育成ゲームもプレイしたことがないのか⁉

言われてみれば、シエルは昔からずっと「信長公戦記」と「三国志」ばかりを繰り返し繰り返し遊んでいた。

「なあシエル？　いったいこの一ヶ月間、企画も考えずになにをしてたんだ？」

「『信長公戦記天下布武』をずっとプレイしていた。今作は地方の大名が不利すぎて、どうしても島津で信長に勝てない！　毛利を滅ぼした頃にはもう手遅れだ！」

って、おい。シエルがさっきからマウスをカチカチ触っていたのは、仕事のファイルを開いていたんじゃなかった。

こいつ、俺と仕事の話をしながら「信長公戦記」で遊んでいただと……!?

だが俺はシエルのスタンド、いや、従兄として飼い慣らされている経験者だ。シエルは悪気はないんだ、悪気は。ただちょっとばかり意識を「信長公戦記」に支配されているだけで。

大好きな歴史ネタとなると際限なくのめり込むからな、シエルは。特に織田信長。

「シエル？　むしろ今までどうやってマンガを描いてたんだ？　遺跡や城郭を取材しても、ストーリーまでは拾えないだろう？　自分自身でストーリーを考えていたはずだぞ」

「神話歴史ネタなら、いろいろ妄想できるから描ける。現地取材を繰り返していると、その土地の歴史記憶がだんだん私の脳内に蓄積されていくから」

土地の歴史記憶ってなに？

もう突っ込みが追いつかないよ？

「私の脳内に蓄積された土地の歴史記憶が一定レベルに達すると、突如として新たな歴史ストーリーが閃く。気がつくと私は、手をぐるぐる回しながらエウレカ～と叫んでいる」

現地でなにをやってるんだ。

もう社会人なんだから、「奇行種ちゃん」と呼ばれないようにな。

あと、土地の歴史記憶ってなに？

「するとアルキメデスが現れて、私の目の前に空想のAR空間が展開し、私が閃いた過去の歴史ストーリーがリアルに眼前に再現される。それを描けば、マンガの完成だ」

「歴オタなのに、ＡＲとかそういう知識は微妙にあるのな」

「アニメで覚えた。あーこれ私が時々見るやつだ、って共感した。ストーリーは忘れた」

「忘れるなよ……いやちょっと待てよ。『アルキメデスが現れる』ってなんだ？」

あ、しまった。歴オタ癖が炸裂してアルキメデストークが止まらなくなるぞ。やばい。

「アルキメデスとは、私の二体目のスタンドだ。歴史マンガのアイディアが閃いた時に発現する。エウレカという言葉はそもそも、古代ギリシャの科学者だったアルキメデスが風呂に入っている時、王から出された難題の解決方法が突然閃いて思わず叫んだ言葉で、『わかったぞ』という意味だ——アイディアって、仕事机に座って考え込んでいても閃かないのに、お風呂にぼーっと入っている時に突然思い浮かんだりするが、あれはなぜだろうな。ところで、このアルキメデスに関して実に興味深い逸話が——」

「幻覚では？」

「む。レナは私のスタンドだが、幻覚ではないだろう。よってアルキメデスも幻覚ではない。証明終わりだ」

ふう。危うく怒濤の歴オタトークを止めることに成功した。

新たな突っ込み待ちみたいな言葉をぶん投げられたが、もう打ち返す気力がない。

俺はもう突っ込みのマシンガントークに疲れたよ、パトラッシュ……。

「初連載の歴女旅行マンガが連載終了した理由は、感染症流行のために取材旅行に行けなくなってしまい、取材ネタのストックが尽きたからだ。現地を丹念に取材しないと、アルキメデスもエウレカも発動してくれないのだ」

「あれ、遺跡盗掘マンガだったぞ？」

「いや、歴女旅行マンガだ」

要は、元ネタを現地取材できないと描けないということか。

中学生の頃には、城郭だの古代の磐座だの戦場跡だの由緒ある神社だのをあちこち連れ回されたっけ。俺はご当地飯目当てで付いていったが、シエルはどこへ行ってもお母さんの手作りハンバーグ弁当を食べていたな。あれ、あの頃のシエルはアルキメデスの幻覚なんて見てなかったぞ？

「お前が感染恐怖症なのは知っているが、仕事なんだから外出しろよ。取材旅行を続けていれば、前作の連載は終わらなかったはずだ」

「りょりょりょ旅行？　むむむ無理だ。ウィルスに感染しても若くて基礎疾患のない私が死ぬ可能性はほぼないが、後遺症ガチャでハズレを引いてブレインフォグになったらどうする？」

ブレインフォグ。確か、集中力が失われて仕事をこなすのが難しくなる後遺症だったか。

「最悪の場合、ＩＱが30くらい下がるのだぞ？　そんなに知能が落ちたら、私のマンガ家生命が終わってしまう。ＩＱ１３０のバカが見ている世界など、私には想像もできん」

「仮にお前のＩＱが30落ちても、まだ俺のＩＱより20高いんだが？」

「そうか。レナのＩＱは１１０か。確かに日本では並程度だが、赤道ギニアなら天才扱いだ。下には下がいるのだから、元気を出せ」

「シエルお前、しれっとそういう発言をするから敵を作るんだぞ？」

「どうしてだ？　全て統計データとして提出されている事実だ」

「事実陳列罪だ」

「……しかし、ＩＱが50も離れているのにどうして私とレナは会話が成立しているのだろう。30違うと会話が困難になるはずなのに。これは現代の奇跡だな」

それは！　俺が！　お前に！　ものすっごく合わせているからだよ！

「とにかく取材旅行ができないこの危機的状況で、横暴編集長が『次は異世界転生を描け』と勝手に決めてしまった。異世界転生モノは見たことなくて、さっぱりわからん。助けろ」

声が震えている。こいつはこいつなりに、悩んでいるのだな。

「なるほど。そういうことなら、解決方法はある」

「ほんとか？」

「ああ、ある。シエル、ここからは真剣にやるぞ」

☆

三時間三十四分前。

仕事場兼リビングルームに鎮座している大型有機ELテレビの正面に、シエルをちょこんと座らせて、俺は特訓を開始していた。うわっ。動画サイトのオススメが、これでもかと歴史もので埋め尽くされている。仕事なんだから、アニメも見ろよ。

「確かに、知らないものは描けないよな。だから城郭や遺跡の代わりに、今日から異世界転生アニメを見るんだ」

「うにゃ〜。サムネイルもタイトルも同じに見える。どれを選べばいいのかすらわからん」

「俺のファーストチョイスは『異世界おばさん』だ！　異世界に転生した中年のおばさんが、その容貌故にゴブリンに間違えられてさんざん苦労するという、一周回ったメタ異世界ものだ」

「ほほう、メタジャンルか。そういう捻った作品は好きだぞ」

よし、シエルが食いついた！　目をらんらんと輝かせながら、テレビ画面を食い入るように見入っている。お約束をことごとく覆す予測不能の展開だからな、「いせおば」は。

「おおお、面白いではないか！　凄いなレナの目利きは！」

倍速再生で、休むことなく1クール一気見完走！

勝った！

そうとも。シエルは食わず嫌いなのであって、決して異世界転生がダメなわけでは――。

「どうだ、異世界転生の基本設定やお約束を覚えられたか？」

「ああ。SAGEの敗北の歴史を勉強させてもらった。原作者のSAGE愛と知識は凄いな。私はゲームソフトにしか興味がなかったが、ゲームハードにも深い涙と哀しみの歴史があったのだな。ああ、湯本専務……私はあなたを『信長公戦記』の新武将に登録したい」

「SAGEの歴史を覚えてどうするんだよ⁉　異世界パートを見ろよ⁉」

「うん？　異世界パートなんかあったか？」

異世界おばさんはSAGEマニアで、唐突に異世界転生という本筋を離れて迸るSAGE愛を暴走させるキャラなのだが……そこしか見てなかったのかよ⁉

「つ、次の俺のお勧めは『異世界転生おばさん』だ！　さあ倍速でさくさく見るぞ！」

「んみゅ～？　『異世界おばさん』とどう違うのだ？　まるでわからんぞ？」

「『異世界おばさん』は普通の異世界転生もの。『異世界転生おばさん』は乙女ゲームの悪役令嬢転生ものだ。美男子ばかり出てくるだろう？」

「うみゃ～。乙女ゲームとはいったいなんだ、レナ？　聞いたことがない」

なんですと？

「ヒロインが王子様や貴族の御曹司にモテまくって、誰かを選んで交際して結婚したら攻略完了という、女性向け恋愛ゲームだよ」

「ゲーム世界ならば『異世界』ではないのでは？　あと、悪役令嬢ってなんだ？」

ダメだ。シエルの世界には、「恋愛」という概念がないらしい。

確かに四年前までのシエルは、恋愛に全然興味がなかった。

でももう18歳なのだから、多少はそういうジャンルに興味を抱いているはずだという俺の甘い予想は、ここに覆された。

そういえば、前作「れきじょっ！」でも恋愛エピソードは一切描いてなかったな。美少女しか出てこないので、「作者は百合好きおじさん」と噂されてたっけ。

「私には異世界ものはどれも同じに見える。中世ヨーロッパ風の世界観だが、なにかが違う。敢えて表現するなら、時代考証をスルーした『昔のヨーロッパっぽい謎の世界』だ」

今時の若者の反応じゃないぞ……人生を西洋史の研究に捧げてきた高齢大学教授かよ。

「なあシエル。異世界転生の『異世界』とは、わかりやすく言えば『ＲＰＧゲーム風世界』のことなんだよ。頼むから、歴史上の中世ヨーロッパとは切り離して考えてくれ」

「だったら、タイトルに『ＲＰＧゲーム風世界に転生した』と明記するべきではないか」

だから、それを略して「異世界転生」と呼ぶんだよ。

「はあ。男子向けの異世界転生は無理でも、乙女ゲーム異世界になら惹かれるはずだと思ったんだがな……」

「私が？　恋愛ゲームをプレイする？　んん、有り得ない」

「……少々聞きづらい話だが、リアルで恋愛した経験は……？　嫌なら答えなくていいぞ」

「は？　他人と視線も合わせられない私が、恋愛？　できるわけがない。できるわけがない。できるわけがない。三度言ったぞジャイロ。あと一回言ったら、私はリタイアだな」

「いや、四度その台詞を言ったら覚醒しろよ。あと反復言語はノーカウントな」

「そもそも私は、普通の殿方には興味がない。戦国武将及び新選組隊士以外の男と交際するつもりはないな」

「生涯独身確定じゃないか」

その俺の言葉に不意に「ぴくっ」と反応したシエルは、ふと物憂げに表情を曇らせると、俺の胸のあたりに視線を移してきた。

ほんとうは俺の目を見たいのだな。珍しいな。なんだ。どうした？

「……れ、レナは謎の宇宙剣術『保父星流』の後継者だから、不逞浪士を成敗する実績を積めば、新選組隊士相当と認めてやらなくもない。わ、私の恋愛対象候補になるぞ？」

「ふ、不逞浪士を成敗ってなんだよ？」

「は？　天誅の嵐を繰り広げる反幕のテロリストを、ご公儀の名のもとに斬り捨てることに決まっているだろう。剣では不足なら、ミニエー銃やゲベール銃も使っていいぞ」

「殺人だ、それは。そもそも成敗しなくても銃刀法違反な」

どうやら俺は永遠にシエルの恋愛対象候補にはなれないらしい。

確かに俺の実家は、保父星流という誰も知らないマイナーな剣術道場を代々経営している。弟子は俺一人。俺は子供の頃から、厳しい父から後継者としてさんざん鍛えられてきた。シエルも、保父星流の歴史に興味を抱いて調べた時期があった。だが——。

「うう、黒歴史を思いだしてしまった。保父星流の源流をいくら調べても謎だったー。歴オタの私をもってしても、出自不明の謎の剣術。江戸時代末期に突然現れ、西洋剣術とも一切無関係。まず得物が日本刀じゃなくて、謎の巨大剣。しかも刃がついていないという、逆刃刀よりも意味不明の代物。巨岩に深々と刺さった大剣を、片手だけで引き抜く動作をえんえん反復するという、居合のようだが全然違う意味不明の修行内容。まるでシュメール文明の如き歴史の特異点。ああ、私にとっては保父星流の歴史調査への挑戦と挫折は、歴史的敗北だ」

「そうそう。あれってわけのわからん剣術だよな、修行が辛いだけで実用性のかけらもない……って俺の道場の話は、今はいいから！　話を異世界に戻すぞ」

「うにゅ～」

まったく油断も隙もないな。いつ何時、歴オタトークが炸裂するか予測もつかない。

まあ俺も剣術修行で謎の忍耐力だけは養えたから、シエルの相手やら社畜生活やらにも耐えられるメンタルは身についたとは思うが。

「さて、アニメを2時間も一気見して疲れただろう。オノマトペも増えてるしな。ここからはソファーにだらだら寝ながら、人気の異世界転生マンガを読もう」

まだだ。まだ終わらんよ。

三番目のジャンル、「転生出オチ」。異世界が苦手なシエルでも、人気キャラと異世界をコラボさせた「転生出オチ」ものなら描けるかもしれない。

「『異世界論破王』？　なんだこれ、同人か？」

「公式だ。今はこういう異世界転生コラボものがいろいろあるんだよ」

「論破王を異世界に転生させて、なにか意味あるのか？　王様を論破なんかしたら斬られるのでは？」

「異世界に既存マンガの人気キャラを転生させるジャンルがあるんだ。たとえば、列海王とか島豊作とか」

「ししし島豊作が異世界転生!?　公式がそんな世界観崩壊作品を？」

ぷるぷるぷる。ソファーに腹ばいに寝そべってタブレットで異世界マンガを読んでいたシエルの小柄な身体が、小刻みに震えはじめた。しかも、細い足をぱたぱたさせだしたぞ。

まずい。これは――激しく絶望しているサインだ。

「……そ、そ、そんなの、私が知ってるマンガと違う……！　それは……大喜利だ！」

シエルは涙目になって、自分の頭を抱え込んでしまった。しかもそのまま枕に顔を埋めて、足だけをぱたぱたと振り続けるのだった。

原作の世界観を崩壊させてしまう「転生出オチ」は、作品世界観の歴史的連続性に固執するシエルにとっては完全に逆効果だったようだ。

どうやら「歴史と違う」という意識が常に干渉してしまって「100%仮想の世界」に集中できない筋金入りの歴オタのシエルには、「異世界を実際に見せる」以外に興味を持たせる方法はないらしい。

特に異世界は、シエルが好きな中世ヨーロッパが世界観のモデルだから、かえって考証的な差違が気になって集中できないのだろう。

唯一の解決方法は、「土地の歴史記憶の摂取」。つまりシエルに異世界を直接取材させて、アイディアやインスピレーションが閃く瞬間を待つしかない。

それが、俺が導き出した結論だった。

そんなの、実現不可能な難題じゃあ、ないか——。

家は全焼。原稿は取れない。俺は解雇。シエルは干される。

明るい未来がまったく見えてこない。俺は（どうすればいいんだ）と途方に暮れていた。

そして——運命の五分前。

「そうだレナ。異世界と言えば、以前海外旅行のお土産で『異世界に繋がっているシュメールの合わせ鏡』を買っていたんだった」

やっとパニック状態を脱したシエルが、ぴょこんと跳ね起きて物置部屋（今日から俺の寝室になる部屋）に飛び込んでいった。

さんざん異世界転生を見せられた反動で、どうしても歴史の話をしたくてたまらなくなったんだな。

「これだ、これこれ。バアア――――ン！　なんと！　５０００年前の古物だぞ！　凄いだろう！」

「いくら払ったんだよ。騙されてるよお前。しかも二枚セットとか、阿漕な商売だな」

５０００年前の古代のお宝が、観光客用のお土産ショップで売り買いされているはずがないだろう。まったく、シエルは騙されやすいな。俺はお前が心配だよ。

「古代シュメール文明は、約６０００年前に古代メソポタミアに突如誕生した謎文明だ。複数の都市国家を形成し、楔形文字、法律、文学を発明した。世界最古の神話『ギルガメシュ叙事詩』もシュメールで書かれたのだぞ。作品が現存する地球上の最初の作家はシュメール人というわけだ。さらには60進法を発明して、天文学にも精通し、星座も発明したという。それなのに出自が一切不明。謎すぎる浪漫文明なのだ。保父星流に匹敵する謎だろう？」

「……ああ、その話は何度も聞いたよ……そろそろシュメール蘊蓄を語りきったか？」

「まだだ。シュメール人は、自分たちは神によって『労働力』として作られたと言っている。

このためにオカルト業界でもさんざん擦られていて、シュメール宇宙人説も！　私は非科学的なオカルトは信じないが、マンガ的には面白いのでアイディアの元ネタとして重宝している」

「その話も何度も聞いたから。その鏡をどこに置くんだ、落とすなよ？　足ががくがく震えてるぞ、シエル」

「うう、確かに二個も持つのは重いな。レナ、片方を持て。鏡と鏡の間に挟み込まれたら異世界に転移してしまうから、鏡側をお腹に向けて持つように」

「オカルトは信じないんじゃなかったのか？　ああー、実は怖いのか？　異世界に転移しちゃったらどうしようって。異世界が実在する可能性を少しは信じているわけか」

意訳：妄想でもオカルトでもなんでもいいので、どうか異世界の存在を信じてください、お願いします。

「むっ。私がそんなお子さまだと思っているのか、お前は？　そんなはずがあるか。自ら合わせ鏡の間に挟まれてやろう！　ただしレナ、お前も一緒に挟まれろー！」

「うわ、眩しい！　あれっ……シエル？　お前、身体が透けて……」

「レナの身体も透けはじめてるぞ⁉　まさか⁉　うわあああ、うわあああ⁉　やめろ、やめろやめろやめろやめろおおおお！　どこへ連れていかれるんだ私たちは？」

「落ち着けシエル、光の加減でそう見えているだけだ。パニックを起こすな——！」

だが、目の錯覚ではなかった。

シエルと俺の身体は——シュメールの合わせ鏡に自らの身体を挟み込ませた直後に、マンションから忽然と消えていた。

俺たちは、ほんとうの異世界に転移してしまったのだ。

ということで、現在――。

俺とシエルは異世界の山奥に転移し、いきなり宙を舞うワイバーンと遭遇している。

安心安全な自宅では天上天下唯我独尊なお姫さま気分のシエルだが、知らない土地に突然放りだされると、途端に豆腐メンタルになる。即、パニックを起こした。

「うわあああ!?　プテラノドンだ！　プテラノドンが飛んでいる！　ここは群馬県か!?」

「あれはワイバーンだ。落ち着け、ヘンな踊りを踊るなシエル」

群馬県の皆さん、すみません。たぶんなにかの映画かマンガでプテラノドンが飛び交う秘境群馬を見た影響で、悪気はないんです。

「あーあー聞こえない！　もっと大きな声で喋れ、レナあああ！　うわ、うわ、うわぁ」

「いや、お前がヘッドホンを外せよ？」

「みぎゃあああ!?　なにをする？　私の聴覚は繊細なのだ、プテラノドンの鳴き声を聞いたらきっと正気を失ってしまう！」

「それはマンドラゴラな。そして、あの翼竜はワイバーンだ。異世界ファンタジーで序盤にエンカウントしがちな強キャラモンスターだ」

「愚かなことを言うなレナ。異世界など実在しない。なぜなら、異世界など実在しないからだ」

「そのシエル構文やめろ」

シエルがパニックになった時の応急措置として、後ろから肩を抱いたり身体全体をハグするという方法がある。

あの小生意気なガキんちょだったシエルももうお年頃だから、少しだけ躊躇したが、今はシエルのパニックを抑えることが最優先だ。

頼むから地上に降りてくるなよ、ワイバーン。あの鋭い爪の殺傷力は危険すぎる。

「はっ閃いた？　エウレカ～！」

「こらこら、手をぐるぐる振り回すな！　ワイバーンを挑発してどうする」

「そうだ！　異世界が描けないなら、異世界に来ればよかったのだ！　レナ、これで問題解決だな！　現地を直接取材すれば、私にも異世界マンガが描けるぞ！」

なるほど。「シエルに直接異世界を見せる」という実現不可能なミッションが、期せずして達成されたわけか！

「やっと現実を受け入れたか……いや、おかしいだろ！　なぜ異世界に飛ばされたかもわからないのに、どうやって元の世界に帰るんだよ!?」

「……ふっ。天才のこの私に任せておけ。なにしろ私は、異世界に造詣が深い」

「俺が強制的に、二時間ほど異世界アニメを見せただけだろうが」

しかもお前が記憶した知識は、ＳＡＧＥの涙と屈辱の歴史だけだ。

「それは違うぞレナ。異世界コミック、異世界小説の消化を含めれば三時間三十四分だ」

「どっちだって一緒だよ。この異世界素人め」

「素人言うな」

「で、どうする？　異世界に造詣が深いなら、的確な行動を選択できるよな？」

「足下に穴を掘って隠れよう」

「もう間に合わないし、シャベルもないよ。生きる努力をしろよ」

「やだ。怖い」

天敵に遭遇した野生の小動物みたいな行動をナチュラルに選択するんじゃない。

「仕方ないな。俺がなんとかする――あ。道場の剣を持ってきていない」

父親から譲られた保父星流独特の剣は、アパートごと燃えてしまった。

仮に燃えていなくても、くぅぱぁ丼先生のご自宅に剣を持ち込むはずはないが。

「丸腰っ？　どうする、どうするレナ？　もう私たちは終わりだああ、恐怖の巨大トカゲの餌にされて頭蓋骨だけ野ざらしにされるんだああ。うわあああ。うわあああ」

「だから落ち着け、大声を出してワイバーンを刺激するな」

ところが、俺とシエルは幸運にもワイバーンに襲撃されなかった。

ワイバーンは上空を旋回しながら、古くなった爪を切り離して地上に「ドスン」と落とすと、俺たちには興味はないとばかりにさらなる山の奥へと飛び去っていったのだった。

「ヒャー!? 爪が落ちてきた？ 危なかった、串刺しにされるところだったぞレナ」

「……なんだ。爪が生え替わるから、捨てに来ていただけだったのか……」

「はっはっは。無駄な抵抗をしなかった私の高度な理性の大勝利だな、ぶいぶい」

「お前は穴も掘れずに、しゃがみ込んで頭を抱えていただけだろうが。いいか？ 異世界でなにかに遭遇した時には、行動を停止して情報を遮断する癖はやめろ。死ぬからな？」

「危険な時はとりあえずしゃがんで頭を守れと、いつもテレビのニュースで聞いている」

「それは、緊急地震速報が出て強い地震が発生した時の行動だ」

待てよ？ モンスターの素材が高く売れるのは、異世界では定番だ。

このワイバーンの爪は、きっと町の商店でそれなりの値段で売り払えるぞ？

これで当座の生活費は確保できた。まるで初心者チュートリアルのためにサービスで登場してくれたようなワイバーンだったな。

今後は二度とこんな幸運はないだろうから、ここからは慎重に行動しよう。

「シエル。爪を売りに町へ出るぞ。換金したら食堂に席を確保して、情報収集だ」

「やだ。異世界の見知らぬ人たちが怖い……」

「俺がついているから、心配するな。さあ行くぞ。日が暮れる前に山を下りないと遭難するぞ。夜になれば恐らく、ワイバーンより危険なモンスターが出てくる」

「……ううう。怖くておしっこ漏れそうだから脅すなよレナ～。わかった……行く」

「シエルももう18歳なんだから、そういう子供言葉を使っちゃいけません」

☆

山から町までは、山道に沿って下り坂を小一時間歩いて到着。

凄い秘境感が漂っていたが、思ったよりも麓に近い位置に転移したらしい。

「んみゅ～。中世ヨーロッパ風なのに一部の建物のデザインが微妙に近世的だったり、キリスト教っぽいけど微妙に違う宗派の教会が建ってたりする～。頭が混乱してきた～」

「ああ。シエル、ここはまさしく『異世界』だ」

「明らかに人間じゃない種族が大勢歩いているけれど、彼らはどこの星から攻めてきた侵略者なのだレナ？」

「宇宙人じゃない。異世界ではおなじみの異種族な。アニメで見ただろう？」

商人には俺たちの服装を奇異な目で見られたが、爪は予想以上の高値で売れたので、町で一番流行っていそうな食堂でテーブル席を確保。

「あわわわ。おかしいではないか。どうして日本語が通じるのだ？　ここは、やっぱり群馬では？」

シエルは異世界食堂の椅子に座っても、まだパニクっていた。

「ここは断じて群馬じゃない。異世界だ」

「ほんとうにここが異世界なら、私が免疫を持っていない未知のウィルスが蔓延しているのでは？　グエー死ぬ、死んでしまう～！　新型感染症対策で二年間もひきこもった私の努力が一瞬で無駄に……無駄無駄無駄ぁ～！」

「そういう危険は、異世界にはないから」

「なぜ断言できる。レナだって異世界を訪問したのははじめてだろう？　どうして異世界には検疫がない？　私たちが不用意に持ち込んだウィルスが、異世界の住民たちを滅ぼしてしまう危険性もあるのだぞ？　たとえばアメリカ大陸の先住民の多くは、ヨーロッパ人が持ち込んだ天然痘・麻疹・ペストなどの未知のウィルスによって……」

「ストップ。普通に呼吸できるんだから、この世界は俺たちにとって無害なんだよ。逆もまたしかりだ。異世界とは、そういうものなんだ」

「それはフィクションの話だろう？　現実世界では、免疫のない未知のウィルスほど危険なものはないぞ？　やはり山奥に穴を掘ってこもろう。お互いのためだ」

「いやでも、ここ、明らかにナーロッパだし。異世界転生アニメでいつも見ている光景だぞ？

そんな世知辛い事態は起こらないよ」

うにゅ～世界観が論理的じゃない～納得いかない～とシエルが唇を尖らせるが、異世界に来てまでウィルス史を考えるな負ける。

確かに異世界にも病気はあるだろうが、魔術で治癒できるはずだ。魔術師っぽい杖を持っている客もちらほらいる。魔術師が多いなこの世界。

「ほらシエル、取材しよう取材。客層を見ろ。人間も多いが、異種族も大勢いるぞ」

「うひゃあ怖い怖い怖い。聞いたことのない種族名を連呼されても、覚えられんぞ」

「あのなあ。今日リビングで、三時間三十四分なにを見ていたんだよ？」

「うむ。SAGEの歴史について学んでいた。新しい歴史への興味の扉が開かれて、実に爽やかな気分だ。一言で表現するなら……達成感？（かわいい笑顔）」

「違う、そうじゃない！」

「ふむ。あの髭が濃くてずんぐりむっくりした面々は、熊襲だな。大和朝廷にまつろわない、九州の縄文系戦闘民族だ」

「ドワーフな」

「あの手足がひょろ長くて顔色が悪い連中は、土蜘蛛だな。彼らも大和朝廷にまつろわない先住民族で、山に穴を掘って暮らしていたという。討伐を受けて衰退し、後世には妖怪にされてしまった。確かに妖怪っぽい見た目だ」

「オークな」

「あそこのテーブルを囲んでいる連中は、頭がトカゲだったりワニだったりと、見た目はてんでバラバラだが、政権転覆とか企んでいそうな武装集団だ。関東・東北で執拗に大和朝廷に抵抗した、蝦夷だな。縄文系が祖だが、様々な民族から構成されていたとか」

「魔族な。たぶん元々は魔王に仕えていた連中だ」

「魔王とはなんだ？　織田信長公のことか？　天下布武の野望のためならば叡山も一向一揆衆も無慈悲に焼き討ちにする、第六天魔王——！　おお、恐ろしい。でも、かっこいい」

「信長じゃねーよ！　異世界には必ず魔族を率いる魔王がいるんだよ。で、たいていは人間と戦ってるんだ」

「なぜだ？」

「お約束ってやつだよ。理由は作品にもよるし、一切説明されないことも多い」

んみゅ～。そんなの理屈になってない、とシエルは納得いかなさそうに自分の頭をぽかぽか叩いている。

「お待たせ致しました。見かけない旅人さんたちですね。お客さま、ご注文は？」

「ひゃっ？　……つ、つ、土蜘蛛に話しかけられた。どうすればいい、レナ？」

「こらこら失礼だぞシエル。このウェイターさんはオークだからな？」

「はい、わたくしは蜘蛛ではございません（怒）。では当店のお勧めメニューをチョイスしてお持ちしますね（怒）」

ちょっと怒ってるじゃないか。まったくシエルの奴。「土蜘蛛」とか「熊襲」とかいちいち歴史用語に変換しないと固有名詞を覚えられないのはいいが、ろくな呼び名じゃないんだから本人に言うなよ？

「お待たせ致しました。こちら、本日のお勧めランチコース料理となります」

お、意外と早いな。下山中に小腹が空いていたんだ、助かる。

「やった〜お料理が来た〜。って、ひゃあああっ⁉　なななんだこれっ？　レナ、これはほんとうに料理なのかっ？　目玉が巨大な深海魚十三匹の兜盛りゼリー固めとかっ？　巨大で青いお蚕様の蒸し焼きとかっ？　こんなの無理だ、食べられない……！」

確かに、エグい……もう少しフツーっぽい料理を出してくれる店を選べばよかった。

「シエル。み、見た目はアレだが、食べてみると超イケるんだよ。それが異世界料理だ」

「嫌だー嫌だー。私はイギリス人でもなければ長野県民でもないんだぞー⁉　鰊パイもどきも、昆虫食もどきも、む〜り〜！」

イギリス人と長野県民の皆さん、悪気はないんです。

「わかった、わかった。ウェイターさん、ハンバーガーを頼む。牛肉パテのやつで」

「申し訳ございません、お客さま。当店のハンバーガーは、ヘルシーで環境に優しい炎熱砂漠地獄大サソリのパテを使用しております」

「さささサソリっ？　やだやだ！　異世界の料理、怖い～！　うわああん！」

ああ、シエルがギャン泣きしはじめてしまった。食事にはトラウマが多数あるからなあ。

「う、ウェイターさん、あとは俺がなんとかするので、あちらのテーブルへ」

「かしこまりました。こんなに美味しそうな料理なのに、よほど遠い国から来たのかな……」

「ぐすぐす。土蜘蛛が京都人みたいな陰湿な性格じゃなくて助かった～。でも、今はぶぶ漬けでいいから出してほしい～！」

オークと京都人の皆さん、ほんとうに悪気は……もう面倒だからフォローはやめた。

「エグい食材は全部俺が食べるから、シエルはゼリーとか無難な食材だけ食べろ。ほら、皿に取り分けてやるから」

「む～り～。取り分けてもらっても、巨大深海魚とお蚕様の味と匂いがうつってる～」

さすがに、今後ずっと異世界で食べられない料理ばかりをお出しされるのはかわいそうだな。餓死するぞ。どこかに、シエルの口に合う料理を提供してくれる店はないかな？

おや。エルフの男がテーブルに寄ってきた。なんだ？　エルフにしては派手な身なりが妙にゲスくていかにも成金商人っぽいが、耳が尖っているからエルフだろう。

「ふ、ふ、ふ。旅のお嬢さん？　この町の食事が苦手なようですな。私は、諸国の料理を契約者に提供する『毎日食べ放題サブスク』サービス業を行っているダークエルフでございます。この契約書にサインを頂ければ、毎日三食、お嬢さんがご希望するご当地料理を提供致します」

「聞いたかレナ？　するする！　サインする！　食は命より大事だからな。書き書き……」

「よろしい。あとは、ご拇印を。それで契約成立です」

あ。まずい。シエルは簡単に騙されるんだ。この男、明らかに怪しい。

「ちょっと待て！　シエル、こういうのは契約書にちゃんと目を通してからにしろ！　見ろ、これは食べ放題サブスクの契約書じゃない！　確かに一日三食の提供をうたってはいるが、次のページを読め——捺印したら、お前は近々開催される奴隷オークションで売られる羽目になる。これは『奴隷契約書』だ！」

危なかった！　一瞬で、シエルが異世界の奴隷市場に売りに出される危機に陥るとは。

俺が目の前にいながら、この即落ち。俺がいなかったら、どうなってしまうんだ……。

「奴隷契約～？　疑り深いぞレナ。そんなもの、現代の文明社会にあるわけないだろう」

「ここは異世界だと言っているだろうが。異世界に奴隷はつきものなんだよ。そもそも見た目からして怪しいじゃないか、この男」

「なにを言っているレナ。この人はバルカン人だぞ？　バルカン人は知性に優れていて、論理を重んじ、自らの感情を抑制できる素敵な宇宙人だぞ？　地球人よりも信用できる」

「オカルトは信じないのに宇宙人は信じるのか」

「子供みたいなことを言うなレナ。バルカン人は、あくまでもスタートレッキの設定だ。でもほら、この男は耳が尖っているし眉毛も釣り上がっているだろう？　バルカン人だ」

「ここはSF世界じゃない、ファンタジー異世界だ。こいつはダークエルフだよ。エルフは総じて高潔な種族だが、ダークエルフは奴隷商売に手を染めたりもする」

「ふうん？　ダーク要素なんか、あるか？　やはりバルカン人だ」

勝手にスタートレッキと異世界転生を混ぜるなよ。そんなキメラ世界があるか。SFにまったく興味がないのに、どうしてバルカン人にだけはこだわりが強いんだ。

怪しい奴隷商人の男は「パートナーさんのガードが堅くて厄介ですな。上玉の奴隷を手に入れたと思ったのに、惜しい」と悔しがっている。

俺は、伊達に長年シエル係を勤めてきたわけじゃないからな。ここが危険な異世界ならば、なおさらのことだ。

その時——奴隷商人の背後から、女児ファンタジーアニメに出演してそうなマジカルラブリーなコスチュームを着た女の子が、気恥ずかしそうにぴょこんと顔を出してきた。

杖を持っているから魔術師だろう。耳が尖っている。童顔のシエルとはタイプが違うが、お嬢様然とした綺麗な顔立ち。この子もエルフだな。たいていのエルフは美形なのだ。

「ほんとうにごめんなさい、お父さんは奴隷商人なんです。お父さんの商売が阿漕なので、わが家は気高いエルフサロンから追放されてダークエルフに降格されたんです」

「こらこら娘よ、余計なことを言うな。お前はいつも私の仕事の邪魔ばかりして……」

「うわあ！　かわいいコスプレだあ！　見ろレナ、魔法使いだ！　かわいい～！　ぷいきゅあ、がんばえ～！」

「きゃっ？　ど、どうしてペンを振り回すんですか？」

シエル。お前は相手の話を聞けよ。いきなり魔法少女を応援するな。歴史要素ないぞ。

「旅人さんたち。この町では、冒険者ギルドでクエストを請けてまっとうに稼ぐのがお勧めです。自力で稼がないと、いずれお父さんみたいな悪い人に捕まって奴隷堕ちしてしまいますからね。大変ですけれど、が、頑張ってくださいね？　ファイトです」

「……おおー。なにかメンターの助言みたいなことを言っているような？　かわいい上に親切な魔法使いさんだな、レナ。ほらほら、やはりバルカン人は理知的で信用できる」

「エルフな。いいから、このお嬢さんと直接会話しろよ。いちいち俺を中継するな」

シエルはもともと人見知りが激しいが、異世界人が相手だとより酷くなるな。まあ相手は人間じゃないし、未知の世界が不得手なシエルの性格を考えればわからなくもない。

「ふん。こいつらは放っておけ娘よ。余計な入れ知恵などするな。行くぞ」

「は、はい。お父さん」

「少し待ってほしい。レナ、エルフの祖先は絶対にバルカン人のはずだ。太古の昔に別の惑星から移住したという神話がエルフ族にあるかどうか、魔法使いさんに質問してくれ」

「横着せずに自分で聞け」

「別の惑星（わくせい）から移住？　ち、違（ちが）いますよ？　エルフは、この星の土着の種族です」

「いーや、そんなはずはない。忘れ去られているだけで、なにか手がかりがあるはずだ。レナ、エルフにはダークエルフ以外にどんな亜種（あしゅ）がいるのかを聞いてくれ」

「いいから、自分で聞け。あと、ダークエルフは亜種（あしゅ）というより社会階級っぽいぞ」

「うーん。エルフ史は長いですし、一言では語りきれませんね……」

「娘（むすめ）よ、いったいなんの話をしているのだ。もう行くぞ、オークションの準備がある」

レナはまだまだ魔術師（まじゅつし）の娘（むすめ）に聞きたいことがあったようだが、エルフ＝バルカン人説に固執（こしつ）するのはなぜだ。他に質問すべきことがたくさんあるだろう。

「あっ、そうでした。もう少し素朴（そぼく）でポピュラーな家庭料理でしたら、向かいの宿屋で頂けますよ？　きっと、お二人のお口にも合うと思います。ふふっ」

魔術師（まじゅつし）の娘（むすめ）は、最後にそう告げると、父親を追って食堂から去っていった。

「さらばだ魔法使（まほうつか）い。長寿（ちょうじゅ）と繁栄（はんえい）を！」

「バルカン式挨拶（ヴァルカン・サリュート）、やめろ」

「非接触型挨拶（ひせっしょくがたあいさつ）として海外で流行（はや）りつつあるのに。さすがバルカン人、衛生対策も地球人の先を行っている」

最後まで親切な女の子だったな。話し方も立（た）ち居振（いふ）る舞（ま）いも上品なお嬢様（じょうさま）。出会って五秒でシエルを奴隷（どれい）にしようとした父親とは大違（おおちが）いだ。娘（むすめ）には高等教育を施（ほどこ）したクチかな？

「さて。食事も（俺が）平らげたし、それでは早速ギルドでクエスト受注だな」

「レナ、ギルドとはなんだ？　傭兵稼業斡旋業者か？」

「冒険者の組合だよ。あの魔術師の女の子が言う通り、どのみち金は必要だ。それに」

「それに？」

「クエストをこなして大金を稼げば、シュメールの合わせ鏡みたいなマジカルアイテムが手に入る可能性もあるだろう？」

なにしろ、ここは異世界だからな。なぜ現実の世界にあんな代物があったのかは謎だが、この世界になら異世界転移アイテムだって普通に存在しているはずだ。きっと。

そう信じないといずれ俺のメンタルが折れてしまい、シエルは奴隷堕ちだ。

「そうか！　古物商からあれと同じ効果を持つ家宝を買えば、おうちに戻れる！」

シエルが希望に満ちた笑みを浮かべて、ぴよぴよと「歓びのダンス」を踊りはじめた。

恥ずかしいから、食堂では「ゴゴゴゴゴ」とオノマトペを発するな。

「おうちに帰れば、ビーフパティのハンバーガーを食べ放題だ！　未知のウィルスに感染する前にギルドに行こう。早く、早く！」

☆

「レナ。やっぱり、ギルドに入るのはやだ。よく考えると怖い」

「うきうきで踊りながらギルドの入口に到着するなり、お前は突然なにを言いだすんだ」

シエルは、学校の校門や、会社のオフィスビルのエントランスが苦手なのだ。食堂なら食欲が勝つから平気なのに、基準が我が儘……いや、独特すぎる。

「ギルドの運営資金は、どこから出ている？　実は裏で怖い仕事をしている悪の組織なのでは？　たとえば、奴隷商売とか……さっき奴隷商人を見たじゃないか」

「ギルドは反社じゃないよ。冒険者たちの組合だよ」

「ほんとにぃ～？　怖くない？」

「怖くないし、最初は簡単なクエストを請ければいいんだ。ほら、入るぞ」

シエルは目をきゅっと瞑りながら「この道を行けばどうなるものか。迷わず行けよ、行けばわかるさ」と謎の呪文を詠唱して、ギルド内部へと足を踏み入れていた。コケるなよ？　歩く時は目を開けろ。

「……おお……やっぱり怖いじゃないか。壁のあちこちに武具が装備されている！　暴力団の事務所みたいだ。しかもタコ頭のいかつい組長が、悪役っぽい椅子に鎮座してる！」

「こらこら。彼はギルド長だし、それ以前に人間だ。土蜘蛛とかタコとか呼ぶなよ？」

「よう、いらっしゃい。あんたたち、変わった服を着てるな。新人さんだね？　うちでは、壁に飾っている安い武具と防具をレンタルできるけど、どうだい？　安くしておくよ？」

年は五十前後か。頬に大きな疵痕があるが、ギルド長は社交的で親切な親父さんだった。

若い頃はパーティを率いて歴戦の勇者として活躍していたのだろう。

「はじめまして。俺は冒険初心者のレナで、こいつはバディのシエルです。時々踊りだしたり妙な擬音を発したり失礼なことを言ったりしますが、こいつの村ではそれが普通なので気にしないでください」

「レナ。私は村出身者ではないぞ、政令指定都市生まれだ。それに、私の性格は私独自の個性だ。病院でも問題なしとお墨付きを頂いている。嘘はよくないな」

「いいから、いちいち話をややこしくするな」

「俺はギルド長のギースだ。あんたら、新人にしてはずいぶん息が合うコンビだなぁ。気に入った。冒険ではチームワークが最重要だからな」

生涯を異世界での傭兵稼業に費やすつもりはないぞ、とシエルがまた言わなくてもいいことを呟いている。

「うちで扱っているクエストにはこういうものがある、好きなのを選んでいきな」

ギルド長が、ファイルブックを開いてくれた。内容は、受注可能なクエスト一覧だ。

「うん？　おかしいぞレナ。この未知の言語は、単語も文法もなにもかも、凄く英語っぽい⁉

初見なのに割と読めてしまう、なぜだ？」

「そういう世界なんだ、慣れろ。ふむ……かなり難易度が高いクエストが多いですね」

「おかしいではないか、『楽市楽座』がないぞレナ！　初手でこなすべき政策なのに！」

「戦国時代じゃないから、ここ」

「美味しいクエストは朝一番で埋まってしまうんでな、この時間帯はあまりいい仕事がないんだ。明日の早朝ならもっといいクエストを斡旋できるが、どうするね？」

明日まで待つと、会社への復帰時期がどんどん遅れるな。だが無理をして死んだら、もうコンティニューできん。ここは焦らずに、明日まで待って簡単なクエストを選ぼうか。

「レナ。私はこの傭兵稼業がやりたい。面白そうだ！」

あ、こら。シエル、勝手にクエストを選ぶな。限りなく英語っぽい異世界文字を読めても、単語が異世界用語塗れだから、中身はよくわからないだろうに。

シエルが指定したクエストを一瞥したギルド長が「おおっと」と青ざめた。

「レナ。『魔王』と推定できる単語が入ってるから、これにする」

「クエスト『魔王城に潜入』を受注かい、お嬢ちゃん⁉　こいつはたまげた度胸だ！」

「初手最難関やめろ」

「度胸は買うがね、あんたたちのレベルじゃ無理だよ。死ぬぜ？　魔王城には、白魔術の達人にも解除できない危険な罠が無数に仕掛けられているそうだ。手練れの冒険者たちに、王国や教会の使者。かつて魔王城へ向けて旅立った者の多くが、永遠に帰らぬ身となっちまったのさ。かつての俺の仲間たちもな――」

「レナ、レベルとはなんだ？　ファンタジーとゲームを混ぜるなとタコ組長に言え」

「ギルド長、こいつの発言は気にしないでください。ひよこがぴよぴよ鳴いていると思って受け流してください、どうか寛大な心でお願いします」

「はっはっは。気にするな、孫みてえな子供に本気で怒るような歳じゃねえよ俺は」

中学生に見えますが、実は18歳なんですけれどね。黙っていよう。「私はこのタコ組長の孫ほど幼くはないぞ、誤解は解かなくてはならない」とか言いだすなよシエル？

「レベルとは、クエストを達成するごとにアップしていく通算経験値さ。冒険者の強さの目安になるんだ。うちは冒険者のレベルを示すバッジも支給している、よろしくな」

冒険者の実績を示す数値か。バッジは勲章みたいなものだな。

空中にステータスウィンドウが開いてレベルアップするゲーム系世界だったら「どうして物理法則を無視して空間にこんなものが出るのだ、おかしいではないか」とシエルがいちいち騒ぐだろうから、少しだけ楽できそうだ。

「あんたたちクエスト未達成の初心者はレベル1だ。魔王城に潜入するなら、最低でもレベル２００はないとなあ。それでも生還はまず無理だがね」

「レナ。コツコツ経験値稼ぎなんかしてられんぞ、私はお腹がぺこぺこだ！　じゃあ別の傭兵稼業を受けよう！　これだ、こっちのほうが簡単そうだ」

「なっ……お嬢ちゃん？　あんたのクソ度胸は、どこまで凄いんだ……おっかねえ……!?」

ギルド長の顔色がいよいよ真っ青になり、身体はわなわなと震えはじめた。

「クエスト『魔王に会う』を選ぶだと!?　こいつは過去2000年、どんな無謀な冒険者も請けたことがない『達成不可能クエスト』だ。魔王に会うには、まず魔王城を攻略しなきゃいけないからな。王国が率いる大軍団ならまだしも、フリーの冒険者パーティにできることじゃねえ」

「ぶーぶー。レナ、会ってお茶するだけなら私にでもできるもんと組長に言ってやれ」

「論外だろ」

「いーや。魔王にスマホを見せれば、興味を抱いて仕官させてくれるのだぞ。簡単だ」

「それは、戦国召喚ものの織田信長の話だよ……」

過去2000年、誰も受注していないって……凄まじい地雷クエストだな。

「ギルド長。俺たちは今日、田舎村からこの町に着いたばかりで、今の戦況も魔王軍との戦いの歴史も知らないんですよ。実は、魔王城の場所さえ知りません」

「ああ、このカナの町は魔王と戦う教団発祥の地で、魔王城攻略のための要塞として築かれた大教会の周囲に人々が定住して発展した『対魔王城最前線都市』さ」

国境沿いの国際都市か。だから人間に混じっていろいろな種族が暮らしているんだな。

「魔王城は山をひとつ越えた向こう、北の極寒の大地にある。人類と魔族は一万年前から戦っていたらしいが、大昔のことはわからねえな。2000年より昔は『暗黒時代』さ」

「ここは歴史を記録する文化もない世界なのか。蛮族の群れだな、レナ（ひそひそ）」

「『ひそひそ』とオノマトペを付けても、声が大きい。ギルド長に丸聞こえだからな」

「はっはっは！　蛮族は酷いなお嬢ちゃん。2000年前に教団と国家が手を結んでからは統治が安定してな。以後の歴史はちゃんと記録されているぜ？　ギルド制度が発足したのもその頃だ。戦記や勇者の伝記はクエスト攻略の参考になるぞ。図書館で閲覧できるぜ」

「図書館⁉　歴史書⁉　この異世界の歴史が、書物に？　行こう、今すぐ行こうレナ！」

「俺たちは歴史を調べに来たんじゃない。クエストをいくつかこなしてからな」

「ぶーぶー。レナには歴史の重要性がまだわからないらしいな。どんな異国に来ても、まずは歴史を調べる。歴史を知らなければ、名所を観光しても意味がわからんだろう？　土地の歴史記憶も蓄積できん。これは旅行の基本だぞ？　まったく、不肖の従兄だな」

「お前は、図書館にこもったら一ヶ月は住み込むじゃないか。資金が尽きるだろうが」

もう「土地の歴史記憶」については突っ込むのをやめた。話の脈絡から推察するに、「ご当地の歴史に関する知識」という程度の意味の、シエルの造語だろう。

「残念だったなお嬢ちゃん。今日は図書館はあいにく閉館しているよ。ただ……」

ただ？

「前世紀には、二度の人魔大戦が起きて世界滅亡寸前まで行ったんだがな。その反動か、今の魔王は戦争を好まねえんだ。最近の世界はしばらく小康状態さ。魔族との間で小競り合いは起きても、大きな戦争は起こらない」

「なるほどなレナ。魔王にも、石高開発や商業振興を実行して国を富ませる内政期は必要だ。今は、来るべき大戦争に備えての準備中なのだな。わくわくしてきたぞ」

「だから、異世界の魔王は織田信長じゃないからな？」

「戦争がないから、今の時期はとんでもねえ難易度の達成不可能クエストと、地元ローカルの小さなクエストがほとんどなんだ。小さなクエストをお勧めするぜ」

「やれやれ、注文の多い組長だな。それではレナ、クエスト『大教会で、伝説の勇者の剣を岩から抜く』はどうだ？　大教会までは徒歩三分だぞ。楽だ」

アーサー王伝説以来のお約束だな、「抜けない剣を抜く」イベントは。

「レナは、刃もついていない大剣を引っこ抜く無意味な修行に青春を捧げてきただろう？　保父星流の技術が運良く通じて剣を抜けたら、古物商に高く売れるぞ？　レナの虚しい青春だって、賽の河原で小石を積むような無駄な苦役ではなかったことにできる」

やめろその発言は俺に刺さる。

「シエル、そんなものを抜いたら厄介だろ？　絶対に、教会の聖職者から『勇者』に認定されて魔王を退治させられるやつじゃないか。地雷だ、罠クエストだよ」

「ふふーん。地雷だの罠だの、なんだかんだと理屈をこねてクエストを請けないつもりだな？　レナは怖がりさんだなー」

「違う。そもそも抜けないだろ。異世界で、都合よく保父星流が通用するわけがない。あれはたぶん剣術じゃなくて、田舎村の土俗信仰の儀式が剣術に変質したものだよ」

「レナ。それは昔、私が考えた仮説ではないか。諦めたらそこで試合終了だぞ？」

ギルド長が、「盛り上がっているところ悪いが、こりゃ無理だ」と首を横に振った。

「このクエストも達成不可能クエストさ。抜けた者は過去2000年間、一人もいねえ。失敗してもペナルティはないが、『あいつは自分を伝説の勇者だと思っていたのか』と国中の笑いものになるぜ……俺ぁ若い頃に三度挑戦して三度も笑いものになったからな……」

「レナ。失敗しても笑われるのはレナだから私は一向に構わんと、組長に言ってやれ」

「俺は構うからな？」

「面白いな。あんたたち、ほんとうになにも知らないんだなあ。よく冒険者を志したもんだ。心配で見てらんねえから、常識レベルの情報ならいつでもただで教えてやるぜ」

コワモテだが親切なギルド長によれば——。

2000年前、強大な魔族に苦しめられていた人類を導く「予言者」オモネカが現れ、「ヒイロ教会」という教団を結成。信仰心による団結力で人間が統べる国家をサポートしつつ、

「いずれ勇者と大賢者が現れて魔王を倒すだろう」という未来予言を広めたそうだ。

その予言者が「抜いた者が勇者となる」とこの町の大教会に設置した聖なるアイテムが、伝説の勇者の剣。で、その剣を未だに誰も岩から抜けない。

絶対に抜けないからこそ、いよいよ「予言」の信憑性は年を経るごとに高まっているとか。

「んにゅ～。レナなら抜けそうな気がするが、じゃあ別のクエストにするか。『世界を滅ぼす暗黒ドラゴンを召喚して、退治する』。これなら簡単だな」

「待て待て。そんな危険なモノ、そもそも召喚しちゃダメだからな」

「ふふふ。レナは怖がりさんだなー。古今東西の神話に頻出するドラゴンの正体はな、ただの大蛇か大トカゲだ。私は虫も殺せないかよわい乙女だから無理だが、レナなら退治できる」

「異世界のドラゴンは違うからな？　ドラゴンはマジでドラゴンだからな？」

さっきワイバーンに遭遇してギャン泣きだったくせに、もう忘れたのか。

さすがのギルド長も、シエルの無謀な選択の連続にさすがに困ってきたらしい。「どうしてピンポイントで地雷ばかり踏み抜くんだ」と言いたげな表情になっている。

「お、お嬢ちゃん。暗黒ドラゴンはタブー中のタブーで、魔王ですら触れない禁忌だぜ？　召喚方法はわからねえが、もしも召喚したらこの世界は一日も保たずに滅亡しちまう。頼むからやめてくれねえか？」

「おおー組長がビビってるぞレナ。ヘイヘイヘーイ」

すみません、悪気はないんです。でも、こいつはそろそろ叱られてもいいと思う。

「お嬢ちゃん。このクエストはどうだ？　難易度は高めだが、これなら達成できるかもしれないぜ？　報酬も高額だし、今日残ってるクエストでは一番のお勧めだ」

「騙されるなレナ！　奴隷契約に違いない！」

「だからギルドは奴隷商人とは無関係だ。クエスト『村の石碑が召喚する悪霊を封印せよ』か。ローカルなクエストだが、確かに難易度は高そうだな……」

「あんた方の村にはなかったようだが、世界の各地にこの種の謎の古代石碑が点在してるんだ。で、そいつがその土地に悪霊を呼んで災いを起こすのさ。しかも破棄や撤去を試みると必ず祟られるから、いつまでも動かせないってわけだ」

「うおおお？　動かすと祟りがある謎の石碑だと？　まるで大手町の平将門公の首塚だー？　歴オタ魂が炸裂するぅ～！」

あ、シエルが食いついた。ギルド長は、からくも異世界をシエルから守り抜いた。偉い。

「面白そうだな！　これにしよう、レナ！　絶対にこれ！」

「わかった。これで頼む、ギルド長」

「ああ。だが解除できなきゃ、あんた方二人は命の危険に晒される。無理そうなら撤退しろよ。失敗しても世界は破滅しねえし、魔族との戦争も起こらねえからな」

シエルを放置していたら、魔王だの暗黒ドラゴンだのを弄って異世界を滅茶苦茶にする。

少々危険でも、ギルド長は世界を滅ぼさないクエストを受注させてしまわないとな。

レベル1のド素人パーティと、この世界。どちらかを選ぶとなれば、そりゃ世界だ。

それでも、ギルド長はやっぱり親切な男だった。

「初心者サービスだ。ほれ、ポーションをくれてやるよ。これで命だけは守り抜けよ？　生きてさえいりゃあ、もっと楽なクエストを回してやれるからよ？」

「ポーションですか？　これは、ありがとうございます！　助かります！」

商人と取引した際に見たが、致死のダメージを喰らっても一度再生できるポーションは超高額だ。これがあれば、シエルの命を守れる。ワンミスまでならリカバーできるぞ。

「レナ、ポーションとはなんだ？　なんだその邪悪な色の液体は？　毒ではないのか？」

「おいおいお嬢ちゃん。デビューする前に冒険者スクールにでも通ったほうがいいんじゃねぇか？　本気で心配になってきたぜ。石碑の悪霊に取り殺されるんじゃねぇぞ？」

「ギルド長。意味不明の呪文を詠唱しますが、こいつに悪気はないので気にしないでください」

「はっ？　もしかしてこれは、ステロイドとかヒロポンの類いなのか？　私は使わないぞ、危ないお薬ダメ絶対！」

「ああもうフォローが追いつかねえよ！」

仮にもプロのマンガ家がポーションもギルドもクエストもよく知らないとは、凄いな。

そもそも転移前に異世界転生モノをいろいろ見せたのに、全然記憶に残ってない。

「石碑がある村までは遠いぜ。日も暮れてきたし、今日はもう宿を取って休むんだな」

「ありがとうございます。こいつは、俺が責任を持ってちゃんとした冒険者に育てますので。この御恩は忘れません。ほんとうに、ほんとうに重ね重ね失礼致しました」

「ああ、いいってことよ。俺も若い頃はやんちゃだったからな。あんた方には、なにか光るものがある。いいパーティになる、そんな予感がするのさ。頑張れよ若僧」

「レナ。魔法使いちゃんが言っていた宿屋に泊まろう。普通の料理が食べられるそうだ」

いいからギルド長にお別れの挨拶をしていけ。猫よりも手がかかるなこいつは。

☆

いろいろあった、異世界初日の夜。

魔術師の娘が勧めてくれたリーズナブルなお値段の宿屋に部屋を取った俺とシエルは、宿屋の食堂で、異世界ご当地のポピュラーな食事にようやくありつけた。

ジャガイモっぽい野菜と鶏っぽい肉を煮込んだポトフ風のスープとか、パスタっぽい麺料理とか、現実世界のものと大差ないフルーツの盛り合わせとか。

これだよ。これこれ。これぞ異世界料理だよ。

俺がチョイスした食堂は、豪華だが独創的な魔界風料理を出すことで有名な人気店だったそうだ。料理長がトロールだとか。異世界初心者が入れるような店ではなかったんだな。

それでもシエルは「未知の料理」を苦手にしているので、

「見た目はフツーだが、きっと食材が微妙に違うんだ。それに香辛料の香りがおかしい。これは、食べたらアレルギーでお肌に発疹が出るパターンだ」

と怯えていた。

慣れない異国の香辛料は鬼門だ。シエルは味覚・聴覚に加えて嗅覚も過敏で、台湾に旅行に行った時は「町が八角の匂いで充満しているう～」とN95マスクを着用していた。

よくわからない食材にアレルギーが出ることも多い。だから未知の料理に怯えるわけで。

台湾では、見た目は完全にラーメンだった台湾の麺料理にアレルギーを喰らって、泣く泣くご当地カップラーメンに切り替えたらまたアレルギー発症。

以後、台湾でインド人が開いているカレー屋に帰国当日まで日参する羽目になった。

アメリカ旅行から帰国した時には、自分の町に戻るなり「醤油臭っ⁉」と卒倒していたし。

アメリカでは、食事に悩むことなくずーっとハンバーガーばかり食ってたな。雑で素朴なアメリカ料理が合うんだろうなあ。素材を丸ごとお出ししてくるから安心だし。

「シエル。ポトフは味付けが薄いからいけるだろう。あとフルーツな」

「うう～。私は葡萄アレルギー、メロンアレルギー、キーウイアレルギーだぞ」

「はいはい。緑のフルーツが危険なんだよな。セーフそうなフルーツを試食してみろ」

「うむ。わがソムリエスタンド、ご苦労」

「俺は人間な」


夕食を済ませた後。

宿屋の温泉で入浴を終えた俺とシエルは、異世界の部屋着に着替えて部屋のバルコニーに。

そのまま寝そべりチェアに並んで、一緒に星空を眺めることに。

シエルが「寝る前に、異世界の星座がどういうものか調査してやろうではないかゴゴゴゴ。星座を見れば世界観の作り込み具合がわかるからな。設定のアラを探してやる探してやる」と妙なことを言いだしたから、なのだが……。

「レナ、お腹空いたー」

シエルちゃん、さっき食べたでしょ。

「夕食を半分しか食べてないからだな。身体が保たないから、飲み物で必要カロリーだけでも摂取しろ」

「やだ。甘い水、苦手。炭酸水がいいー。せめて黒烏龍茶」

「どっちもゼロカロリーだろうが」

ハンバーガーばかり食べる子供舌のシエルなのに、コーラは苦手なんだよな。なんでだ？

わからん。「舌にネチョつく感触がダメ」らしいが、なんのことだ。

「いいから星空を見ろシエル。星の光の眩しさが、俺たちの世界の星空とは桁外れだ」

おびただしい数の星が光り輝いている。少し怖いくらいだ。大気が綺麗なのか、もともとこの世界の星が眩しいのか？

「おおー。これは凄いな！　まるで、ハッブル宇宙望遠鏡で見る星空だ。肉眼でこんなに解像度の高い星空を見られるとは⁉」

よし。シエルの、異世界への興味がアップした。星空ってロマンがあるよな。保父星というヘンな名字のおかげで、俺はこうして星を見るのが好きだったりする。保父星という星が実在するのかどうか、シエルと一緒に調べたこともあった。

「とはいえレナ、星の光はただの過去から来る光だ。たとえばオリオン座のベテルギウスは地球から５５０光年離れているから、私たちは大昔のベテルギウスの幻を見ているに過ぎない。本体はもう、超新星爆発して消滅しているかもな」

「お前はまた、そういうことを」

「ただし、神話と結びつけられている星座を探すのは好きだぞ？」

あ、まずい。シエルの歴オタスイッチが入ってしまった。

「星と星を線で繋いで星空に絵を描き出す『星座』という概念を発明した種族は、古代メソポタミアのカルデア人だと言われてきたが、最近ではシュメール人が星座の発明者だという説が有力になりつつある。当然、私はシュメール起源説を推す。人類文明の大半は、シュメール人が突然発明したのだ。シュメール……この、ケムール人みたいな響きが好きだ」

「ちょっと冷えてきたな。そろそろ寝ようか、シエル」

「いいから聞け。北半球と南半球では見える星が異なる。大航海時代にヨーロッパ人が世界中に進出したことで南半球の星座が一気に増えたが、星座の基本は、古代ギリシャの学者プトレマイオスが、ケンタウルスやカシオペアといったギリシャ神話と結びつけた星座群から厳選した『48星座』だ。星といえば、北斗七星プラス死兆星、南斗六星、水滸伝の好漢百八星、我は行くさらば昴よだが、プトレマイオスの48星座がもっとも体系的で優れている」

「うんうん、プトレマイオスは最高だよな。星座は48個あれば充分だよ。うんうん。さあ、明日は朝早いからそろそろ寝ような」

「いや、現在の星座は1930年に国際天文学連合が定めた88星座だ。メシエカタログの110の星雲・星団・銀河も含めて、全部暗唱してやろう」

「そうだな、今は88星座だな。暗唱しなくていいから、そろそろ寝ような」

「もっとも、私はギリシャ神話のゼウスの女好きは苦手だがな！　そもそも人類最古のシュメール神話では――」

ダメだ。シエルの歴オタ蘊蓄暴走スイッチが、この日映い星空に触発されてガッツリと入ってしまった。いったいいつ眠れるんだよ俺は。誰かシエルを止めてくれ。

「せめて目の前の星空を見ようぜシエル。せっかくの異世界の星空だぞ？　取材調査しろ」

「うー、わかった。未知の星空はちょっと怖いけど、頑張る」

「偉い偉い。頑張れ」

隣に俺がいても、シエルはふとしたことで自分だけの世界に入り込んでしまう。歴史蘊蓄が爆発している時は特にそうだ。

俺はその度に、なぜか酷く孤独を感じることがある。

俺にとってシエルは、目の前で眩しく輝いているのに決して手が届かない、過去の星の光のようなものなのかもしれないな。なにしろ、視線を合わせることがないのだから。

こんなにすぐ側にいるのに。三年も俺との連絡を断ってしまっていても、シエルにとっては二、三日会ってなかった程度の感覚だったみたいだしな。

あれ？　なぜだろう、凄く寂しい。

……って、俺はなにを考えているんだ。アパート全焼からの異世界転移で疲れているな。

「おおーレナ。あれを見ろ！　あの暗黒星雲の形、ドラゴンに見えないか？」

シエルが身を乗り出して、星空を指さしていた。星とは視線を合わせられるんだよなあ。

ドラゴン？　そんな形の星雲があるわけ……あったよ⁉　望遠鏡を使わなくても肉眼ではっきりと見える！　意外とでかいぞ⁉　異世界の星空、半端ない。

「ほんとうだ。心霊写真の顔のようなもので偶然ドラゴンに見えるのだろうが、凄いな」

「黒々しいダークな色合いといい、禍々しい形状といい、真の暗黒星雲だなあれは」
「暗黒星雲か。怖い呼び名だな」
「宇宙は怖いからなレナ。リアルコズミックホラーだ。古代人は仮想の星座を星空に描くことで、怖い星空を怖くなくしたのかもな。私はどの星座よりも、オリオン座暗黒星雲の馬頭星雲が好きで――」

ああ、馬頭星雲。

幼い頃から、何度レナに馬頭星雲の話を聞かされ続けたことか。

要は、馬の頭に見える暗黒星雲なのだが、「星座などは人間が星々を好き勝手に線で繋いで描いた妄想だ」と星座を科学的に無根拠なものと言い張っていた幼いレナが、「星空しゅごい！」と星座や星雲に夢中になるきっかけを作った偉大な星雲である。

なにしろ、黒々とした闇の暗黒星雲の形状そのものが馬の頭にしか見えないのだから、人為的に星空に描いた星座とはリアリティのレベルが違ったのだろう。

「知っているかレナ。諸星第二郎の『暗黒伝説』では、オリオン座の馬頭星雲の正体はな――」

その話はもう何度も聞いたよ！　しかも俺が「暗黒伝説」を読む前に懇切丁寧に全部ネタバレされたよ！

「シエル、ストップ！　馬頭星雲の話は今夜はやめろ。またこんどな」

「わかった、レナ。こんどとは、いつだ？」

「こんどは、こんどだよ」

「だから、いつのことだ？　何日何曜日の何時だ、正確に日時を指定しろ。東京の電車の電光掲示案内板には『こんど』と『つぎ』が表示されるが、あれはどっちが先に来るのかわからない。いったいどっちが先なんだ……」

「あれはややこしいよな。上京した時には面食らった。出発時刻が早いほうが先じゃね？」

「ほら。やはり時刻を正確に指定しないと。こんどという日は永遠にやってこないのだぞ？」

「名台詞っぽく言うな」

桜小路シエルは18歳になっても桜小路シエルだな。俺がふとため息をつくと。

不意に、シエルが「わ、私がプロマンガ家を目指したきっかけを知っているか、レナ？」と俺の顎のあたりに視線を向けてきて、ぎこちなく囁いてきた。

「お、急にどうした？　なんだったっけ？」

「うう。覚えてないのか、寂しいぞ。私が昼休みや授業中に描いていた風景画や建築画を、レナはまるでプロだと褒めてくれただろう？　それが、私がプロになると決めた動機だ」

「俺が？　そうだったのか……いや待て。お前は中学を卒業するまで一度もマンガを描いたことがない。だってお前は風景や建物は描けても、人間を描けなかっただろう？　故に俺は、お前の『マンガ』を見たことがなかった。褒めたのは風景画と建築画だ」

「うむ。しかし今時、画家では食えない。絵で稼ぐならイラストレーターかマンガ家だ。私の性格を考えれば、クライアントの注文が多いイラストレーターより、自分で作品内容をコントロールできるマンガ家だ。だから、急病で病院に緊急搬送されたお母さんを安心させるために、私は『プロのマンガ家になる』と約束した」

「……そうか。お母さんはどう言ってた？」

「ふふ、描いたことがないのに、いきなりなにを言いだすの？　でも、あなたならできるわと笑ってたな」

「……あの人らしいな」

「お母さんが息を引き取る直前に、私は歴史的天才☆だから必ずなれる、と宣言しておいた」

シエルの母親は、ちょっと、いや、かなりの変人のシエルにいつも優しかった。学校でシエルがどれほど叱られても、「風変わりだけれど優しくて純粋で、とても頭のいい子だから」とシエルを守っていたっけ。

親からすら虐められても仕方のない凸凹能力者のシエルがまっすぐに育って卑屈な性格にならなかったのも、才能を発揮できる場を掴み取れたのも、母親の理解があったからだ。

「だが瀕死のお母さんが私の最後の言葉を聞き取れたかどうか、微妙でな。だから私はお母さんの葬儀場で、お母さんの遺骨に向けて正式にプロ挑戦を宣言した」

ああもう。その時の光景がわがことのようにはっきりと見える。胃が痛くなってきた。

「それで親族一同からひんしゅくを買った。またヘンな子供がヘンなことを言いだしたとか、自分の母親の葬式なのに涙も見せないのねとか、人間の心がないとか、いろいろ囁かれて怖くなって、思わず葬儀場から逃げだしてしまった。それきり故郷には戻ってない」

シエルには、ちゃんと人間の心があるよ。シエルの心は、他の人間たちよりもずっと繊細で脆くて、だからちょっとばかり自分の気持ちを他人に伝えるのが苦手なだけだ。

幼い頃からずっと一緒だった俺は知っている。

もちろん、シエルのお母さんだって。

「そんなことがあったのか。その場に俺がいればな。ごめんな、シエル」

「いや。私は衆愚どもを豚小屋に閉じ込めるという非効率を極めた学校に通うよりも、一人で部屋にこもって好きなことだけをやるほうが性に合っていた。東京で一人暮らしを開始してから、半年足らずでデビューできたからな。やはり私は歴史的天才☆だな！　ぶいぶい！」

お前はいつどこで「男組」っぽい台詞を覚えたんだ。リアル会話で使うのはやめろ。

「シエルは凄いな。その……ＳＮＳの連絡を三年も途絶えさせてごめんな」

レスをやめたのはシエルだが、シエルはコミュニケーションが苦手だし、連載マンガの執筆で多忙だったのだろう。俺が勇気を出して再度メッセージを送るべきだった。

「もう三年も経ってたのか？　以前、スマホを無くしてレスを返せなくなってな。新機種を買い直す際に番号変更した時に、旧機種のデータが全部消えてしまったのだ」

「そんな理由で三年放置？　なんだそれ、脱力した！」

　ＳＮＳ途絶の原因は「スマホを無くした」だと？　会いたくなかったとかじゃなく？

　番号を変えてもデータは引き継げるはずだが、興味がないことには疎いシエルだからな……

　今日突然三年ぶりにＳＮＳが飛んできたのは、編集長から俺の社用メアドを伝えられたからか。

　なんだよもう。あれこれ悩んで損した。やっぱりシエルは猫だ猫。

「ふふ。こうして一緒にファッションホテルに泊まってやっているのに、なにを脱力している？　光栄に思え、お前以外の殿方とはファッションホテルになんぞ絶対泊まらん」

「な、生々しい言い方はやめろ。ファッションホテルじゃなく、異世界の素朴な宿屋な」

「やれやれ、お前は時々よくわからないことを言いだすな。明日の傭兵稼業挑戦では頼りにしているぞ、わがスタンドよ。ゴゴゴゴゴ」

「よくわからないことを言いだすのはお前だよ。あと傭兵稼業じゃなくて、クエストな」

　ここは危険に満ちた異世界。元の世界に生還するまでは、俺は二度とシエルと離れられない。なにしろ、ほんの数秒で奴隷堕ちしてしまうくらいに騙されやすい奴だからな――。

☆

　翌日、俺とシエルは呪われた石碑があるという、のどかな田舎村に移動した。

問題の石碑は、村全体を見渡せる丘陵に建っていた。

「神木」と呼ばれる樹齢3000年の大木の根元に建立されていて、石碑の高さはおよそ3メートル。幅が約1メートル。

いつの時代に建てられたのかは不明で、過去2000年の歴史に由来の記録がない。つまり、かなりの年代物。忘れ去られた古代文明の遺跡なのだろう。

出発前にギルド長からパーティ用の武具と防具をレンタルしてきたので、見た目は普通の異世界パーティに多少近づいた。

俺のいでたちは、サラリーマンスーツと異世界で愛用されている防御服の悪魔合体。否応なしに労働意欲をかき立てられる。やはりスーツとカッターシャツとネクタイは、気分を引き締めてくれる。社畜労働に比べれば、異世界クエストのひとつやふたつ、どうということはない！　……もしかして、会社の新人社員研修で洗脳されているのか、俺は。

シエルは「人間五十年」Tシャツを着たまま、上から超軽量の防具を羽織っている。ありていに言えば紙装甲だ。シエルに重量がある上着を着せると、すぐに体力が尽きるからな。慎重にガードしないと。ほんとうは村の食堂で待機していてほしいのだが……。

俺たちの胸に輝く「レベル1」の銅バッジを見た村人たちや教会の司祭たちは、

「あの石碑に近づくと災いが……レベル1では攻略は無理です。やめたほうがいいですよ」

「あれは、古代の魔族が築いた呪われた石碑だと噂されています。人間の魔術師にも呪いは

「解けないのです」

と俺たちを心配してくれたが、シエルは「歴史的天才☆の私と、わが便利スタンドに不可能はない。ぶいぶい」と根拠もなく自信まんまん。

もしかしなくてもお前は、古代石碑が見たいだけだろう。

村人たちは「どうしてあの娘さん、明後日の方向を向いて喋ってるんだ？」「右に左に揺れながら立っているが、熱でもあるのだろうか？」「石畳から石畳までジャンプしながら移動している……あの歩行法にどういう意味が？」とシエルの妙な行動パターンに戸惑っていたが、皆、クエストに向かうシエルを心配してくれる善良な人々だった。

現代世界だと虐めやからかいの対象になりがちだからな、シエルは。

なんだかほっこりしてきたが、（もしかしてそれほど石碑が危険だということでは？　彼らは、帰ってこなかった冒険者を数多く見送ってきたのでは……）と俺は気づいた。

だが、後悔してももう遅い。

シエルが「早く行こう、石碑が見たい見たい」とせかすので、安物だが頑丈さには定評がある巨大な木製の盾を（俺が）構え、二人で丘陵を登りはじめたのだが――。

僅か数分後には、シエルはパニックを起こして自分の頭をぎゅーと両掌で押さえながら「うわあああ。うわああああ」と丘陵の中腹に蹲って悲鳴を上げていた。

「れれれレナ、無数の石礫が～⁉　激しい突風があ～？　スコールみたいな大雨があ～？　雷がゴロゴロ落ちまくってるぅ～？　やだやだやだ、うわああうわああうわああ～⁉」

「丘の外は晴れ上がってるのにな。古代石碑の祟り、半端ないな。さすがは異世界だ」

「おかしいぞ、数分前まで青空だったではないか。異世界の気象庁にクレームを入れてやるぅ～！　うわ、うわ、うわうわあああ～」

「落ち着けシエル。この巨大盾があれば石碑まで到達できる」

「ひい、すぐそばに雷が落ちた？　おへそ取られるぅ？　レナ、石碑は物理的に破壊できないのではなかったか？」

「確かに今まで壊せた者はいないが、それは祟りを恐れてのことだろう？　それこそ平将門の首塚と同じだ。一刻も早く出社してタイムカードを押したいこの俺には、通じない」

「うにゅ～。タイムカードのためなら命も賭けるのかレナは。この社畜め～！」

社畜上等。今こそ、働けど働けど給料が上がらず物価と税金ばかりが上がり続ける生き地獄のような社会でデモもストライキも起こさずに羊のように死んだ目で黙々と働く、そんな日本のサラリーマンの社畜魂を見せてやろう。

異世界よ、これが社畜だ。

「石碑の背後に神木があるだろう？　あの神木を真正面に据えて移動すれば、石碑の攻撃を最低限に抑えられる。神木方向からは、枝葉が邪魔になって石礫は飛んでこない」

「あの木が動きだして襲ってきたら終わりだぞ。ああいう木がお化けになる映画を、昔観たぞ。ロード……なんだったかな？　ロード・オブ・キング・オブ・ジパング？」

「ロード・オブ・リングでは？　もしも動きだしたら、反転して撤退しよう」

俺はあちこちから襲ってくる石礫から、うわ～ひえ～ふぇ～と大騒ぎするシエルを庇いつつ、丘陵をじりじりと登った。

一時間ほどかかったが、死ぬ思いで石碑に到達した。

シエルを置いてきたほうが楽だった気はするが、とにかく無事に登りきった。盾はもうボロボロだが……買い取られないよな？

「おおーさすがレナだな。忍耐強いぞ、見上げた三河魂だ」

「俺たちは三河出身じゃないだろ」

俺が忍耐強いのは、保父星流の意味不明の修行と、シエル係を長年勤めてきた経験の賜物だ。シエル係の習性なのか、シエルをこうして危機から庇っていると恐怖心も湧いてこないしな。シエルが危なっかしいから、そんな余裕がなくなるのだ。

「あとは、この石碑をハンマーで破壊するだけだ」

「うーん。レナに、ほんとに壊せるのか～？　無理だと思うぞ？」

「悪霊的な攻撃はしてくるが、石碑は石碑だ。祟りを恐れない現代人の俺なら壊せるさ」

「では、やれ。だがその前に石碑の文字を見て丸暗記しておく。これは町で見た英語風の文字とはまったくの別物だ。やはりこの異世界では、歴史に断絶があるのだな……んん、興味深い」

シエルには、見たものを一瞬で映像として記憶する写真眼能力がある。惜しむらくは、大好きな歴史神話ネタ限定能力だということだ。

「よし、五秒経った。もう覚えたなシエル？　壊すぞ？」

「うむ。寒くて怖くておしっこ漏れそうなので、許可するぞわがスタンドよ」

「それでは、石碑を破壊！　喰らえ、社畜ハンマー！」

「メメタアッ！」

「そのオノマトペ、要らないから」

……

……

「あ、あれ？」

「うわ～、壊せないではないかー！　保父星流はひたすら剣を岩から抜くだけの中二病剣術だったのか～！　傷ひとつ付けられないとは、それでも私のスタープラチナか!?」

「おかしい。全力でハンマーを振るったのに、当たった感触すらない。見えないバリアが張られているかのようだ」

「やはりな。レナ、これはきっと結界の仕業だ。平安陰陽師ものでよくあるやつだ。やはりこの石碑は、物理的に破壊できないのだ」

「……祟りが怖くて壊せないのではなく……ほんとうに破壊できない代物だというのか？」

「だから、タコ組長がそう言っていたから、そうなんじゃないか？」

ギルド長の言葉は『破棄や撤去を試みると必ず祟られるから、いつまでも動かせない』。

だが俺は、この言葉を『祟られるから、誰も破棄や撤去を試みない』と無意識のうちに勝手に読み替えていたらしい。

「私はそんな過ちは犯さないが、人間はすぐに言葉を自分に都合よく解釈するからな。言葉は一言一句弄らずに字義通りに捉えるに限るぞ、なんのための言語だ」

うーん、返す言葉もない。なんでも字義通りにしか捉えられないシエルのほうが、かえって異世界では生き残りやすいのかも……詐欺師に騙されやすいリスクもあるが、こういう無意識の思い込みによるポカはやらかさないだろうからな。

待てよ？　破壊を試みてしまったから、今までよりも強烈な反撃が返ってくるのでは⁉

結界イコール祟りではないはずだ。ここから来る攻撃が、真の『祟り』だ！

「シエル、俺から離れるな。盾と俺の身体の間に挟まれ！　石碑の本気の攻撃が来るぞ！」

「あわ。あわわわ。いきなり抱っこするなレナ。わわわ私に触れる時には許可を得ろ〜！　私は、触れられるのが超苦手なのだ。知ってるだろう⁉」

「悪いがそれどころでは……うおおおおっ⁉　ネズミだああ⁉　ネズミの大群が集まって

きたあああっ⁉　どこから出て来たんだ、こいつら⁉」

「ふむ。丘陵のあちこちに巣穴を掘って寝ていたらしい。プレーリードッグに近い種族だな。や～んかわいい～……って、ギャー⁉　あっという間に身体に張り付いてきた～⁉」

「シエルっ⁉　だいじょうぶか？　張り付くな、お前ら！　しっ、しっ！」

「みぎゃあああ！　やめろーっ私を齧るなーっウィルスや細菌に感染してしまうーっ！」

「えっ？　ウィルス？　まさか……いやでも、野生のネズミだから……持ってるのか⁉」

「レナ。古代や中世の人間が恐れた『厄災』や『祟り』には、天災だけでなく『伝染病』も含まれているのだぞ？　奈良時代に聖武天皇が大仏を建立してまで鎮めようとした『祟り』の本体は、政権を担っていた藤原家の四兄弟を全員殺し、日本の全人口の三割を大量死させた天然痘だ。つまり、この石碑の『祟り』の本体は――」

「そうか！　この野ネズミ軍団は、早く追い散らさないと食い殺されるし、追い散らしても嚙まれたらウィルスに冒されるという絶対に助からない攻撃か⁉　まずいまずいまずい！　手持ちのポーションは一本だけ。一人分しかない！　撤退だ、撤退するぞシエル！」

まさかシエルが一人でわあわあ怖がって騒いでいたウィルス攻撃を、古代石碑が齧歯類を介して駆使してくるとは。

この異世界にはウィルスという概念がないから、丘陵に棲み着いた野生のネズミに嚙まれて感染すると「祟られた」ということになるのだろう。

命のない石碑が明らかにこいつらを操っている点はいかにも異世界だが、これはまさしく「厄災」であり「祟り」だ。異世界人には、悪霊の仕業にしか見えない。

「すまないシエル。こんな危険な場所に、お前を連れてくるんじゃなかった。俺が野ネズミたちの囮になって足止めする。坂を駆け下りて逃げろ。ほら、ポーションはお前が使え。強く握りしめろ、落とすんじゃないぞ？　約束だぞ」

「ばかっ、自分から死亡フラグを立てるなレナ！　歴史的天才☆の私が、私もレナも守ってみせようではないか！　ポーションなど捨てろ！　メメタァ！」

え――――っ⁉　一本しかない貴重なポーションの瓶を、レナがぶん投げて割ってしまっただとーっ？

ちょ、待てよ？　嘘だろお前？　いったいなにをやって……⁉

「フ。人間は死を覚悟すると、脳が活性化して一瞬だけ覚醒するのだ。『走馬灯』とは、死地に追い込まれた人間の脳が人生全ての記憶を再生して、生き残るための可能性を瞬時に探る『最終防衛機能』だという説がある。私はこの仮説にかけた！　〆切り直前になるとなぜか突然マンガのアイディアが閃くという経験則からな！」

「マンガの〆切りと、リアル異世界の石碑の攻撃を、一緒にするんじゃあない！」

「お。今の台詞の言い回し、ジオジオっぽくてイイゾ～レナ」

なに言ってんだよ。もうダメだ、終わった！　シエルを、守りきれなかった……！

だが。

この時、奇跡が起きた。シエルにとっては「計算通り」だったのかもしれないが。

ドオオオン……！　と石碑の背後からいきなり爆発音。石碑が砕けた？

いや違う。煙の中から――某阿部さんみたいに濃い顔の古代人男の幽霊が現れただと？

あれ？　今、幽霊のおっさんが、「ヘウレカー」と叫んだ!?

いったいどういうことだ、これは？　誰だ、こいつ!?

同時にシエルは、俺に抱きしめられながらぐるぐると両手を回転させはじめた。痛い痛い。

俺の顎を殴るな。痛いって。

「エウレカ～！　閃いたぞ、レナ！　歴史の謎に私が触れた時に出てくるアルキメデスのスタンドが召喚された！　これで古代石碑の祟りに勝った第三部完！」

「このおっさん、アルキメデスなのかよ!?　って、どうしてシエルの妄想のアルキメデスが、俺にも見えているんだ？　異世界の魔力の影響か？」

「レナ、ネズミを私の身体から払ってくれ。この古代石碑は、かのナポレオンがエジプト遠征時に発見したロゼッタストーンによく似ている。石碑上部に描かれた十二頭身の人物画は意味不明だが、下部に記されている神聖文字は読めるぞ！」

「さすがに、異世界の古代文字が古代エジプトの言語と同じわけないだろう？」

「完全に同じではないが、構造がよく似ているのだ。この異世界は、私たちの世界と文化的な共通点が多い。そもそも異世界の現行の言語も、英語そっくりだろう？」

む、一理ある。ここは、まるで現代人が過去の歴史を参考に創造した世界のようだ。

メタ的には異世界転生は創作物なのだからそれが当然なのだが、いざ実際に来てみると「なぜだ」と違和感もある。この異世界は仮想世界ではなく現実に存在する世界だから。

だが、俺自身が言ったように「異世界とはそういうもの」なのだろう。

「見ろ。古代エジプトの象形文字ヒエログリフと、文字の形や文法などが似ている。この古代語は、表意文字、表音文字、決定詞。3種類のヒエログリフから構成されている。しかも読む方向が常に一定なので、読む方向がぐちゃぐちゃの本家よりもずっと簡単だぞ」

「お前の言葉の意味がさっぱりわからんが、それって閃いたんじゃなくて、自力で言語を解読してるだけじゃね？」

「この石碑がロゼッタストーンに似ていることに気づいたのが、閃きだ。単語の意味がわからないので文章の具体的な内容は謎だ。だが、恐らく悪霊封印の呪文だと思う」

「こいつは、悪霊を呼び出して土地に仇を為す石碑じゃなかったのか？」

「歴史の闇に埋もれて今では解読不能になっているが、この石碑に取り付けられた緊急停止装置のようなものだろう。人間が発音できる母音と子音のパターンを組み合わせて全部試そう。可能性があるパターンを総当たりして、片っ端から高速詠唱するぞ」

「総当たりかよ。いったい何パターンあるんだ？」

「聞かないほうがいいと思うぞ。異世界人の発音を聞く限り、たぶんだいじょうぶだ。人間も土蜘蛛もタコ組長もバルカン人も、なぜか発音領域に関しては私たちと共通している」

「わかった、急げ！　ネズミたちが盾を翳りはじめた！　盾が壊れたら、お前も俺もネズミの渦の中に呑み込まれる！」

「全集中する。私の頭にヘッドホンを付けてくれ、レナ」

シエルが目を瞑りながら、一心に呪文を詠唱開始した。凄まじい早口な上に謎の古代言語なので、俺にはシエルがなにを呟いているのかまるで理解できない。だが、次々といろいろな発音のパターンを試していることだけは声の響きからわかる。中国語っぽい発音からドイツ語、ロシア語、スペイン語、フランス語、英語、どこかで聞いたことがある発音の数々。なにより も速い。ほんとうに、高速詠唱だ――凄まじい集中力と語学力だ。

ああ。集中して自分の能力を駆使している時のシエルの横顔は、ほんとうに……。

「よし。当たりを引いた！　終わったぞレナ」

それは一瞬の出来事だった。

古代石碑が発生させていた怪異が、嘘のようにぴたりと鎮まった。

大雨も。暴風も。石礫も。雷も。あと、アルキメデスも。

大量の野ネズミたちも、何事もなかったかのように巣穴へと戻っていった。

頭上には爽やかな青空が戻って来て、涼やかな風が丘陵に吹き上がってきた――。

「……ほんとうに……止まったのか？」

危機一髪だった。シエルの偏執的な歴史マニア癖が、クエスト達成に役立つとは。

「スタンドガード、ご苦労。頼りになるバディだな、レナは。もしもお前が逃げだしていたら私は今頃、ネズミに食い尽くされてしゃれこうべだったぞ」

「お前を放りだして逃げるわけないだろうが。ギャン泣きされたら目覚めが悪くなる」

「ふふ。私は客観的な事実を言っただけだぞ？　レナが私を置いて逃げるわけがない、逃げるわけがない、逃げるわけがない、逃げるわけが」

四回言っても、異世界の大自然に黄金長方形は見つからないからな。

「さてと、この古代石碑はもう安全だ。戦利品として持って帰って、高値で売り払おう。私物にしたいが、でかすぎて置く場所がないからな」

「いやいやもう一度壊してみるか、無理なら地中深く埋めよう。いつ再起動するかわからないからな。どういう理屈で石碑が災厄を発生させる装置として動いているのか、謎のままだろう？」

「ふむ、そうだな……時間が経てば再起動する可能性は確かにあるな」

外し終えて首にかけたヘッドホンを弄りながら、シエルが明後日の方向を見つめつつ呟いた。

「ここは魔術が実在する世界だから、この石碑には『土地の歴史記憶』が『魔力』として実際に封じられているのかもな。古代の自動魔術発生装置というわけだ」

「だから、そのお前の造語の『土地の歴史記憶』ってなんだよ？　せっかく自己解釈して片付けたのに、またわからなくなったじゃないか⁉」

「レナ。ここは、とても面白い世界かもしれない。町に戻ったら図書館に通い詰めるぞ。２０００年以前の古代の歴史が、図書館のどこかに残ってないかな？」

　どうやらシエルは、異世界の歴史を発掘できるクエストに夢中になってきたらしい。

「さあ、はじまった。図書館の本を全部読むとか言うなよ？」

「もちろん全部読む。歴史ネタに変換して記憶すれば丸暗記できるから、すぐに終わる」

「まず帰る方法を考えようぜ。タイムカードを押せないし、いつまでも出社しないと俺は解雇される。シエルだって、マンガの原稿を描かないと」

「この社畜め。早く帰りたいのなら、それこそ歴史調査が最優先だ。文献から帰還方法を発見できるかもしれないだろう？」

　一理ある……のか？

　ともあれ町に戻る前に、村人たちに「終わりましたよ」と報告しなくてはな。みんな、足取りすらひよこのようにおぼつかなくて怪しかったシエルを心配している。

☆

村の広場に戻ってみると、賑やかな祝賀会が開かれていて、俺とシエルは村人たちから熱烈大歓迎された。特に、呪文を詠唱して石碑を止めたシエル。

「おかえりなさい、冒険者様たち！」

「石碑を封印して頂き、どれほど感謝してもしきれません！」

「あたしゃ、この娘さんが魔術で守護精霊を召喚して石碑の悪霊を封じた瞬間をこの目で見たんだよ。いやあ、そりゃもう顔の濃い立派な守護精霊だったねえ。男前でねぇ」

見物人がいたのか。丘陵の一歩外は、無風快晴だったからな。でもあのアルキメデスは、守護精霊とかそういう大それたものではなく、シエルの妄想ですよ？

「杖すら使わずに、すらすらと呪文を詠唱していたよ。その呪文の長いこと長いこと」

「このお嬢さんは2000年前に予言されていた、魔王を倒す大賢者様かもしれないな！」

「あんたは村の救世主だよ、ほんとうにありがとうね」

「みぎゃあああ。おばさんが抱きついてきた～!? 助けろレナ～!?」

「あら、ごめんなさいね。そうね、あなたは膨大な魔力を持つ大賢者だものね。あたしに自分の魔力が流れ込むことを心配してくれているのね。なんて優しい子なのかしら!?」

シエルは、接触されることを極度に苦手にしているだけですよ？

「この子がわしらと決して目を合わせないのは、魔力が強すぎて一睨みでわしらの精神を支配できてしまうからじゃろうな。常にわしらの安全を気遣ってくださっているのじゃ」

「いやあ奥ゆかしい賢者様だなあ。こんなに愛らしい幼子が、すげえ自制心だ！　尊敬するぜ！」

シエルは、他人と視線を合わせるのが苦手なだけで……誤解が連鎖しているな。

「あの呪文は、石碑に刻まれた古代文字だったのですね？　私どもはあの古代文字を読めるお方に、長い信仰生活ではじめてお会いしました」

「法皇猊下や魔術学園の教授たちですら読めない古代文字を、一瞬で解読してしまうなんて」

村の教会に勤める司祭たちも、手放しでシエルの偉業を褒め称えている。

あの古代遺跡を止めるクエストはそれほどの難業だったのか。道理で、今朝のギルド長が
「どれでも好きな防具と武具を持っていきな、二束三文で貸してやる。ポーションをもう一本あげたいが、在庫切れでなぁ」とやけに親切にしてくれたわけだ。

「あなた様は大天才です。ぜひ、大教会で猊下の謁見を――紹介状を書きますので」

「……うぐ……うぐぐぐ……」

シエルが緊張して固まっている。これほど人々から感謝されてちやほや褒められた経験がないから、どう反応していいのか戸惑っているんだな。混乱したシエルがパニックを起こして逃

げださないように、そっと背後に立ってスタンドのように見守っておこう。

「大賢者様、どうぞお納めください！　これは、わしら村人からのせめてもの謝礼です」

「今や世界的にも希少種となった食肉植物ザラセミラの鉢です。この村の特産品で、飼育は簡単です。週に一度、筒状の葉の中に生の鶏肉を一欠片落としてやってください」

「ぐえっ食肉植物？　こいつ踊ってるぞレナ。指を突っ込んだら食われそうだな、コワー……」

「こらこらシエル。露骨に嫌そうな顔をしない。ありがたく頂きなさい」

「奇妙な植物ですが、咲き誇る花がほんとうに美しいんですよ。頭の花飾りにお使いください、愛らしい大賢者様にきっと似合います」

「……うむ。あ、あ、あ……ありがとう……」

おお、受け取れた。偉いぞシエル。踊りだして鉢を落とさないようにな。

「ほらシエル。祝賀会を開いてくれた村の皆さんに一言、なにか言え。感謝の言葉を」

「う、うむ。私は歴史的天才☆だからな！　当然のことをしたまでだ、はっはっは！　今日は、記念すべきわが歴史的天才☆伝説の初日。はじめての傭兵稼業達成だ！」

おおおお、ぱちぱちぱち、と村人たちが興奮して拍手を送る。純朴な人たちだな。

シエルにとっては、もしかしたら現実世界よりも住み心地がいい世界なのかも。

「シエル、おめでとう。でも傭兵稼業じゃなくてクエストな。そろそろ覚えろ」

「もぉ～、レナはほんとに細かいなあ～。では正式に宣言しよう。『クエスト達成！』」

おおおお、ぱちぱちぱち。

満面の笑みでシエルに拍手と祝福と声援を送る村人たちの姿は――しかし、その瞬間に俺とシエルの視界から忽然と消えていた。

俺とシエルは――現実世界のあのマンションの一室に、瞬時に戻っていたのだった。

☆

「どういうことだ、レナ？　なぜ唐突に戻ってしまったのだ？　こんどこそ美味い異世界料理が食べられそうだったのに～！　祝賀会会場に、緑色じゃないフルーツがいっぱいあったぞ⁉　林檎みたいなフルーツとか～！　食べた～い！　お腹空いた～！」

「……最後のほうは、まるきりシエルが睡眠中に見ていそうなご都合展開だったぞ。全ては、シュメールの合わせ鏡が俺たちに見せた幻覚だったのかもしれないな……」

そうだよなあ。異世界なんて、この世知辛い現実に存在するはずがなかったんだ。

現地語が英語そっくりだとか、古代語がエジプトのヒエログリフに似ていてしかも本家よりも文法が簡単だとか、やっぱりあそこはフィクションの異世界そのものだよな。

ただし、人間の精神に強烈に干渉する不思議な鏡が存在することだけは認めよう。

シエルが異世界転生を描くための「経験」をたっぷり積めたのだから、結果オーライだ。

一応俺は、スマホを開いて「夢仮説」を確認してみた――異世界では宿屋に一晩泊まったが、実際には合わせ鏡に挟まってから数秒ないし数分しか経過していないはずだ。

「あれ？　日付が一日進んでいる。妙だな。丸一日寝ていたのか？」

「レナ、なにを言っている。あの異世界は夢ではないぞ、現実だ。これが、動く証拠だ」

「うわっ？　ザラセミラの鉢を突き出してくるなーっ、びっくりした！　シエルお前、異世界から謎の食肉植物を持ち込むんじゃない！」

シエルが、食肉植物の鉢を俺の目の前に突き出してきた。筒状の葉っぱが「餌をください」と言いたげにくねくね踊っている。確かに『動く証拠』だ。飼い主に似て落ち着きがないな。

じゃあ、あの異世界は――夢じゃなかったのか⁉

「待てよ？　こらこら、検疫はどうなった⁉　もしもこいつが危険な未知のウィルスを持っていたら、人類の危機だぞ⁉」

「レナ。心苦しいが、それを言いだしたらわれわれは一生、マンションの部屋から出られなくなる。だからもう、異世界ウィルスの件は考えないことにしよう」

極度の感染恐怖症なのに、それでいいのかお前は。明らかに取り越し苦労だったし、俺は構わんが。むしろ「世界の人類を救うためだ。一生、二人でこのマンションにひきこもって年老いて死んでいこう」などと迫られるほうが困る。

「ほら。ウ●コ恐怖症のお嬢様だって、実際にウ●コを触ってしまったら、もうウ●コなんてどうでもよくなりましたわ〜触っても死ななければ平気ですわ〜ってなるだろう？」

「お年頃の女の子が、ウ●コなんて言葉を使っちゃいけませんよ？」

「あの異世界は、この現実世界と奇妙なほどに親和性が高い。あの石碑が操っていた野ネズミの類いを持ち込まない限り、ウィルス問題はないものと考えていいだろう。念のため、この食肉植物はマンションから持ち出し禁止にしておくが」

「……そうしよう。結局、あの異世界の正体はなんだったんだ？」

「様々な仮説が考えられる。手がかりはやはり、不自然なまでの現実世界との親和性の高さだ。とりわけ言語の類似性。古代言語までが類似しているなんて、偶然のはずがない」

シエルはリビングルームのホワイトボードの前に立って、水性マジックで「書き書き」と超スピードでなにかを書き込みはじめた。

「仮説その一、超未来説。異世界が遥か未来の地球だという説だ。一万年の間、人類と魔族は戦っていたと言われているが、洪水などがあって2000年より以前の歴史記録は失われたとタコ組長が言っていただろう？　失われた一万年とは、そう、私たちが今生きているこの世界だ。だから言語や文化が類似している。異世界の文明レベルが中世まで後退した理由は、今の文明が一度滅亡したからだ。科学の代わりに魔術が再び発達した。土蜘蛛とか蝦夷とか熊襲とかは、現行人類が新たな地球環境に適応した亜種と推定できる」

そもそも異世界は異世界なんだし、実在することが明らかになった時点で別にどうでもよくね？　って、待てよ。「その一」だと？　いくつあるんだよ。

「仮説その二、超過去説。異世界が、遥か過去の地球だという仮説だ。異世界がなんらかの原因で一度滅びた後、文明を再興した人類が現代社会を築いたという逆パターンだ。前世紀に魔軍と人類軍の大戦争が起きて滅亡寸前まで行っただろう？　その後結局、異世界文明は滅亡し、その原因となった魔術が切り捨てられ、人類は科学を発展させるルートを選び直したのだ」

「魔族とかオークとかエルフはどこに行ったんだよ？」

「文明再生の過程で、新しい世界に適応できなかった土蜘蛛たちは北欧神話やケルト神話や古事記日本書紀に痕跡を残しつつ、静かに滅びていったのだろう。ムー業界では『マハーバーラタ』や『ラーマーヤナ』などの古代インド神話には古代に発生した核戦争が描かれていると言われているが、実は魔術戦争だったのだ！　この仮説を採用すれば、謎に包まれたシュメール文明のルーツを『異世界文明の生き残り』だと推定できるぞ」

ムー業界ってなんだよ。

「仮説その三。私たちが生きている現実世界からどこかの時点で分岐した、並行宇宙世界説。アメコミ映画でよくあるやつだな。シュメール文明時代の途中で両者が分岐したと仮定すれば、二つの世界に共通点が多いことも説明できる。他にも、宇宙11次元説やホログラフィック宇宙理論や人間原理などから、さらに異なる仮設も――」

「シエル。なんでもいいから、マンガを描こうぜ。既に一日経過してるんだぞ」

「やれやれ、まったく社畜はこれだから。わかったわかった描いてやろう。異世界を直接見聞取材してきた今の私なら、簡単だ――」

シエルは「自信アリ」とばかりにひよこダンスをぴよぴよと踊りながら、タブレットに描き込みを開始してくれた。まずは世界観のイラストラフ作成、続いてキャラクターのラフ作成、そしてプロット構築だ。恐ろしく筆が速いな。

「ふふふ。この目で見てきたので、リアルに描けそうだ。見たままを描けばいいからな」

「おお。いいぞ、背景はばっちりだな。完璧な記憶力だ、凄いぞシエル」

「ははは、そう褒めるなレナ。さて、異世界のキャラクターを描くとするか……」

だが――シエルの快進撃は、背景画のイメージラフを描き込んでいた時点までだった。

たちまちシエルは行き詰まり、頭を抱えて「うあああああ」と悶えはじめた。

「ダメだダメだダメだ。プロットも思い浮かばないが、それ以前にキャラクターラフを描けない！　取材不足だった！」

「ええっ？」

異世界食堂ではオークのウェイターやダークエルフの奴隷商人に魔術師の女の子。ギルドでは元冒険者のギルド長。村では村人たちや司祭たち。大勢の異世界の人々とたっぷり交流したはずだが？　どうしてキャラクターラフを描けないんだよ？

「レナ、今すぐ異世界にもう一度行くぞ。創作意欲が燃えているうちに取材続行だ！」

「ちょっと待て。まさかお前、向こうで褒められすぎて異世界中毒になりかけてないか？　ネトゲ廃人みたいになってないか？」

「断じて違う、取材が必要だから行くのだ。戻り方はわかった。クエストを達成した後『クエスト達成』という呪文を詠唱すればいい。マスクとアルコールで完全防備してコンビニに行くよりも安全で簡単だろう？　ほら、合わせ鏡の間に身体を挟み込むぞ」

「こらこら！　俺はまだ行くと同意していないぞ？　行くとしても、こんどはきちんと取材計画を立てよう。少しは考えてから行動しようぜ」

「……そうか。帰還する方法はもうわかってるし、私一人で行ってもいいのだが……」

「あ、いや、俺も行きます……一人で行かせたらまた奴隷にされるだろ、シエルは？」

くそっ。誰よりも騙されやすいシエルを一人で異世界に遠足に行かせられるほど、俺は豪胆でも冷淡でもないんだ。食事問題も会話困難問題もあるし、断れないじゃないか。

ほんとうに手のかかる猫を飼っている気分だ。猫って飼い主を自分の奴隷だと思っているらしいが、あの俗説はほんとうなのだろうか？

「むふー。やはりわれわれは眠れる運命の奴隷らしいなゴゴゴゴ。それでは行くぞレナ！　二度目の異世界転移だ！」

第三話 桜小路シエルが奴隷オークションに出品されてしまった件

The genius girl, Ciel Sakurakouji can't draw another world

……また、異世界に来てしまった。

今回はなぜかカナの町に直接転移できたので、バルコニーから眺める星空が綺麗だったあの宿屋に入り、同じ部屋を再び借りた。シエルは同じ部屋に泊まりたがるのだ。

「やった〜。緑色じゃないフルーツだあ〜。ぱくぱく。あまあま」

部屋に着くなり、おやつの時間かよ。完全に常連客化しつつあるな。

とにかく仕事再開だ。「ちょっとだけ図書館に」と愚図るシエルをテーブルの前に座らせて、ペンを取らせる。異世界の絵描き作業は、当然ながらアナログだ。

「さあ異世界に来たぞ？　いったいなにが足りないんだシエル？」

「うむ。まず古代石碑の封印だけでは、エピソード的に弱い。第一話から第三話にかけての摑みには、もっと読者を引きつけるインパクトがあるエピソードが欲しいぞ」

「それは一理あるが、ストーリーは自分で考えればいいだろう？」

「実際にクエストを受注して達成する経験を積むほうが、ずっとマンガにリアリティが出る」

うーん。「ほんとうにやったことをマンガにする」手法を異世界で続けていくと、最終的に魔王と対決させられそうで心配だが……三ヶ月で編集長の無茶な要求に応えるには、一番効率的なやり方かもしれない。

古代遺跡の呪文解読エピソードは前作「れきじょっ！」と微妙に設定が似ているし、確かにファーストエピソードには鮮烈なアクションと外連味ある設定が欲しいところだ。

「だが最大の問題は、異世界人のキャララフを上手く描けないということだ、レナ」

「そうか。怒らないから、とりあえず描いてみろ。それを見て対策を考えよう」

「わかった。見ても怒るなよ？　書き書き」

できたー！　とシエルが提出してきた異世界人のキャラクターラフは……。

どれもこれも幽霊のようにぼんやりした輪郭で、しかも顔がのっぺらぼうだった。

「……どれがオークでどれが人間でどれがダークエルフなのか、さっぱりわからん……」

服装で見分けがつくのは、魔術師の娘くらいだ。でも、その魔術師キャラも顔がない。へのへのもへじでいいから顔を描けよ、怖いだろ。夜中に見たら鳥肌ものだよ。

「いいかレナ、これが土蜘蛛。姿勢が悪いだろう？　これが異世界人間。耳が丸いだろう？これがバルカン人。耳が尖っていて、バルカン式挨拶をしている」

「ダークエルフはそんな挨拶はしないよ。どのキャラも憶測だけで描いてるな、これ。なにより顔がないのがまずい。ホラーマンガだぞ、これじゃ」

「うみゅ～。みんながどんな姿だったか、どうしても思いだせなくて」

「さんざん会って喋っただろう？」

「私は異世界では普段よりも緊張するから、ずっと目を伏せて、誰とも視線を合わせないどころか視界にすらほとんど入れなかった。会話中も常にレナに喋らせていた。だから、相手の姿をろくに見ていない！」

　胸を張って威張って言うようなことか。

「未知の要素だらけの異世界では、シエルの人見知り傾向がより先鋭化されるんだな。まあ、情状酌量の余地はある」

「おお～レナは優しいなあ～。では、新作は新感覚ののっぺらぼうマンガということで許してくれるな？」

「俺が許しても、編集長が許すか馬鹿ッ！」

「むむむ」

「なにがむむむだ。そもそも取材中に俺に頼りすぎだ。シエルが人と目を合わせるのが苦手なのは知っているが、せめて会話は自分でやらなきゃダメだろ？　未知の異世界だからこそ、相手ときちんと向き合わないと取材経験にならないぞ？」

「うむ、そうだな。でもまあ、現実世界でも私の行動パターンは基本的に同じだがな」

「……そういえば前の担当者とは、どうやってコミュニケーションを取っていたんだ？」

「前任の編集者の顔はちゃんと見たことがないから覚えてない。三人称で呼ばないから名前も忘れた。時々来る差し入れは、ウィルス感染の危険があるから全部突き返した」

あの編集長から詰められた上に作家は奇行の連続。そりゃ失踪するよ。俺がシエルに代わって「悪気はないんです」と詫びないと。ほんとうに、こいつに悪気はないんだ。ただコミュニケーションが極端に苦手なだけで……これで悪気があったらとんでもないな。

「人の顔を見ないお前が、むしろどうやってマンガを描いているんだ？　キャラの感情の動きをどう表現している？　相手の顔を見なければ、相手の心も読めないだろう？」

「……他人の心は、私にとっては謎に満ちたブラックボックスだ。だから、他の作品の心理描写シーンを参考にしてトレースする。もちろん構図や台詞はオリジナルのものに変更するが。私には理解不能だが、人類の精神には『共感性』という能力があるそうだ。私が『共感性』の表現を模倣しても、それは『共感性』を持たない独りぼっちの私にとっては空っぽのニセモノだが、『共感性』を持つ読者にとってはほんものに見えているはずだ」

……シエル。

「私のマンガは、夜空に光る過去の星の輝きを、あたかも今現在の瞬間の輝きの如く描いているようなものだ。現在の星の光は、愚かな私には決して見ることができない。それでも、見えているかのように演じることはできる――」

そんなふうに、自分には他人と共感する能力がないみたいな言い方はするなよ。

シエルにもあるはずだろう？　俺とお前の間に、共感する瞬間が一度もなかったはずがない。昨夜、一緒にドラゴン暗黒星雲を眺めていた時だって……。

「……お前のマンガは、蘊蓄は凄いがドラマパートが弱い、恋愛パートがないと言われていたが、理由がわかったよ」

「んにゃっ？　れれれれ恋愛？　んん、そんなもの拙者のマンガには不要ですぞ!?」

「こらシエル。口調、口調。オタク口調は禁止だろ」

「了解。オタク口調は禁止」

一時期、シエルがアニメの影響でオタクキャラ口調になってしまい面倒だったことがあった。シエルは基本的に自分自身の喋り方というものがわからないので、すぐに人の口調をコピーしてしまう。コピー以外に喋る方法がないのだ。マンガで覚えたオノマトペを多発するのも、そのためだ。

ちなみに今のシエルの口調は、昔の俺の口調をコピーしたものだ。俺が少々中二病を煩っていた時期の……まさに「過去の光」だな。過去の暗黒星雲と言ったほうがいいか。

「あ～。『れきじょっ！』は歴史資料がいっぱいで楽ちんだったのに、異世界は未知の領域ばかりでハードルが高すぎるぅ～」

「そういえばこの世界の人物画には、写実性もマンガ風味もないな。『見て模写する』のも難しいのか」

これは、ギルド長の部屋に飾られたいろいろな絵画を見た俺の感想である。

「そうそう。画風が中世ヨーロッパ風にゃのだ〜。ルネサンス期以前のヘタウマ絵だ」

「ともかくシエル。俺がついているから。異世界の人たちの顔と名前を意識して覚えながら、自分で会話しような。相手の目を直接見るのは無理でも、ぼんやりと顔全体を視界に入れるくらいならできるよな？」

「仕方ないな、善処する」

シエルがパニックを起こさないように俺がサポートしながら、ヒキが強そうな新クエストを請けて、そのクエストを解決しつつシエルを異世界の住民たちと直接交流させる。

これを全部同時並行で、できるのだろうか？

いやあ。マンガ編集者の仕事って、こんなにも大変だったんだな……？

「そうだシエル。今ここで俺の顔を見ながら描こう。慣れた俺相手で練習しておこう」

シエルにはハードルの高いチャレンジだ。担当の俺が人身御供にならなければ。

「ふにゃあっ？　れれれレナの顔をちょちょちょ直接見る？　そんなの眩しすぎる！　できるわけがない！　できるわけがない！　できるわけが」

なんで手をぐるぐる振り回すんだよ。パニックを起こすほどのことか？

「反復言語禁止な。無理に見つめなくてもいいぞ、さすがに俺の顔くらい覚えてるだろう？のっぺらぼうだったら俺は泣くぞ？」

せめて、へのへのもへじで頼むよ。お前の好きなマンガのキャラの顔をトレースしてもいいぞ。モロにジオジオ風だったら吹きだしてしまうかもしれんが。

「うう〜。わ、わかった……わわわ私がお前に視線を向けても、視線を合わせてくる攻撃はするなよレナ？」

視線を合わせるのは、攻撃じゃないからな？

「……あううう〜。ちらっ、ちらっ」

あ、あれ？　上目遣いに俺の顔をちらちら覗き込んでくるシエルが、なぜか妙にかわいい。

今までよりも、ひよこ感が増している。あ、視線が合ってしまった。赤くなるなよ。

ど、どうした俺。こいつは俺の従妹だぞ。シエルだぞ。動揺するんじゃない……！

「……で、できたぞレナ。ど、ど、どうぞ。見ても『似てない』と怒るなよ？」

「怒らない怒らない。目と鼻と口さえ描いてくれていれば——って、誰コレ⁉」

「……レナに決まってるだろう」

さすがに上手い。でも俺ってこんなに——イケメンだっけ⁉　マジで誰なんだ、このスーツとネクタイが似合う爽やかな美青年は？　俺が鏡で毎日見ている俺と全然違うぞ。

「い、いつも私をスタンドのように寄り添って見守ってくれる、笑顔のレナだ」

シエルが見ている俺の笑顔は——俺自身が知らない俺だった。

そして、この絵を「ど、ど、どうぞ」と恥ずかしそうに俺に提出してきた桜小路シエルが、厄介な従妹が、この瞬間、俺の目には酷く眩しく見えていた。

☆

異世界の夜空には、眩しいほど強く輝く無数の星がある。異世界にも、星座の概念があるのだろうか？　シエルと俺が命名した「暗黒ドラゴン星雲」は、やはり異世界でも暗黒ドラゴン星雲と呼ばれているのだろうか？

今、俺とシエルは、ギルドを出立して二時間ほど移動し、町の郊外にあるサーカス団のテントのような仮設建物の入口に到着したところだ。

仮設テント周辺の駐車場とおぼしきスペースには、高級そうな馬車が続々と集まってくる。

そう、今宵このテントで開催されるイベントは――。

「レナ。私はギルドでこのクエストを一目見て、直感した。第一話を飾るエピソードにふさわしいクエストは、これしかないと！　クエスト『奴隷商人から少女たちを解放せよ』！」

美しい異世界の星空とはおよそ似つかわしくない「奴隷オークション」だ。

現代だったら洒落にならない邪悪なイベントだが、どこか牧歌的なのは、奴隷を目当てに馬車に乗って集まってくる客の多くがゴブリンだったりオークだったりするからだろうか？　その分、現実感がない。ちなみに首輪を嵌められて売りに出される奴隷の比率は、男女半々。種族も、人間に限らず実に雑多だ。

「食堂に私を騙そうとした奴隷商人がいただろう？　あいつが仕切っているオークションに違いない。冒険者パーティらしく、奴隷たちを解放して華々しく連載を飾ろう」

「確かに奴隷商人がいたな。異世界×奴隷の組み合わせは、異世界転生の風物詩だ」

「嫌な風物詩だな。文明社会が育ててきた人権意識はどこに消えてしまったのだ？」

「まあ、異世界だしな」

「アクションシーンに必要な武具は、ちゃんとタコ組長から借りてきたか？」

「仕込み剣をレンタル済みだ。日傘にも杖にも変形するが、実は剣という優れものだ」

「私は、タコ組長から奴隷の首輪を借りてきた。重いけどかわいいゾ～この首輪。どうだ？　レナのかわいいペットに見えないか？」

まずい。実際、首輪を填めたシエルがかわいく見える。俺はどうしてしまったんだ……。

「どこから見ても、借金苦でいたいけな乙女を奴隷として売り飛ばしに来た社畜サラリーマンと、そんなヒモ男のために自らを犠牲にすると決めたけなげな彼女。完璧な変装だ」

「飼い猫に首輪をつけて散歩に来た、社畜生活にくたびれた男に見えるんじゃないか？」

「どっちでも同じだ。いいからこのまま会場に入り込むぞ。機会を捉えて内部から反乱の火の手を起こすために」

数百人は集まってきそうだが、戦力は二人だけ（実質俺一人）。だいじょうぶか？

開催準備は着々と進んでいる。あと一時間もすればオークション開始だろう。

しかし、受付入口で係員に接触する直前に、想定外のトラブルが発生した。

強引に列に割り込んできた、いかにも成金風の大柄なゴブリンが、「順番をお守りください」と注意して後方待機を命じた係員に大声でどぎつい言葉を浴びせたのだ。

「金ならいくらでも出す！　今夜は人間の娘の上玉を揃えてあるだろうな？　念願の奴隷ハーレムをついに手に入れる時が来たぜ！　ワシの子種を幼い人間の娘に授けまくってやろう！　グへへ……ハーレムだ、ハーレム……全ゴブリン男子の夢が今、現実に！」

うわっ、ゲスい笑顔⁉　ゴブリン種族の皆さんも迷惑だろう、こういう奴がいると。

「……びくっ⁉」

「うん？　どうした、シエル？」

「……は、は、は、ハーレムだとぅぅぅぅ⁉　うわ、うわ、うわあああああ⁉」

ええっ？　シエルが突然パニック発作を起こした⁉

全身がぷるぷると痙攣し、過呼吸状態に陥っている。

大変だ！　とりあえず強くハグして、落ち着かせないと。

「れれれレナ。じじじ実は私は、極度のハーレム恐怖症なのだ！　オークションで買われた奴隷はハーレムに強制移送されるのか？　怖い！　はあ、はあ、はあ。息が、息ができない。首が絞まって、くるちぃ～」

「今、首輪を外すから落ち着け。だいじょうぶ、だいじょうぶ。俺はここにいるよ」

「……もっと強く。強く抱っこしてくれ、レナ」

危機的状況に陥る寸前に、どうにかシエルを落ち着かせることができた。会場に入るのはもう少し後にしよう。シエルの精神状態によっては、今夜は撤退したほうがいいかもだ。

「ううう。まだ身体の震えが止まらないにょだ〜」

「そもそも、どうしてハーレム恐怖症なんだよ？　現代のどこでそんな恐怖症を患うんだ」

シエルはつくづく、どこまでも異世界転生に向いていないな。異世界を歩けばハーレムに当たるんだぞ？

「うう〜。私はマンガやアニメに出てくるハーレムが、怖くてたまらないにょだ。それが今、現実として目の前にあると意識したら、急に怖くなった」

「恐怖要素、あるか？　ホラー映画は好き好んで見るくせに、独特の感性だな」

「一対一の恋愛関係なら、妄想と知識で補完すればなんとか関係を把握できる。だが、それでも相手がなにを考えているのか気になりだすと、とても辛い。だって相手の心が読めない私には正解がわからないから、凄く不安になって……パニックを起こしてその場から逃げたくなって……思わず関係をリセットしてしまう。相手の気持ちも考えずにな……」

シエルが、恋愛？　まさか。誰が相手だ？　あれ、どうして俺が慌ててるんだ？

「レナ？　ま、マンガの話だぞ、あくまでも？」

ああ、マンガの話か。恋愛マンガを読むだけでそんなに精神をすり減らすなんて、シエルは繊細すぎて大変だな。

「ましてや三人以上が絡み合う錯綜した恋愛関係は、私には把握不可能だ。あまりにも難解すぎる。ああハーレムが怖い。ハーレムという邪悪な文化を考えた奴は死んでほしい！」

「フェミ的に？」

「は？　なんだそれは、チワワの眷属？」

「全然違う」

「いいかレナ。ハーレムとはな、閉塞した空間に人間がいっぱいいて、誰がなにを考えてるかがきちんと明かされないままに、異性を求める欲と打算に塗れた面々の悪意と嫉妬と騙し合いと探り合いが無限に続く。そんな地獄みたいなサスペンスフル世界なのだぞ？　嘘が苦手な私には、恐怖劇場でしかない」

敢えてそういう極端な表現をすれば、そうなのかもしれないが……そのドキドキハラハラを読者は楽しむわけでな。

「ハーレムは、他人に簡単に騙されまくる私にとっては恐ろしい地獄なのだ。人狼ゲームと同等に苦手で怖いにょだ。ハーレムのことを考えただけで緊張して胃痛がするぅ～」

「ああ、人狼な。そういう意味で苦手なのか……理解した」

シエルは、人狼ゲームがまったくできない。嘘がつけないし嘘を見抜けないから。それどころか開始早々、もはや黙っていられん私が人狼だ！　と自分の正体をいきなりバラす。プレイヤーたちに疑われると、私が嘘をつくような人間に見えるのかと怒る。で、まあ、だいたいの場合は「困ったちゃん」扱いされて強制退場になり、俺が代役を務める。

「ハーレムマンガではないが『かぐや様』なんて、キャラクター全員言ってることと考えてることが違うから、私にとっては1ページ読むだけでこの世の地獄を味わえるのだぞ？」

「『かぐや様』が『ブレイキング・バット』に見えてしまうのは、なかなか大変だな」

ちなみに「ブレイキング・バット」とは、怒濤の麻薬サスペンスと強烈なバイオレンスとドロドロの人間関係てんこ盛りの海外ドラマ。観ているだけで心拍数が爆上がりする。

つくづく、よくマンガ家になれたもんだ。ザザエさんみたいに世界観が常に安定しているジャンルならだいじょうぶなんだろうな。サスペンステイストが強いジオジオも、スタンド勝負で勝った奴が勝ちという明確なルールがあるし、ザザエさん頭もいるしな。

あと、ゾンビものやホラーも、ハラハラはさせられるがだいたいお約束が決まっている。

まあシエルはホラー映画好きとはいえ、怖がりだからほんとうにハラハラさせられる場面はきゅーっと目を瞑ったり早送りしたり消音したりするわけだが。映画館ではアイマスクとヘッドホンで自分を防衛することも。

最初の劇場版「リンク」なんて、呪いのビデオテープの映像とラストの貞子登場シーンを一切見ていないからな。あれは「リンク」を見たと言えるのだろうか？

「……でも、恋愛はゲームじゃないだろうレナ？　愛する人に対して、嘘や駆け引きを使うだなんて……そんなの人間のやることじゃないぞ⁉」

「みんな普通にそうしてるからな？」

「それでも人間か⁉」

シエルは我が儘だしお子さまだし実に手のかかる奴だが、純粋すぎる。

「愛情に嘘も駆け引きも打算もないはずだ。ほんとうの愛には、理由すらないはずだ」

シエルは、心から本気でそう信じている。こいつは嘘がつけないからな。

だから、やっぱり放っておけなくなる。いくら人に騙されても、人間が時には自分を騙す存在だという現実を理解できない。

いや、そうじゃないな。だってシエルは、恐ろしく頭がいい。誰よりも利口だ。

理屈で理解はできても、心がそんな理不尽な現実を受け入れたくないのだろう。

俺と会わなかった三年間、東京で一人暮らしをしていたシエルが無事でいられたのは、上京してすぐにマンガ連載が決まって即仕事部屋に缶詰となり、さらに感染症の流行で丸二年部屋にこもっていたことが大きいのかもしれない。

これからは、シエルから離れないようにしないと……とにかく心配すぎる。

「……時々、私は一人きりで異星人の星に流されてしまったような気分になる。私の世界には私しかいない。私以外の誰も、私の心の内側に入れることができない。私自身も、外の世界に出られない。死ぬまで独りぼっちで生きるしかない。そんな気がして」

それは誤解だよ。今だって、すぐ側に俺がいるだろう。寂しくなるから、やめろよ。

「それに、レナ――生涯、ほんとうに愛する人はただ一人であるべきだ」

だから私はハーレムが苦手だ、とシエルは唇を尖らせながら呟いていた。

相変わらず視線は明後日の方向を向いている。だが、他ならぬ俺に語りかけてくれていることが俺にはわかった。長い付き合いだからな。

あれ？　俺の心臓の鼓動が……おかしいな。俺までパニック発作に感染したのか？

ともあれ――シエルは落ち着いた。俺のほうがなぜかメンタルが乱れている。なんでだ。

「さ、さ、さあ。クエスト挑戦を再開するぞレナ。とととととりあえず受付を済ませてかかか会場に入り込まないと、もももうオークションがはじまってしまいそうだ」

あ、ダメだ。シエルのやる気はまんまんだが、身体がまた緊張で震えだした。

「シエル、危険すぎる。確かにヒキは強いがこのクエストはやめよう。お前がハーレムパニックを起こさないクエストだってあるよ。ホラー系クエストなんてどうだ？」

「ダメだ。私たちに与えられた〆切りまで、あと三ヶ月しかない。よく見ろレナ、私が来ている勝負Tシャツを！　この言葉こそ、今宵の私の決意表明だ！　バアアアアン！」

俺は戦略的撤退を進言したが、シエル、これをスルー。

今夜の勝負Tシャツに印刷された歴史的☆名言は――。

「『虎穴に入らずんば虎児を得ず』。虎の穴に突撃するような危険を冒さなければ、虎を狩るが如き大功は得られないという実に勇敢な言葉だ。漢文調の名言は素晴らしいな！」

「捨て猫みたいにぷるぷる震えているお前が、虎を狩れるのか？　戦闘力はひよこだし」

「私には優秀なスタンドがいるから問題ない。ところでこの『虎穴に入らずんば虎児を得ず』という名言は、どの歴史書に記された言葉だと思う？」

「漢文調だから戦国日本？　いや日本には虎はいないな。ということは古代中国か。わかった『三国志』だな！　『三顧の礼』とか『破竹の勢い』とか、『三国志』由来の名言は多い」

ＥＩＫＯゲーム「三国志」を通して、さんざんシエルに教え込まれたからな。

「ブッブー。惜しいハズレー。残念でしたー♪　正解は『後漢書』だ。『三国志』時代より一代古い後漢王朝時代の名言で、班超将軍が、異民族の匈奴軍に僅かな手勢で無謀な奇襲をかける際に、部下たちを奮い立たせるべく唱えた演説が出典元だ。はっ？　そうか、匈奴……匈奴……漢民族の永遠の宿敵にして略奪を繰り返す遊牧民族の匈奴は、まるでゴブリンだな！　ところで班超将軍にはまだまだ面白い逸話が山ほどあってだな――」

「シエル、ストップ。いいからクエスト攻略を開始するぞ。受付に行く、首輪をつけろ」

「ちっ。了解」

危うく古代中国の後漢王朝戦記を長々と聞かされるところだった。

突然パニックを起こしたシエルを俺が抱きしめている姿を、受付の係員や観客、警備員たちに目撃されていたことが偶然功を奏したらしい。

誰もが、金に困った俺が愛する恋人を借金の形に奴隷として売り飛ばしに来て、互いに別れを悲しんでいたと誤解していた。

まあ、奴隷オークション会場ではよくある光景なのだろう。

俺とシエルはまったく怪しまれずに、首尾よく受付を通過できそう、だったのだが——。

「おや。以前、トロールの食堂でお会いしましたね、あなた方？　旅をしていたはずでは？　もう路銀が尽きましたか？　まさかギルドに加入してクエストを請け、冒険者パーティとしてここに来たんじゃないでしょうな？」

まずい！

最初の食堂でシエルを騙した奴隷商人だ。やはり、こいつが主催者だったのか。さんざん喋ったから、完全に顔を覚えられている！　俺たちの目的がバレてしまう！

「レナ。誰だっけ、このおっさん？　初対面だぞ？」

「だからお前は、人の顔を見ないから忘れるんだー！」

「ほっほっほ。忘れられてしまいましたか。まあよろしい、結局奴隷として売られに来たのですね？　直接会場をご案内しますよ。さあ、人間のお嬢さん。入場のサインを。これは前回と違って良心的な契約書ですよ。買い手がつかなければ即時、解放致します。なにしろあなたのパートナーの殿方はおっかないのでねぇ」

「わかった。いよいよ潜入捜査開始だレナ。書き書き」

「こらこら、お前はまた文面を読まずに迂闊にサインを……」

主催者の前で「潜入捜査開始」とか言うな。嘘をつけとは言わないが、せめて黙っていろ。だいじょうぶなのか？ 小声だったし、バレてないよな？

「お嬢さんは相変わらず、視線を逸らしますなあ。風変わりなお方だ。一瞬でよいので、私のほうを見ていただけませんか。瞳の色によって売値が変わってきますので」

「うん？ 瞳の色？ 何色が高値なのだ？」

不意を突かれたシエルがちらり、と奴隷商人の顔方向に視線を向けた――。

瞬間、奴隷商人は小さな隠し杖を素早く自分の顔の正面に掲げると、シエルの目に黒い光を浴びせていた。まさか、無詠唱魔術⁉

「引っかかりましたね、はっはっは。わが対女性専用黒魔術『服従魔術』を喰らいましたね！ これであなたはもう、私の命令に逆らえない！」

「……みぎゃっ？ ……イエッサー。スベテ、ゴシュジンサマノオオセノママニ」

ええ、嘘だろう？

しまった！ またしても、一瞬でシエルが罠に落ちてしまった⁉

俺は二度もシエルに付いていながら、二度までもシエルを奴隷堕ちに……なんてことだ。

この商人は契約書で奴隷を縛るだけだと思い込んでいたのが間違いだった。対女性専用服従魔術……奴隷商人が凄く得意そうな魔術だ……！ 初対面の食堂ではまだ奥の手を隠していたのか。シエルにこんな魔術に関する異世界知識があるはずない（見ても忘れる）から、俺がしっかり注意していないといけなかったのに。

「よくも！　シエルを返せ、服従魔術を解け！」

「はっはっは。パートナーのお兄さん、あなたは会場には入れません。警備員たち、この男を摘み出しなさい！　死にたくなければ無駄に抵抗しないことですね。それでは参りましょうか、わが奴隷シエルさん」

「……サー、イエッサー……オオセノママニ……」

ダメだ、シエルが奴隷商人に付いていってゲートを潜ってしまった。

行ってしまう。シエルが、奴隷として売り払われてしまう！

どけ！　警備員ども、邪魔をするな！　くそっ。人数が多すぎる、俺一人じゃどうにもできない。それでも、俺はシエルを――！

「ふもおおお？　なんだあの人間の娘は、このあたりじゃ見かけない部族だ。頭が足りなさそうだが、異常にかわいい!?　買うぞ飼うぞ豚小屋で飼育するぞ、絶対に豚小屋に這いつくばらせて涸れ果てるまでワシの子種を孕ませ続けてやるわあああ！　うおおお！」

ちょ。さっきの成金ゴブリン野郎が、シエルに発情してやがる？

なにが頭が足りないだ、なにが豚小屋で飼育だ、冗談じゃないぞふざけんなテメエ!?

シエルを……シエルを家畜扱いするんじゃねえ！

虎穴
虎子

異世界とはいえ荒事は避けるつもりだったが、こいつだけは……！

今の今まで保父星流剣術を実戦で使うつもりはまったくなかったが、いきなり俺は制御不能の激情にかられ、日頃の理性は完全に蒸発していた。

俺は、警備員たちを振りあげた仕込み剣で脅しながらゴブリンへと迫り、問答無用で仕込み剣を鞘から抜き放とうと——。

「ま、待ってください」

そんな俺の袖を、誰かが不意に引っ張った。

「この場で戦うのは無謀です。私が協力しますから、まだ剣は抜かないでください」

「あっ？　きみは……⁉　あの時の？」

「は、はい。以前食堂でお会いした魔術師です。一緒にシエルちゃんを救出しましょう」

俺は意外な場所であの奴隷商人の娘さん——魔術師の少女と再会を果たしたのだった。

☆

俺は魔術師の娘さんに、関係者だけが通ることができる会場の裏口に案内された。

まず彼女は、俺を排除しようとしていた警備員たちを「この方は私の友人です。乱暴は許しません」と一喝して沈黙させ、俺の安全を確保した上で、人気のない裏口に誘導してくれた。

コスチュームはマジカルラブリーだが、物静かで上品な娘さんだな。清楚で高貴なお嬢様オーラで輝いている。

警備員たちも、毅然とした彼女には逆らえなかった。連中にとっては、ボスの娘だからな。

「助けてくれてありがとう。きみは、シエルに服従魔術をかけた奴隷商人の……」

「はい。二度までもお父さんがシエルちゃんとあなたにご迷惑をかけて、ほんとうに申し訳ありません。私は新米魔術師の『スモール』と申します。ふつつか者ですが、裏口から会場に潜入してシエルちゃんを救出しましょう。私なら顔パスで入れますから」

成金趣味で見るからに怪しい父親とは、外見も性格もほんとうに正反対の娘さんだな。

ただ、シエルがここにいたら「スモールという名前なのに、胸だけはラージサイズだな」などと失礼なことをうっかり口走りそうな気がする。

「あれ？　妙ですね？　今、一瞬、野獣の眼光を感じました」

「き、気のせいだよ。シエルが心配で気持ちが荒ぶっていてね、すまない」

危ない危ない。いつの間にか脳内で「シエルがどんなふうに口を滑らせるかシミュレーション」を妄想する癖が……病気じゃないのか、これ。

「それは当然ですよね。私も食堂ではじめてシエルちゃんと出会ってから、また会える日を心待ちにしていたんです」

あの、エルフとバルカン人の区別ができないシエルに？　なんでだ？

「シエルちゃんがとっても無邪気でかわいいからです！」

初対面だとそういう印象を持つ者もいるが、二、三日一緒にいると夢から覚めるよ？

「今夜、気になってお父さんが開催するオークションに来てみたら、シエルちゃんとあなたが勇敢にも奴隷解放クエストの打ち合わせをしている姿を偶然見てしまいました。これはきっとトカ・ウレマ星座の運命のお導きだと思い、シエルちゃんを救うためにお父さんに逆らう悪い子になろうと決意したんです。怖いですけれど、頑張ります！」

「星座……？」

トカ・ウレマってなんだ？

この異世界の星座体系は、当然だが俺たちの世界とは違うらしい。

「趣味は読書と天体観測です。星座のことならなんでも聞いてくださいね？　魔術学園では、ヒーラー兼タンクとして仲間を防御・回復する魔術を主に修得してきました。攻撃魔術は苦手ですが、お二人のお役に立てると思います。よ、よろしくお願いします」

「俺は剣しか扱えないから助かるよ。でも、お父さんに逆らって奴隷オークションをブチ壊すクエストに参加してだいじょうぶなのか？　親子関係が断絶するかもだよ？」

「……覚悟の上です。私は名門の子女が通う高額な高等魔術学園で教育を受けてきましたし、成績も体育以外は学園トップでした。でも……学園ではお友達は一人もできなかったんです」

「なぜだ。こんなに優雅で優しくて親切なきみが？」

「そ、そんなふうに褒められると恥ずかしいです……その……学園に入学して知ったんです。お父さんが手を出している奴隷商売は、この世界から廃絶するべき悪い仕事だと。私自身も幼い頃から奴隷さんたちがかわいそうで、お父さんの奴隷商売はよくないと感じてはいたんですが、お父さんに『わが家はこうでもしないと稼げない。全てはお前に高等教育を受けさせて上級のレディに育てるためだ』って言いくるめられていたんです」

そうか。かなりの親バカだな、あのダークエルフの奴隷商人は。

「でも学園で私は学びました。人間やエルフを家畜のように売買する奴隷商売は、あってはならないのだと。学園で私にお友達ができなかったのは、私が『奴隷商人二世』だったからなんです。在学中にわが家はダークエルフに降格されましたし。お金を積んで退学は免れましたが、お父さんはそれほど悪いことをしていますから仕方なかったんです」

「だからお父さんを止めたいんだね。わかった、俺もシエルを救いたい。一緒に頑張ろう」

「あ、ありがとうございます！」

こんな清楚な娘さんが、どうしてあのシエルをそこまで気に入ったのかは異世界の謎だが、動機はよくわかった。とても切実だ。スモールは正義感の強い子なんだな。自分の父親に反抗してでも正義を貫こうとは、シエル風に言えば黄金の精神だ。

「夜空を見てください。この世界の星空はこんなにも美しいのに……それなのに……」

しかも正義の精神を抱いていながら、あくまでも清楚で控え目、そして星に夢中のロマンテイスト。ますますシエルとは水と油のような気がしてきた。

と、俺はシエルとは好対照なスモール独特のお嬢様オーラを前に「異世界のお嬢様はほんとうにお嬢様だな」と思わず感動していたのだが。

「……シエルは成金のゴブリンに目を付けられている。このままじゃシエルはあいつに競り落とされて、ハーレム牧場で飼われてしまう。急ごう」

この俺の言葉が、決して踏んではならない地雷だったらしい。

突如として、あのおしとやかなスモールの表情が一変した。怒りのあまり唇が青く変色し、瞳はバイオレンス・ジャック（意訳・ケダモノ）のように燃えていた。

ヒエッ、真の野獣の眼光⁉

「ししししシエルちゃんをハーレム牧場で飼う……飼う……飼うですって？　ややややっぱり、とととと殿方はみんな下劣で不潔な豚です魂ゴブリンです！　奴らははらわたから穢れきっていますです！　地上から永久に滅び去るべき邪悪な生き物です！　ああ天空の神よ。あなたはハーレムを欲しがる男という不浄な生き物を、どうして生みだされたのですか⁉」

あの？　あなた、ほんとうにスモールさん？

「ちょ。こっちに杖を突きつけないでくれ！　落ち着いて、落ち着いて！」

「己の醜い欲望を満たすために、純真なシエルちゃんをこともあろうにハーレム牧場で飼おうだなんて、絶対に絶対に絶対に許せません！　魔界へ落ちやがれ豚野郎です‼」

スモール？「ゴゴゴゴゴゴ」って擬音が背後から聞こえてくるんだけれど？　違う、これは擬音じゃない。スモールの身体から膨大な魔力が溢れだして振動音を発している！

「お嬢様キャラはどこへ消えたんですかあ〜⁉」

「醜悪な豚野郎が相手なら、攻撃だってできないこともありませんから！　呪文詠唱――」

俺は死を覚悟した。瞬間、走馬灯のように俺の記憶が迸って再生されはじめた。ああ、これが脳の「最終防衛機能」か。ほとんどシエルに困らされている記憶ばかりだな……でも、時々心が温かくなる瞬間だってあった。勇気を振り絞ってはじめてピクルスを口に入れて「……美味しい……！」と微笑んだシエルの顔が、俺が生涯の最後に脳内で見た……。

待て、まだ生きることを諦めるな！　俺がここで倒れたらシエルはどうなる⁉

「俺はゴブリンじゃない、シエルのバディだよ。詠唱しないでくれ頼む！」

「……はっ？　ご、ごめんなさい！　思わず私、かっとなって……ハーレムという穢れた言葉を聞くと、その……混乱して我を忘れちゃうんです……ごめんなさい、ごめんなさい」

杖を引っ込めてくれた。あ、危なかった……スモールは攻撃魔術は苦手だと言っていたけれど、あれだけの魔力を「魔界へ落ちやがれ豚野郎」の精神でゼロ距離から浴びせられたら、俺はきっと消し炭だ。

「お、男全員魂ゴブリンは言い過ぎだよ？　極論っていうかさ？　善も悪も、同じ人間の魂の中にあるんだからね？　ゴブリンにもいい人はいるはずだし。お父さんの商売の反動で潔癖

ゴゴ
ゴ
ゴ

症になったんだねスモールは。は、は、は……」

「も、申し訳ありません。私、極度の男性恐怖症なんです。でも……もしもあなたがシエルちゃんに邪悪な欲望を抱いているならば、その時はあなたも成敗させて頂きます」

「き、杞憂だよ？」

　異世界に来るようになってからは、杞憂とも言いきれなくなってきたが。なぜか、あいつが妙にかわいく見えてどぎまぎすることが増えたような……スモールには内緒だ。

「ああそうだ、まだ自己紹介していなかったな。俺は、シエルのバディのレナだ。あいつとは昔からの幼なじみで、いとこ同士なんだ。犯罪歴はないよ？」

「ええっ？　れ、レナ!?　ああ、なんてことでしょう？　私ってば早とちりを!?　重ね重ねのご無礼、申し訳ありません！　ごめんなさい！　ごめんなさい！」

　こんどはスモールが狼狽して謝りはじめた。

　異世界でも、俺の名前ってそんなにヘンなのか？

　現代世界では、女みたいな名前だと因縁をつけられたりからかわれたりした経験が無数にあるが、相手を殴ったらカミーユ・ビダンルート入りだから耐えられた。

　でも、女の子に必死で謝られた経験ははじめてだ。もしかして、異世界を震撼させた伝説の巨凶と同じ名前？　まさか魔王専用の禁断の名前じゃないだろうな？　現代世界と微妙にリンクしてるというか、そういう偶然が普通に有り得るからな、この異世界は。

「ああ、レナさんはもともとは女性だったんですね！　魔術で男に変身した『変性男子』さんなんですね。ゴブリン扱いして、ほんとうに失礼しました。許してください！　レナとは、由緒正しい人間貴族のお嬢様だけが名乗りを許される名前ですものね」

「え、そうなのか？　町でも村でも、名を名乗ってもそんなことを言われた覚えがないな」

「はい。名門の魔術学園で歴史の高等教育を受けると、教わるんですよ？」

もしかして上級子女だけが知っている秘密の貴族情報というやつか。俺は男なんだが。保父星流剣術道場の掟で、後継者は代々女性名を付けられるというだけなんだ。

早めにスモールの誤解を解いたほうがよさそうだ……って、いきなりスモールが俺をハグしてきた。

「ああ。レナさんが女性で、安心しました～！　これからハグし放題ですねっ！」

完全に俺を女だと思い込んでいる。スモールは男性恐怖症なのに、まずいんじゃないのかこの状況は。

「あなたが魔術で全身性転換した気持ち、わかります！　女の子だけのパーティはゴブリンに狙われますからね！　特にシエルちゃんはかわいいですから！　シエルちゃんをゴブリン野郎どもの性奴隷にされたくないですもんね。殿方の腕力があればシエルちゃんを守れますし！　バディのための自己犠牲の精神、素敵です！」

全てが誤解ですスモールさん。困ったな、どんどん真相を打ち明けづらくなってきた。

「ご決断に至るまでには、きっと辛い過去があったんでしょうね……あの……女性の胸を捨てるのは怖くなかったですか？」

「胸を捨てる？」

「だって、魂ゴブリンの糞野郎どもに胸をちらちら見られるのって怖いです。私も部分整形魔術で胸を小さくしたいのですが、失敗が怖くてできないんです。部分整形魔術は難易度が高いですからね」

全身より部分を改造する魔術のほうが難易度が上なのか……。

「かと言って、殿方の身体そのものが大の苦手なので、変性男子になる勇気はないんです。う……レナさんに比べれば私はまだまだ未熟ですね。こんなダメな私でも、強力な精神系魔術を使うお父さんに勝てるでしょうか？」

ああ、いや、その……困ったなどうしよう。

だが今は、シエルを助けるための仲間がどうしても欲しい。もう間もなくオークションが開催される。一刻を争う事態なんだ。あの奴隷商人も娘には甘いようだし。

「勝てる。ほんの少しの勇気と、そしてシエルを思う気持ちがあれば勝てるさ。一緒にシエルを救おう。きみの力が必要なんだ、スモール」

「はいっ！　頑張ってシエルちゃんを救いましょうね！」

握手に追いハグ。相手が女の子だと思い込んだスモールのスキンシップは過剰。学園で友達ができなかった反動かもしれない。

完全に女の子を騙してるけど、いいのだろうか。「そうだ俺は女だ」と肯定しなければ一応嘘をついたことにはならないが……男性恐怖症のスモールがいずれ俺の正体を知ったら、パニックを起こして大暴走し、俺を消し炭にするのでは？

だが全てはシエルを救うためだ。その時は甘んじて魂ゴブリンとして討たれればいいさ。

いや、やっぱり討たれたくはないな……どうすればいいんだ……。

「そろそろ時間ですね。さあ、行きましょうレナさん。シエルちゃんを救出しますよ」

☆

オークション会場の正式な入場口では、係員による厳重なチェックが実施され、魔術に用いる杖や武具の持ち込みは厳禁。杖を使わないタイプの上級魔術師やカラテカンフーマスターでなければ、会場内で暴れるのは難しい。俺は仕込み剣を用意していたが、無事通れたかどうか。

だが主催者の娘のスモールは、関係者だけが通れる秘密の裏口を顔パスで通過できる。

しかも都合がいいことに。

「スモール様に身体チェックなど致しませんよ、さあさあどうぞお通りください」

「……嫌がるスモール様に触れたと旦那にバレたら、解雇だからな」

「なんと。ご友人を連れて来られるとは珍しいですな。いや、めでたい」

「フードを頭から被って顔を隠すとはいかにも怪しいお方だが、スモール様の貴重なご友人に粗相を働いたら旦那に叱られて解雇だからな」

「会場へご案内します！」

スモール×奴隷商人の娘×男性恐怖症×友達がいない＝フリーパスで会場に潜入ＯＫ。

既に会場内は満員だった。

ステージ上では、あの奴隷商人が服従魔術をかけられたシエルたちオークションに出品される奴隷たちを引き連れて「皆さん、紳士の裏オークションにようこそお越しくださいました！若くて元気な労働奴隷から、美しくて従順な性奴隷までよりどりみどりですぞ」と司会を務め、会場を盛り上げている。

シエルは……奴隷商人の背後に突っ立ってぼーっとしている。

「ううう。シエルちゃんが首輪を嵌められてお父さんに引き回されています。許せません！レナさん、手筈通りに反乱を開始しましょう」

「わかった！」

「私は小さな炎しか出せませんが、ボヤ騒ぎ程度なら起こせます。ウロヤタ・ブレガヤチ・オヘ・イカマ！」

会場の端に陣取ったスモールが杖を掲げて呪文を詠唱。テントのあちこちに、火災が発生した。移動式テントとはいえ耐火性に問題ありだな。軽量さを優先したのか、それとも警備の厳重さに安心していたのか。奴隷を買い求めに来る「紳士」たちは、会場での振る舞いだけは実に紳士的だったのかもしれん。出禁にはなりたくないだろうからな。

「うわあああ！　大変だあああ！　火事だアアア！　強風でテントが全焼するぞおおお！」

「大変ですううう、火災発生ですううう！　今すぐ命を守る行動をお願いします！」

俺はギルド長からレンタルしていた盾をドラ代わりにジャーンジャーンと叩いて、「火事だと⁉」と慌てる客たちを一気に追い込んだ。せっかく盾を借りたのに、でかすぎて会場に持ち込めないと気づいて隠しておいたのだが、意外な役に立ったな。

「これは教会の罠だ！　奴らは奴隷オークションを一掃するべく立ち上がった！　この場で全員を魔族に認定して焼き殺すつもりだ！」

「「「なんだってえ？　うわあああ、逃げろおおおお！」」」

異世界であれ現代世界であれ、こういう時はこの手の悪質なデマが有効だ。俺の叫びを聞いた客たちはパニックを起こして出口に殺到。後ろ暗いことをしている連中だからな。

あとで教会の皆さんに叱られたら、その時は社畜らしく土下座で切り抜ければいい。

だが、主催者の奴隷商人はやはり商魂たくましい男。

「皆さん、デマに惑わされないように。この程度のボヤ騒ぎ、問題ございません！　警備員たち、ステージ上の奴隷を死守するように。貴重な商品ですからね！　それと会場に反逆者が紛れ込んでいます、捜し出しなさい！」

　徹底抗戦の構えだ。どんどん客が退出する中、俺とスモールは殺到してきた警備員たちにすぐに発見されてしまった。

「ご覧ください社長。お嬢さんです。お嬢さんが、人間の男と二人で暴れています」

「わ、わが娘がなぜ？　隣にはバディの男だと？　娘よ、その男に誑かされたのか？」

「お父さん。シエルちゃんたちを解放してもらいます。もうこれ以上、悪事を重ねないでください……」

「それはできない。私は貧乏だったが奴隷商売で稼ぐことで、お前に最高の教育を与えられた。次は、お前を名門貴族の正妻にして、裕福で幸福な生活を与えねば――」

「そんなもの幸福でもなんでもありません！　大勢の奴隷さんの不幸を代償に手に入れる幸福なんて要りません……それに私は、学校ではずっと独りぼっちでした！　お父さんが悪い商売人だったからです！」

　頑張っているな、スモール。所作はおしとやかだけれど、芯が強い子なんだな。

「……む、娘えええええっ!?　者ども、あの男を引っ捕らえて半殺しにしてお縄にしなさい！　ただし娘には手を出さないように！　娘を傷つけた奴は解雇の上、訴訟ですからね！　退職金も払いませんよ！」

「「「サー、イエッサー！」」」

警備員たちへの指示がやけに（金銭面で）細かいのは、さすが商売人。

まずいな。予想より警備員の数が多いぞ。

大勢いる男奴隷を動かさないのは、「服従魔法」が対女性限定だからか？　それにしては若くて健康な男奴隷たちも、反乱を起こす好機なのにおとなしく無抵抗だな。みんな、立ったままうつむいて陰々滅々としている……どういうことだ？

「レナさん、包囲されてしまいました。シールドを全方位展開します！　ウロヤタ・ブレガヤチ・オへ・イカマ！」

「ありがとうスモール。シールドの一部だけを開けておいてくれ。一人ずつ飛び込んで来た警備員を、仕込み剣で殴って気絶させる」

「鞘から抜かないんですか？　レナさんは、優しい人ですね」

「俺はシエルを奴隷として売り飛ばそうとしている連中には優しくないよ。ただ、剣が重いほうが俺には扱いやすいんだ」

保父星流の大剣に比べれば、この剣は鞘つきでも軽すぎるくらいだ。

父の道場で俺が修行した動作は「岩に刺さった大剣を抜く」、これだけだった。

故に実戦でも、俺は居合技しか使えない。地面に先端を刺した剣を引き抜いて、一気に最上段へと飛翔させる逆袈裟斬り。この動作しか知らない。シエルいわく「賽の河原の小石積み」を何万回やらされたか。

実戦で使えるのか、こんな奇妙な剣術が？

実戦自体、今日が生まれてはじめてなのだが――。

「なんだ、この男？　見たことのない異様な剣の構え方だ⁉」

「通常、剣は上段か中段に構えるもの。地面に刺した剣を腕力で引き上げて斬るとは？」

「なんという非常識な。異形の剣だ。不吉な」

「ぐぎゃっ⁉」

「は、速い！　剣筋が見えない！　しかも凄まじい衝撃⁉」

「迂闊に斬りこむと、即カウンターを取られてやられるぞ⁉」

ふえええええ。レナさん強いです凄いです通用しているなんてものじゃありません剣聖です！　なんですかその剣術は？　異国の剣ですか⁉　とスモールが興奮して騒いでいる。

「フッ。保父星流剣術の秘太刀『無明逆流れ』さ」

シエルが剣術マンガから勝手に頂いて命名したんだけどな。本来、この動作に名前はない。なにしろこの動作しか修行しないから。でもまあ、確かに似ている。違いは、保父星流では剣を抜く動作に片腕しか用いないことくらいか。最悪に非効率的だな……。

幸運なことに、異世界でもこのマイナー剣術は知られていないようだ。しかも、剣が軽いから修行時よりも圧倒的な速度が出せる。初見相手なら通用する！

「一人ずつシールド内に突入するな！　シールドを破壊しろ！」

「はあ、はあ、ふう。魔術は体内の魔力を消費します。シールドを全面展開し続けたので、魔力が尽きてきました……」

「わかったスモール。以後シールドは、互いの身体を相手の攻撃からガードすべき箇所にだけ展開してくれればいい。俺の剣が通じることもわかったし、戦闘にも慣れてきた——シエルを解放するまで戦い続ける体力には、自信がある」

「は、はいっ！　頑張ってください！」

社畜として72時間無睡眠耐久ワーキングを達成したこの俺の気力体力を舐めるな、異世界！　しかもなあ、残業代は出なかったんだぞ！

「……全体シールドが解除されたが……」

「かえって戦いづらくなった⁉　自在に走り回りながら逆振りの剣を繰りだし続ける⁉」

「なんだあの男、化け物か⁉」

俺の剣術動作は、文字通りの大振りだ。当然隙ができるが、スモールが極小のシールドを上手く展開して俺の背中を守ってくれる。実に正確なサポート、ほんとうに助かる。

そして、正面に捉えた警備員は俺が即、一撃で倒す。

「「手も足も出ない……！　魔術師を呼んでこないと無理だあああ！」」

十数人を俺に倒された時点で、警備員たちは顔面蒼白になって壊乱した。

魔術師を雇わなかったのは失敗だったな、奴隷商人。シエルまであと一歩だ！

「あっ、あそこにシエルちゃんをハーレム牧場で飼うと宣言していたゴブリン野郎がいますよ⁉　成敗しましょうレナさん！　攻撃魔術は苦手ですが、ハーレム豚野郎だけは怒りの業火で焼けます私。ウロヤタ・ブレガヤチ……」

あの野郎、まだ会場で粘っていたのか。

「スモール、消し炭にしちゃダメだよ？　俺がやる」

「は、はい。思う存分、お願いします！」

「ぶひいいいっ、あの愛らしい人間の娘に見とれて逃げ遅れてしまったあ⁉　命だけはお助け！　後生！　お慈悲！」

俺は、邪悪極まる「鬼の形相」を作って咆吼した。

「許すかバカッ！　俺は、テメエのような野郎を狩って地獄に送る『奴隷狩り狩り』だあ！」

「ぶひいいいいいいっ⁉　ふぎゃあああああ⁉」

ガンッ！　ドゴッ！　バコッ！　一撃で失神させせないように手を、足を、脇腹を、鞘入りの剣で叩き続ける。少々残酷だが、シエルを家畜にしようとしていたこのゴブリンに恐怖心を抱かせるためには、敢えて気絶させせない程度に痛めつけておかないとな。

俺が最初にこのゴブリンに切れて襲おうとした時に、スモールが止めてくれてよかった。

もしも一時の怒りにあかせて鞘から剣を抜いていたら、大惨事だったな。

「いいか、二度とシエルに変な気を起こすんじゃねえ！　あいつは俺の大事なバディだ！　次に奴隷オークション会場で会ったら、その時は問答無用で剣を鞘から抜くぞ！」

「ひえええええ、すみませんでしたあ！　辺境に引っ越します！　奴隷ハーレムは諦めます！自分はただ、身も心もゴブリンと蔑まれて女の子にモテなかった青春を埋め合わせしたかっただけで……明日からは出会い相談所で彼女を探しますから許して！　お慈悲！」

本気で反省しているのかしていないのか、現代世界人の俺にはよくわからんな。

「……だ、そうだ。どうするスモール」

「そうですね。反省はしているようです。悪所で再会したら即座に焼きましょう」

「よし、行け。彼女に感謝しろ。一度だけ見逃してやる。二度目はないぞ」

「あああありがとうございます！　怖いよぉ～ママァ～ウーウウウ～、アイドンワナダ～イ！」

ゴブリンは、泣きながら会場を後にした。

これだけ脅せば、もうシエルには近づかないだろう。

あとは——ステージ上でシエルたち奴隷を従えている奴隷商人ただ一人だ。

シエルはまだ、奴隷商人の背後でぼんやりと立ち尽くしている。あと少し、あと一歩だ。焦るな俺。シエルのことになると、どうも俺は理性のリミッターが解除されるらしい。

「警備員は全員逃げたぞ。シエルたちを解放しろ。奴隷たちにかけた服従魔術を解け！」

「フッ。商売敵や教会の司祭たちに何度も因縁をつけられた私が、なぜこの業界で生き残れたと思っているのですか？　はいそうですか、と私がおとなしく従うとでも？」

「レナさん！　お父さんの精神系魔術は強力です。注意してください」

俺は男だから効かないはず……対女性服従魔術以外にも強い術を持っているのか？

「お父さんが殿方に対して駆使する黒魔術は、相手を呪って死ぬまで鬱にするという悪質な魔術なんです。身体を男性化しているレナさんには効きます」

「嫌な魔術だな⁉　しかも、女の子に使う服従魔術と比べて地味すぎる⁉」

「お父さんは殿方を操ることには興味がなかったので、修得した魔術にも男女格差が……」

「隙あり！　こちらを見なさい！」

瞬間、奴隷商人が隠し杖を正面に掲げて、黒い光を俺へと放ってきた。

これはシエルが喰らった攻撃パターンだ？　速い！　無詠唱！　避けられない！

「レナくんとやら、さあ思う存分鬱になりなさい！　あなたの人生はこれで、お・し・ま・い・デス！」

「シールド・オン！　きゃっ？　ダメです貫通されました⁉　ごめんなさい⁉」

「なにいっ、シールド貫通だと？　うわっ⁉」

急激に、視界が暗くなってきた。

身体が。身体が重い。ダメだ、立っていられない。体育座りをしよう……。

俺は……どうしてこんな場所にいるんだろう？

「もう、終わりだ……そうだよ。たった一度、ＳＮＳでレスが返ってこなかったからって……俺は三年間も、自分からシエルに再連絡しなかった卑劣な臆病者だ」

シエルがコミュニケーションを苦手にしていることを、誰よりも知っていたのに。

「感染症禍でシエルが外出できなくなって困っていても、取材ができなくて連載を終了していても。それどころか俺は、シエルがマンガ家になっていたことすら知らなくて……俺のどこがシエルのバディなんだ。俺は、シエルに向き合う勇気のないダメ人間だ……」

どうして再会する勇気を俺は出せなかったんだろう。感染症？　大学？　単位？　就職？　ブラック企業？　社畜？　違うね。全部言い訳だ。

そうだ、俺は――シエルと一緒にいると、心が締め付けられて苦しくなるんだ。

だって俺にとってシエルは、目の前で眩しく輝いているのに決して手が届かない、過去の星の光のようなものだから……シエルの閉ざされた心は決して、俺を彼女の世界には入れてくれない。俺は、それがとても辛くて悲しくて。

「れ、レナさん？　しっかりしてください!?　お父さん、解除してください！」

「……スモール。これは魔術のせいじゃない。俺は真実に向き合っただけだ。俺にシエルは救えない。そんな資格、俺にはないんだ……」

「レナさんは、シエルさんを救うためにここまで頑張って戦ってきたじゃないですか。どうかもう一度、勇気を奮い起こしてください……うう。酷い魔術です、こんなの……」

これは男を鬱にする魔術ですが、鬱になる原因は当人自身の心の問題なのですよ、原因がなければ効きませんと奴隷商人が高笑いする。そうだよな、その通りだ。

「娘よ。そんな甲斐性無し男に誑かされていないで、さあ父の元に戻りなさい。今なら許しますよ？　あなたがその男と手を切れば、彼の鬱状態を解除してあげます。彼が二度と私と娘の前に姿を現さないという契約書に捺印すれば、ですが」

「う、うう……ぐすっ……シエルちゃんは目の前にいるのに。私は、どうすれば……」

万事休す、俺たちは奴隷商人に敗れた。シエルは結局奴隷として売られる運命に——。

だが、そうはならなかった。

ガンッ！

ずっと無表情だったシエルが、相変わらず無表情なまま自分の首輪を外すと、いきなり背後から奴隷商人の頭を首輪で殴って転倒させたのだった。

「こらお前。レナにヘンな魔術をかけるな、こんなのレナじゃないぞ。元に戻せ！」

「ぐぎゃあああっ!?　ふ、服従魔術を自力で解いただと!?　ば、バカな。有り得ない……」

奴隷商人は、倒れた。不意打ちとはいえ、筋力も体重もないシエルに倒されるなんて。

もしや物理戦闘力はスライム以下だったのか、この男。

おまけに、追い打ち攻撃まで喰らってる。なぜか怒っているシエルに頭を踏んづけられている。俺も、お前に頭を踏まれるべき臆病男だがな……踏め、俺を踏んでくれシエル。

「勝ったなガハハ！　奴隷オークションはこれにて終了！　ぶいぶい！」

「きゃあああ、シエルちゃん凄いです！　どうやってお父さんの服従魔術を解除したんですか？　術者が解除しない限り不可能なはずですよ？」

「誰だお前」

「ふえええ。奴隷商人の娘です、スモールですう！　食堂で会いましたよ!?」

「そうだったか？　ああ、かわいい魔法使いさんかあ！　顔をはじめて（ちらっと）見た」

「……シエル、さあ俺を踏んでくれ。俺を罰して罵って唾を吐きかけてくれ」

「おい奴隷商人。さっさとレナにかけた魔術を解除しろ。キモい」

「……もっとキモいと罵ってくれ」

「解除しろ」

「……しょ、承知しました……か、彼と奴隷たちにかけた全魔術を、解除します……」

あれ、治った。俺は今まで、なにをしていたんだっけ？　うーん思いだしたくない。

ステージ上の奴隷たちも全員、正気に返っていた。男奴隷たちは鬱にされて気力を奪われていたのだな。スモールが「もうだいじょうぶです」とアフターフォローを開始。

しかしシエルは、なぜ服従魔術を解除できたんだ？　男を鬱にする魔術の百倍は労力をかけて修得した、高レベルの精神操作系魔術だったろうに。

「実はなレナ、最初から私にはあの魔術は効いていなかったのだ」

「えっ？　どういうことだ？」

「私が人と視線を合わせられないのは知っているだろう？　視線が奴隷商人の顔からズレていたから、杖の光は私の目に直撃しなかった」

「でも、効いていたじゃないか」

「私には反復言語癖があるだろう？　思わず『イエッサー』と奴隷っぽい返事をしてしまった。だが、全然効いていないとすぐに気づいた。あとは、流れで適当にそれっぽく振る舞っていた」

「えっ、じゃあほんとうに潜入捜査だったのか!?　お前、嘘をつくのが苦手だろう？」

「クエストだからな。それに……奴隷商人があんなに自信満々だったのに、実は効いてないと後から言いだすのもなんだか申し訳なくて気まずくてな……私は空気が読めないので、言いだすタイミングがなかなか摑めなくて」

「お前を売り飛ばそうとしていた奴隷商人に気を遣ってどうすんだよ。奴隷ごっこを続けて、いったいどうするつもりだったんだ。お前、会場のステージにまで上がってたんだぞ」

「別になにも考えてなかった。だって、必ずレナが助けに来てくれると信じていたからな」

「ふ、不意にそういうことを言うなァ!?」

思わず声が裏返ってしまった。シエルはよく言えば天真爛漫だから、突然こういうことを言う。嘘をつけない性格だからな……それ故に時折、俺にクリティカルが入る。

「謎が解けましたね！　シエルちゃんは、精神系魔術が全て無効な特異体質なんですよ。この世界では、全魔術の約半分、高度魔術の多くが精神系なので、それらが一切無効なシエルちゃんはとてつもなく強いです！」

スモールが「きゃあ、きゃあ」と喜んでいるが、そんなご都合が有り得るのか？　俺の保父星流剣術が異世界で無双できたこととい……。

「あれ？　なんか強いな俺ら？」

「やれやれ。異世界に来たらチートとか、安易な設定だなまったく」

「お前もだろ」

あ、いや違う。シエルとの付き合いが長い俺は、トホホな真実に気づいてしまった。

（シエルは、他人と視線を合わせないから精神系魔術が効かないんだ……）

俺は、杖が発する光を直視したから術に落ちた。だがシエルは杖を直視しなかった。

奴隷商人が、杖を自分の顔の正面に掲げたからだ。普通の人間は、不意に呼びかけられると思わず相手の目を見てしまう。少なくとも相手の顔を。だからこそ杖を顔の正面に掲げるポーズが、精神系魔術の基本フォームなのだろう。

だがシエルは、相手の目どころか顔も見られないから、絶対に効かない。

仮に杖の位置が術者の顔から離れていたら効くだろうか？　それもない。シエルは、会話中は常に相手を見ずに明後日の方向を見ている。必ず視線が対象からズレているから効かない。

まあ……シエルが「精神系魔術無効」なのは確かだ。

この真実については、知らん顔をしておこう。スモールがとても喜んでいるし、シエルも「そうか私は精神系魔術完全無効のチート体質なのか最強だな！　ぶいぶい！」とご満悦だし。

奴隷オークションが中止になった後。

奴隷たちが全員解放されて閑散としたステージで、スモールは俺に「頑張れ」と応援されながら勇気を振り絞り、父親と一対一で対峙した。シエルは……奴隷たちが捨てていった首輪を弄っている。気に入った首輪をマンションに持ち帰るつもりだな。

「お父さん、今まで育てて頂きありがとうございました。ですが、私の教育費や生活費は奴隷商売で稼いだ汚いお金です。お父さんが奴隷商売から手を引くまでは、一緒にはいられません」

「娘よ。今回入荷した奴隷たちにかけた魔術は解除したし、奴隷契約書も燃やした。だから、どうか父の元に戻ってきてくれないか？　私にとっては、お前だけが……」

「すみません、今はできません。私は、私自身の力だけで生きて稼いでいける一人前の魔術師になりたいんです。お父さんに二度と悪事を働かせないためにも」

「くっ。私が貧乏で受けられなかった最高の高等教育を施したばかりに、娘がグレてしまったあああ～？　レナくん、どうか娘をよろしく頼む。よろしく頼む。奴隷にして売り飛ばしたり牧場で飼って孕ませ雌奴隷にしたりしないでください、お願いしまぁす！」

「そんな邪悪なことはしませんから、ご安心を。責任を持ってお預かりしますから」

そもそもやらないが、仮にそんな真似をしたら俺がシエルになにを言われるか。

いやそれ以前に、暴走したスモールに俺は消し炭にされる。

俺はスモールの前では、あくまでも女の子が魔術で男に変身した「変性男子」だからな。

……どうしようこの設定。明らかに持て余している。どこでカムアウトすればいい？

「それじゃあお二人のパーティに入れてくださるんですね、レナさん。嬉しいです！」

「ソロ活動は厳しいし、スモールのシールドはとても助かるんだ。シエルもいいよな？」

「今、私は戦利品の首輪の選定で忙しい。好きにしろレナ。よきに計らえ」

まったくこいつはフリーダムだな。今は首輪よりスモールを優先してくれないかな。

奴隷商人は「ああ。娘が心配だ、心配だあぁ」と打ちひしがれながら、去っていった。

「……しばしのお別れです。いつかお父さんも、真エルフに戻ってくれると信じています」

やだ～これかわいい～！　と首輪を塡めて喜んでいたシエルが、急に突っ込んできた。

「真人間だろ？」

「真エルフですよ？」

「そうか、まあいい。ハーレム野郎たちをおしおきしてスッキリしたなレナ！」

そういえば、シエルが異世界を苦手に感じる理由のひとつが「ハーレム苦手」だった。

異世界だろうが現代だろうが苦手なのだが、異世界とハーレムは双子惑星だからな。

よし。シエルの異世界苦手要素がひとつ解消された上、クエストも達成された。

「シエルちゃん、これからパーティ仲間としてよろしくお願いします。その……シエルちゃんとお友達になりたいな……なんて思ってるんですけれど、い、いいでしょうか？」

「ああ、いいぞ」

「即答ですか？　ありがとうございます！　嬉しいです！」

オウム返しで相手のノリに同調するからな、シエルは。あまり喜ばないほうが……。

「正式に友達になるのなら、儀式が必要だな。挨拶をしよう。長寿と繁栄を！」

だからバルカン式挨拶、やめろ。

「ちょ、ちょうじゅとはんえいを……こ、こうですか？」

「違うそうじゃない。薬指と小指をくっつけつつ、人差し指と中指をくっつけ、その間に大きな隙間を作る。カニのハサミみたいな形にするのだ」

「む、難しいです。指が上手く曲がらないです」

「バルカン人ならできる！」

「……ダークエルフです……」

面倒臭い友達を作ってしまったスモールの前途は多難そうだった。

「待てよ？　シエルに友達ができたのは、もしかしてはじめてなんじゃないか？　うっ……よかったなシエル……俺は感無量だよ」

そうだ。シエルの母親と、従兄の俺以外に、シエルと親しくしていた人間の記憶が俺にはない。教室では常に問題児として浮いていたし、東京でマンガ家になってからは〆切り缶詰と感染恐怖症でずっとひきこもりだし、先代の担当編集者は顔も名前も覚えなかったし。

そんなシエルに、同年代の友達が……異世界よ、ありがとう。感謝します。

「レナがもらい泣きしてどうするのだ。お前は私の親か？」

「似たようなものだろうが。飼い主とでも言ってほしいのか？」

「あうう。バルカン式挨拶、できないです。代わりにハグしましょうシエルちゃん！」

スモール？　それは、接触恐怖症のシエルにはNG行為だ！

「みぎゃあああああ⁉　だだだ抱きつかれたああ⁉　レナ、レナ、助けろ〜！」

「ええっ？　わ、私……ごめんなさいごめんなさい。いきなり馴れ馴れしかったですか？　シエルちゃんに早速嫌われてしまいました……うう」

「だいじょうぶ、嫌われたわけじゃないよスモール。シエルは接触されるのが苦手なんだ。こいつはそういう種族なので、気にしないでくれ」

「そ、そうなんですね！　今後は気をつけますね、シエルちゃん。驚かせてごめんなさい」

穴に
ずんば
子を得ず

「種族言うな」

「あれ？　でも、レナさんとは割と触れていますよね？　今も後ろからハグを」

「ただの慣れだよ。付き合いが長いしな。最初の頃は、手を握っただけでギャン泣きされたぞ」

「ふふ。女の子同士なのに？　シエルちゃんは照れ屋さんなんですね。かわいいです」

ゲッ。持て余している俺の変性男子設定がここで？　まずいぞ消し炭にされる！

「は？　レナが女？　スモールはなにを言って……もごもご……」

「凄いですレナさん。背後からシエルちゃんをハグしたまま、口を手で塞ぐだなんて。私もいつか、シエルちゃんとこんなスキンシップがしてみたいです。ふふっ」

スモールは親友同士のいちゃいちゃスキンシップだと思い込んでいるが、

（みぎゃっ？　なにをする～？　ブルータス、お前もか～）

（スモールは男性恐怖症なんだ。俺はまだ死にたくないすまない。俺が生まれつき男だということは当面内緒にしてくれ）

（いきなりお友達に隠し事を？　そんなの辛すぎるう～）

内実は、俺の命を守るための緊急接触行動だった。許してくれシエル、そしてスモール。

シエルは嘘の次に隠し事が苦手だ。隠し事に多大なストレスを感じる性格だし、いつかは必ずぽろっと口を滑らせる。そう長くは隠し通せないだろう。

俺はいったいいつ、スモールに真実を打ち明ければいいんだ!?

☆

スモールのお父さんは「娘に認めてもらうために、これからは隣町でクリーンな新規事業をはじめますよ」と手持ちの奴隷を一斉解放して去って行った。

奴隷オークションの開催阻止と、出品されていた全奴隷の解放は、俺とシエルとスモールの新米パーティに莫大な報奨金をもたらしてくれた。家族を取り戻したい奴隷の親族のみならず、教会や政府筋からも多額の報奨金が提供されていたからだ。大勢の親族たちから「どうもありがとうございます」と特別ボーナスまで頂いた。特に、父親の奴隷商売に抵抗したスモールは感謝されすぎて「わわわ私はそのっあのっ」と慌てて隠れてしまった。

自らも表彰されてしまったギルド長は「あんた方はやれるパーティだと信じていたぜ。ほれ、大幅にレベルアップだ。新しいバッジをやろう！　有名パーティにふさわしい新しい武具と防具とコスチュームもプレゼントだ！」と大盤振る舞い。

まるで救世主扱いだ。とんとん拍子に異世界で出世——しかし、好事魔多し。

クエスト達成記念パーティ会場に詰めかけてきた教会の司祭たちから案の定、

「シエル殿は、あのダークエルフの強力な服従魔術を打ち破ったとか！　これは奇跡です。あなたはほんとうに、魔王を倒すと予言されていた大賢者様かもしれませんぞ」

「どうか、長らく我ら人類を脅かしてきた魔族を統べる魔王を倒してください」

「魔王こそは、奴隷市場を陰で支配している巨悪なのです！」

「北の大地に聳える魔王城には、恐るべき魔王、魔族四天王、大量の魔族兵士たちが常に駐屯していて臨戦態勢。魔王は非戦を口にしていますが、それは狡猾な罠なのです」

「今まで魔王との和平条約締結を目的に魔王城に向かった使者は、誰も戻ってこないのです」

「あなた方最強パーティが魔王城を奇襲すれば、魔王を倒せるかもしれません」

「倒せずとも、魔王城に潜入できれば魔王の暗躍は止まります。魔王は慎重な男ですから」

魔王城潜入クエストを受注してくれ、いやいっそ魔王を討伐してくれ、という無茶なリクエストが殺到した。

言うまでもなく難易度が高すぎるので、俺は社畜スマイルを浮かべてやんわりと遠慮したが、シエルが「やるっ！　魔王城に潜入するだけなんてケチなことは言うな。魔王に直接会うクエストも受けるー！　大賢者の私にマカセロ～！」とホイホイ受諾しようとしたので、慌てて首根っこを摑んで引きずってパーティ会場を後にした。

やはり、シエルからは一瞬たりとも目を離せない。町の常宿に居座っていたら、毎日シエルに達成不可能クエストを振ってくる輩が押しかけてくるぞ……どうするか。

　というわけで俺たちは、町の郊外に新居を購入した。

　三人とも旅人だから荷物は少ない。引っ越してすぐに広いリビングルームに三人で集合し、テーブルを囲んで祝杯（炭酸水）をあげることに。

「というわけで、新居を構えたぞー！　今日からはここがシエルパーティの本拠地だ！　レナ、今後はこの屋敷を合流ポイントにしよう」

　シエルの推理では、異世界に転移する際の転移ポイントの位置は、一度訪れた場所から選べるらしい。一度目は山の中だったが、二度目は町に直接転移できたのがその根拠だという。

「山を下りるのが面倒だから、無意識が直接町に出ることを選択したのだ」という薄めの根拠だが、ともあれ異世界に屋敷を持つのはいいことだ。郊外の田園地帯だから格安だったしな。

　ＳＮＳやインターネットのない異世界だし、住所を秘密にしておけば司祭たちもとうぶんは押しかけてこないだろう。

「おめでとうございますシエルちゃん。私も部屋を頂けるだなんて、嬉しいです嬉しいです」

「スモールに部屋を貸す条件はひとつ。長寿と繁栄を！　早くバルカン式挨拶を覚えろ」

「うう。指の曲げ方が難しいんですよね……」

「気合いだー！　スモールはバルカン人なんだから、骨の構造的に絶対に可能なはずだ」

　シエル、あんまりスモールを困らせるんじゃあない。スモールの女の子への挨拶は基本的にハグだ。それが困るので、非接触型挨拶の修得をせかしてるのだろうけれど。

「ふう……この部屋は見晴らしがよくて素敵ですが、日当たりが良すぎて私には少し暑いです。ちょっと着替えますね」

ぶはっ。

俺は口にしていた炭酸水を思わず吹いていた。突然スモールが上着を脱ぎはじめたからだ。ら、ら、ら、ラージ……いやセクハラは慎め会社を解雇される落ち着け俺。こんな時は喪数を数えるんだ。喪数は孤独な男を癒やしてくれる孤高の数字。1,1,1,1,1……。

「こらこらスモール、名前に似合わず胸だけはラージだな。レナが目のやり場に困っているから、自分の部屋で着替えろ」

「はい？　どうしてですかシエルちゃん？　このお屋敷には、女の子しかいませんよ？」

「違う、こいつはおと……うぐ、うぐぐぐ……れれれレナは、とってもシャイなのだ」

危ない。シエルが早くも「我慢の限界」と言いたげに苦しそうにしている。よく踏みとどまったな、偉いぞ。

「ふえっ？　そ、それは失礼しました！　私、ルームメイトができたのもはじめてなので……親しいお友達に不意に下着姿を見せるのは失礼なんですね。すみませんすみません。それじゃあ、部屋で薄着に着替えてきますね？」

スモールが「すぐ戻りますから」とリビングを離れた。素直な子だな……早く真実をカムアウトしたいが、ちょっとタイミングが難しい。引っ越し初日に「俺、実は男なんだ」と打ち明けたら、まるで計画詐欺みたいだしな。シエルとの友情も速効で破綻しそうだ。

　シエルを救出するためだったとはいえ、隠し事なんてするもんじゃないな。

「……レナ。お前にも、男の本能があったんだな」

「うん？　シエルが抱き枕に抱きついて足をばたばた振りながら、妙な言葉を口走ってる。

「あ、当たり前だろ？　俺は石仏じゃないぞ。スタンドでもないからな？　突然若い女性が服を脱ぎはじめたら動揺するに決まってるだろう」

「そうか。私にはそんな素振りを見せたことなかったから、もしかしてレナは女の子に興味がないのではという仮説を立ててみたりもしたが、考えすぎだったな」

　し、シエル？　お前がそういうことを考えたり感じたりしていたことのほうが、俺には驚きだよ。だってシエルは18歳になっても出会った頃と変わらない純真な心のままで、大人の人間が持つ心の汚い部分には無縁で、異性にも興味なんかなくて……あれ？　もしかして、俺が勝手にそう思い込んでいただけなのか？　シエルだって俺と同じ人間なのに。少しばかり変わっているだけで、18歳の普通の女の子なのに……。

　いや待て！　シエルは俺の従妹だ。俺は今までずっとシエルの兄代わりだった。母親を失ったシエルにとって、心を許せる家族はもう俺だけで……繊細で傷つきやすいシエルには「絶対に安全な家族」が必要なんだ。だから、ここで俺が返すべき最適解はこれだ。

「ししししシエル。おおおお前は従妹だろ？　俺にとっては妹みたいなもんだ、うん！」

「……そうか。そうだな……」

ええっ？　なんだ、この微妙な空気は？　どんよりと重くなった。謎のプレッシャーをシエルから感じる。そうかこれがニュータイプの圧か、などと茶化せそうな気配もない。

「お待たせしました、楽な部屋着に着替えてきました。外出用の上着って、胸元がきつくて暑いんですよねー。あ、あれ？　喧嘩でもされたんですか、お二人とも？」

ちょうどいいところにスモールが戻って来てくれた。

「あっスモール。やっぱり隠しておくのは不公正だな。実は、レナはおと……」

ちょ。さっき思いとどまってくれたのに、なぜだシエル⁉　俺を消し炭にさせようと⁉

「はい？　シエルちゃん？　レナさんが、なにか？」

「……あ。いや、なんでもない……教えたら、恋に発展するかも………いやだ……」

なにかボソボソと呟いているが、シエルが顔を枕に埋めてしまったので聞き取れなかった。

どうしてしまったんだろうシエルは。スモールと同居することに緊張しているのかな。

「シエルちゃん？　レナさん？　そうです、同居初日記念にホームパーティを開きましょう！　子供の頃からの夢だったんです！　首輪と鉄球を塡められ魔術に操られている大勢の奴隷さんたちに傅かれない、そんな平和なホームパーティが」

嫌なホームパーティだな。そりゃスモールも男性恐怖症&ハーレム嫌いになるよ。

「いいなスモール。早速俺の料理の腕を披露したいところだが、越してきたばかりであいにく食材がない」

「今日は特別にデリバリーを頼んでしまいましょう。無駄遣いはいけませんが、今日だけですよ今日だけ。デリバリーサービスしてくれる町の食堂に伝書鳩を飛ばして、お店の料理全品を届けてもらいましょう。各国の珍しい郷土料理を提供してくれるお勧め店がありまして」

「ぜ、全品？　まさかスモールって、大食いキャラ……」

「シエルちゃんのお口に合う料理を総当たりで探してみるんですよ、レナさん。予算がある今のうちにシエルちゃんのごちそうを発見しちゃいましょう、ふふっ」

　シエルが「がばっ」と身体を起こした。「ごちそう」という言葉に激しく反応している。

「私の好物が見つかるかもしれないだと!?　お腹ぺこぺこでもう死にそうだったのだ！」

　シエルは異世界を再訪して以来、ハンバーガーが食べたい～と泣きながら「甘い水」とフルーツで最低限の栄養補給を続けてきたからな。それで元気がなかったのかな？

「はい。きっと見つかりますよ、シエルちゃん」

　そのスモールの言葉は、一時間後には現実のものとなった。

「うわあああ？　マンガ肉だあああああ～!?　これ、全部私の！」

　テーブルに並べられた、満漢全席の豪華なデリバリー料理の数々。

　その中に「マンガ肉」そっくりの、骨付き肉のバーベキュー料理があった。

「美味しい美味しい。はむはむはむはむ」

こらこらシエル。がっつくな。中身がなんとかサソリだったらどうするんだよと一瞬心配したが、そうか、骨付きだからそれは有り得ないな。素材が一目瞭然だから、シエルも安心して食べられる。しかも好物の肉だ。シエル的にはビーフが食材の最高峰だが、餓えれば羊も豚も鶏もイケる。ラム肉も好物だ。うん？　それじゃあ刺身や寿司はなぜダメなんだ？　アニキサスがどうのこうのとよく言っているから、寄生虫恐怖症なのか？

「これはドワーフが好む鉱山料理で、猟で仕留めた野生の獣を荒っぽくざく切りにしてバーベキューにした一品です。保存食版もありますよ？　よかったですねシエルちゃん」

「うむ！　これで飢え死にの危機は免れた！　ありがとうスモール！」

「は、は、はいっ。こ、こ、こちらこそ⁉」

ドワーフのジビエ料理か。鉱山から遠く離れた町や村で見かけなかったはずだ。スモールの異世界ご当地知識は、ほんとうに助かる。

「うー、お腹いっぱいだー。よし、仲間が三人揃ったから『桃園の誓い』をやろう。一度やってみたかったのだー！」

食欲を満たした途端、シエルが早速またヘンなことを言いだした。

「さあスモールとレナも一緒に私の台詞を復唱して乾杯してくれ！　『我ら天に誓う！　生まれた日は違えども、死すべき時は同じ日同じ時を願わん！』くうう、痺れるぅ～」

「は、はあ。わかりました。ウマレタトキハチガエドモ〜。レナさん、なんですかこれ？」

「すまん、シエルに付き合ってやってくれ。きっと幼い頃からの夢だったんだ」

異世界に「三国志」はないので、説明は不可能だな。そうか。シエルの隣にはいつも俺しかいなかった。母親は「桃園の誓い」をプロデュースする役柄だし。三人揃ったから、念願の「桃園の誓い」ごっこがやっと可能になったわけだ。よかったな、シエル――。


ホームパーティが終わり、新居初日の夜を迎えた。あまりにも大量の料理を注文してしまったので、俺は死ぬ思いで残飯を出すまいと一人で膨大な量を平らげる羽目に……うっ。もう動けない……寝るにはまだ早いし、庭の大木のもとに吊されているハンモックチェアで休むか。

夜空は晴れていて、目映い星の輝きが相変わらず美しい。鈴虫のような虫の音も聞こえてきて、実にいい夜だ。異世界の鈴虫は噛みついてきたり爆発したりしないだろうな？

半分うつらうつらしながら、ハンモックチェアに横たわって揺れていると――。

庭に面した縁側から、シエルとスモールの会話が漏れ聞こえてきた。

中世ヨーロッパ風の屋敷なのに縁側があるのは妙だが、デザインは洋風だ。

「シエルちゃん。シエルちゃんの故郷の村ではどんな星座が見えましたか？　この町の夜空には、星座がたくさんあるんですよ」

「フッ。スモール、星などは過去の光……既に本体は消滅しているかもしれないぞ」

「そうですね。私たちにとっては過去の光だからこそ、昔の人間やエルフたちは、過去の伝説や神話になぞらえて夜空に星座を見つけたんだと思います」

「ほう。そういう考え方もあるな」

「ほらシエルちゃん。あれが、３５００年前に活躍したと伝わる古代の『英雄王』トカ・ウレマ王の星座です」

「十勝馬王か。馬頭星座には見えんぞ」

「トカ・ウレマ王ですよ？　王は世界最古の神話『トカ・ウレマ・サガ』の主人公で、魔族と人間族を両親に持つ智勇兼備の英雄です。魔術の奥義を究め、世界に厄災を為す巨大ドラゴンを退治し、世界に平和と繁栄をもたらした理想の王だったと語られています」

「そんな古い歴史が残ってたのか？　２０００年より以前の歴史は記録されていないはずだが」

「はい。残念ながら王の没後に破局的な大洪水が起きて、王が築いた壮大な神殿も、王が実在した証しとなる歴史的資料も全て失われてしまいました。でも、幸いにも王の星座の神話が口伝されていましたから、王の物語は忘れ去られなかったんです――大洪水が大地を洗い流してしまっても、星空は決して押し流されたりしませんからね」

「なるほど合理的な話だ。そうか、この世界にも神話があるのだな。しかも星座と紐付けられて人々に伝わっている……私の世界と同じだな。実に興味深い」

「教会の司祭さんたちは『ただのおとぎ話だ、偉大な王が魔族と人間の間に生まれるはずがない』と王の実在を否定しますけれど、市井のエルフや人間たちはみんな信じています」

スモールは歴オタではないが、星座マニアだったな。シエルとはいい友達になれそうだ。まさか異世界で、シエルと気が合って趣味も合う女の子に出会えるとは。俺は黙って二人の会話を聞きながらハンモックチェアで休んでいよう。割り込むのは野暮だ。

「ただ、天空に見える星の位置は時間とともにどんどん移動するので、100年も経てばずいぶん見た目が変わっちゃいます。図書館で調べたんですが——今、私たちが見ているトカ・ウレマ王の星座は、2000年前の星座と比べるとかなり形が崩れちゃってるんですよ。ほら、こっちが今の星座。こっちが2000年前の星座です。かつては端正な八頭身だったのに、今は頭が巨大化して三頭身です。なんだか怪物化してますよね」

スモールは、地面の土に杖で星座を描いているらしい。

「たった2000年で星がそんなに移動するのか？　速いな。距離が近いのだろうか？　私の世界では恒星の固有運動速度はとても遅い。数万年、数十万年経たないと星座の形はそれほど変化しない。たとえば、北斗七星の柄杓部分が上下反転するまでには20万年かかる」

シエルも地面に北斗七星を描いているようだ。微笑ましい。親目線で感激してしまう。

「北斗七星って初耳です。ふふ。シエルちゃんって、ほとんど別世界の人みたいですね。ほんとうに、世界は広いですね——」

「ほんとうだなスモール。ところでこの世界では、星と魔術にはなにか関係があるのか？」

「いえ。白魔術も黒魔術も、魔術師自身の体内の魔力を用いるんですよ。残念ながら星とは関わりがないです。あったら素敵だなとは思いますけれど」

「そうか。星座に神話を見ていた文化があるなら、星と魔術も繋がっていると思ったのだが」

「シエルちゃんも実はロマンティストなんですね。くすっ」

「うん、待てよ？　あの村にあった古代石碑には、古代文字だけでなく、私にも解読できなかった絵が描かれていた。絵の中央には立派な身なりの人物が。あの人物像は、十二頭身という奇妙な容姿だった……3500年前の王の星座の形は伝わっているかスモール？」

「ええと……たとえ星座関連でも、学者が2000年以前の過去を遡って調べようとすると『予言者誕生以前の暗黒時代を調べる必要はない』と教会が難色を示しますし、研究予算もろくにつかないので、わからないですね」

「やはりそうか！　専門家に考えさせないから謎が解けなかったのだ。ならば私が最初の発見者だな！　エウレカ～！」

ドオオオン！　突然の爆発音！　異世界鈴虫はやはり爆発するのか!?

シエルは？　スモールは？　二人とも、無事か？

「ヘウレカー！」

あ。違う。鈴虫が爆発したんじゃない。シエルが閃くと同時に、シエルの妄想スタンドのアルキメデスが出現したのだ。いちいち心臓に悪いからスタンドの視覚効果をオフにしてくれないかなシエル。

なぜシエルの妄想のアルキメデスを具象化するんだ、この異世界は？

シエルが閃いた瞬間の高揚した精神状態が、異世界では魔力に変換されるのだろうか？

そもそも、いつからシエルはアルキメデスを幻視するようになったんだ？　昔のシエルは史蹟を訪問してもそんなもの見えてなかったぞ？

「ふえええ。この顔の濃い殿方は誰ですか？　シエルちゃんの守護精霊ですか？」

「スタンドだ。ありがとう、おかげで閃いたぞスモール！　古代石碑の謎が解けた！」

「ええっ？　誰も解けなかったあの石碑の謎を⁉　凄いです凄いですシエルちゃん！　高難易度の守護精霊召喚魔術を使えるだけでも凄いのに、正真正銘の天才です！」

「ちっちっちっ。歴史的天才☆と呼べ」

「はい、歴史的天才☆です！　そ、それで、古代石碑の正体とは⁉　気になります！」

俺も気になる――いい意味でも、悪い意味でも。シエルがほんとうにあの石碑の謎を解明したら「やはり彼女こそ予言されていた大賢者だ！」と教会に持ち上げられて、いよいよ魔王討伐に出立させられる。もちろん解明できたらシエルの自信になるし、喜ばしいことなのだが。

ああっ、余計な予言と達成不可能クエストさえなければ！

思わず俺はハンモックチェアから下りて、シエルたちのもとに駆け寄っていた。

☆

俺とスモールは、突然脳が発火してアルキメデスを侍らせたシエルの「推理」を聞くことになった。

だから、どうしてアルキメデスが出てくるんだよ。気になって集中できん。

「私の閃きが正しければ、この世界では、星の光に魔力がある」

「星の光に魔力……ですか？」

「そうだスモール。太古に星の光が放った魔力が、例の出自不明の古代石碑に封じられている。あの石碑は、今では失われた古代の『星系魔術』を稼働させ続ける装置だ。星の光の魔力こそが、悪霊と呼ばれる石碑の力の正体だ」

「せ、星系魔術ですか？　白魔術とも黒魔術とも違いますね。聞いたことがありません」

「なあシエル。どういう理屈でその結論を導き出したんだ？」

「そう急ぐなワトソンくん。スモールから教わったが、この世界では星の座標位置が高速で変化する。僅か2000年で、トカ・ウレマ王の星座の形は大きく崩れた。この変化量からこの世界の恒星固有運動を脳内で計算した結果、王が生きていたと推定される時代、誰も知らない3500年前のトカ・ウレマ王の星座の形がほぼ判明した。今からわが脳内ARで復元して、夜空に投影してみせよう――！」

お前の脳内ARはお前にしか見えないぞ？　といつもの癖で突っ込みたくなったが、その言葉を俺は慌てて呑み込んだ。

夜空に、シエルが想像した「3500年前の王の星座」が浮かびあがって見えたからだ。俺の目にもスモールの目にも、はっきりと見えた。明瞭すぎて現実と区別がつかない。

「現在の王の星座と比べるため、青い光に変換しておいた。2000年前の王の星座も、黄色い光で夜空に投影してみよう。この通り、三つの星座はどれも同じ星々だが、年代によって大きく座標位置が異なる」

「きゃああ。凄いです、凄いですシエルちゃん!?　過去の星座を天空に映し出すなんて、素敵な魔術です……」

「投影ってお前、プロジェクションマッピングじゃないんだから。いつこんな魔術を覚えた？」

「アルキメデス同様、私が閃いた時に見えるAR世界の映像が、なぜかこの異世界では他の人の目にも可視化されるだけだ。もしかしたらスタンド以外の映像でも同じことが起こるんじゃないかと思ったが、大当たりだったな！　ぶいぶい！」

「ヘウレカー！」

「あっ。話がややこしくなるので、アルキメデスさんはお静かにしていてください」

「……ヘウレカ……」

つまり、シエルの脳が発火した時に爆発的に溢れだした妄想エネルギーが、魔力によって自動的に可視化されるのか。どうしてシエルだけ？　特異体質か？　凄いね異世界。

あれ？

シエルがAR映像で復元した3500年前の王の星座、どこかで見たことがあるような？

「なあシエル。あの村の古代石碑に描かれていた人物像と、頭身が似ているな。あれは十二頭身くらいあった。まるでキャプテン翼みたいだったぞ」

「それだレナ。古代石碑の人物像と、3500年前の王の星座のプロポーションはいずれも十二頭身。そしていずれも頭に独特の形状の冠を被っている。あの石碑に描かれた人物はトカ・ウレマ王だ！　3500年が経過して大きく星の座標位置が変動した結果、人物画のモデルが誰なのか解読不能になってしまったのだ」

「ふえええ。な、なるほど〜!?」

その計算、ほんとうに正しいのか？　専門家でもないのに一瞬で解を導き出しただろう？　この世界の天文学者たちが長年研究してもわからなかったのに。

「レナ。かつてガリレオ・ガリレイは『地球は太陽の周りを回っている』というコペルニクスの地動説をうっかり実証したために、『聖書と異なる思想を発信する異端者』として宗教裁判にかけられただろう？　大昔の予言者の言葉を信奉するこの世界の教団も、ローマカトリックほどではないにしても似たような体質らしい。だから、この世界では科学がさほど発展していないのだろうな。まあ魔術があるから科学は不要という面もあるが」

「が、ガリレオさんってどなたですか？　古の星系魔術師さんでしょうか？」

「似たようなものだスモール」

　そうだな。そしてシエルは、そんな社会常識や通念に一切忖度しないからな。願望が生む幻想を見るのではなく、ただひたすら「事実」を追い求める。

「スモールのおかげで気づいた。現在の王の星座は三頭身。２０００年前の王の星座は八頭身。そして王が生きていた３５００年前の王の星座は、あの古代石碑と同じ十二頭身だと。両者は同一人物。よって古代石碑の制作年代も３５００年前と推定される。王が生きていた時代だ」

「でも、外見が似ているだけの別人かもしれないぞ？　古代人はみんな大谷翔平みたいな羨ましい体形だったのかもしれん」

「いい指摘だレナ。ふっふっふ。思いだせ、古代石碑には詠唱呪文が刻まれていただろう？　総当たり詠唱で正しい発音は当てられたが、内容は解読できなかったあの古代文字。あれは、トカ・ウレマ星座について解説している文章だ。すなわち、トカ・ウレマ王の神話が石碑に刻まれていたのだよ！」

「な、なんだってー。いや、ちょっと待て。いつシエルはあの文章を解読したんだ⁉」

「そもそもあの古代文字は、古代エジプトのヒエログリフとほぼ文法が同じで、単語の意味がわからなかっただけだ。今宵スモールから聞いた王の神話にちりばめられた、重要なキーワード――『王』『人間』『魔族』『ドラゴン』『英雄』に相当する単語を該当候補単語に正確に振り分けると、そっくりそのままトカ・ウレマ王の神話そのものとして読める」

その「該当候補単語」の組み合わせパターンって、どうせまたコンピューターで計算しないと正解に辿り着けない膨大な量だろ？　シエルが歴オタ魂を炸裂させた時だけは、シエルの頭脳はスパコンを超越したなにかになるからな。

３５００年前の星座の座標計算も、手動でやっていたら一生かかっても終わらない複雑なものなのかもしれない。だから、この世界の学者たちが今まで辿り着けなかったのだろう。

「凄いですシエルちゃん？　暗算でそんな時代まで一瞬で遡って星の座標を計算するなんて、誰にもできないですよ!?　古代文字の組み合わせパターンだって無限にあるのに？」

「スモール。いい格言を教えてやろう。真実は、いつもひとつ！　ゴゴゴゴゴ」

「かっこいいです。シエルちゃん、その決めポーズかっこいいです」

ここが異世界だからって、サンデーとジャンプを同時にパクるんじゃありません。

シエルはどうにも、オリジナルの台詞回しやポージングを考える方面の才能は弱いんだよな。

これでいいのか、マンガ家として？

「結論。３５００年前に何者かが星の魔力を、王の肖像画を描いた石碑に封じ込めた。時空を越えて星の魔力を発動させ続けるために。石碑は実際に３５００年間稼働し続け、しかも王の神話を読み上げると停止する安全装置まで搭載している高性能なものだった。以上だ」

「待てシエル。最大の謎が残っているぞ。誰が王の石碑を作って各地に設置したんだ？」

「うーん、誰でしょうねレナさん？」

「ふむ。王自身が作らせたのかもな。アレクサンドロス大王は、征服した都市に次々と自分の名を付けただろう？　王の自己顕示欲がちょっぴり漏れたのではないか」

「その王は私は知りませんが、古代石碑は厄災や悪霊を呼ぶ不吉なものですよ？　世界に平和をもたらした英雄王が、そんなものを各地に設置させるでしょうか？」

「スモール、当時は違う役割を持っていた可能性もあるだろう？」

「はっ？　そうかもしれませんね⁉　星系魔術すら忘れ去られた技術ですから、設置目的も謎になってしまっただけで、本来は悪霊を呼ぶ石碑ではなかったのかもですね？　シエルちゃんって、ほんとうに——天才ですね⁉」

「歴史的天才☆だ」

「はい、歴史的天才☆です！」

それから。天空にARのプラネタリウムを張り巡らせることができるという事実に気づいたシエルは、スモールからこの異世界に存在する様々な星座と神話について教わり、それらの星座の2000年前や3500年前の姿を星空に投影してみせた。

その夜。トカ・ウレマ王の神話からスタートし、スモールが語ったたくさんの星座の位置、名称、神話の内容を、シエルは全て暗記してしまった。そして。

「星空凄いぜ！　異世界歴１５０年の星座はどうなっているのか、見てみよう！」

　あらゆる年代の星空を、シエルは直接夜空に投影し、スモールに見せて解説した。

　夜空を見上げるスモールは、感激して鳥肌を立てっぱなしだ。

「ふえええ～。シエルちゃんは星の魔術師さんです！　ほんものの大賢者様なのでは？」

「いや、まだ私にもわからない星空の謎はある。なぜか暗黒ドラゴン星雲についての過去資料がないので、あの暗黒星雲のかつての形状がシミュレートできない」

「はうっ？　暗黒ドラゴン星雲ってまさか、あ、あの黒いドラゴンの形をした不吉な暗黒星雲ですか？　あああれは天のきょきょきょ凶兆なので、だだ誰も直視せずに名も付けずに『存在しないもの』として忌避してるんです。一定時間見つめるだけで呪われるとも、特定の年齢の子供の脳を狂わせるとも。シエルちゃんも気をつけてくださいね？」

「フッ。あれはただの暗黒星雲だ、スモール。中身はガスと宇宙塵だ。凶兆だの呪いだのは教会の与太話だ」

「他の暗黒星雲はそうかもしれませんが、これは教団誕生以前からの古い言い伝えです。太古からの絶対的なタブーなんですよ？　あううう、怖いです怖いです」

「なんと。それほど古代からタブー視されてきたのか。２０００年以前の歴史を解明する手がかりになりそうだ！　教会が過去を暗黒時代と呼んで触れたがらない原因も、そのあたりにあるのかも……ますます興味が湧いていた～！」

「湧かさないでくださあい！」

シエルに、異世界への興味を持たせる方法がやっとわかった。スモールが星座を介してそうしたように、異世界の神話・歴史を丁寧に語ってあげればいいのだ。

俺はシエルに、異世界創作物の歴史をまず教えるべきだったのだ。

いや。よく考えるとそんなもの、俺もよく知らんな……。

俺はマンガ編集者として薄い、薄すぎる。

旅行自体が大の苦手なのに、小学生の頃から日本はもちろん世界中の遺跡や城郭を現地取材し、「信長公戦記」の新作が出る度にＰＫを待たずバニラ状態のままひたすらやりこむ、ＰＫはもっとやりこむ。シエルの歴史ジャンルにかける集中力と情熱にはとてもかなわない。

やっぱりシエルは天才で、俺は凡人なのだろう。

シエルが、北斗七星の中でもひときわ目映く輝き、ガリレオ・ガリレイが熱心に観察した2等星ミザールだとすれば、俺はミザールの薄暗い伴星で北斗七星に入れてもらえない4等星アルコルくらいのレベル差がある。

もう五年前か。シエル自身が俺たち二人を、眩しい恒星ミザールと光が弱い伴星アルコルになぞらえていたな。もう少し手心というものを……と当時の俺は苦笑したものだ。

伴星アルコルとは、いわゆる死兆星ってやつだ。マンガ業界では「見えたら死ぬ」という設定で有名だが、地域によっては逆に「見えないと死ぬ」とも言われていた星だ。

それくらい、お互いの星の光の輝きには格差がある。

俺にとってシエルは、目の前で眩しく輝いているのに決して手が届かない過去の星の光。

☆

深夜。天空のARプラネタリウムの下で、「長寿と繁栄を！」を連呼するバルカン式挨拶訓練に、シエルが得意とする謎の「ひよこ踊り」の修行と、さんざんシエルに付き合わされたスモールはすっかり遊び疲れたらしい。

リビングルームに戻るなり、「ふいい〜もうヘロヘロです〜」と一声呻くと同時に、ソファーの上に倒れてそのまま熟睡してしまった。

一日でこれだからな。シエルのペースに巻き込まれ続けると、とても身体が持たないぞ。

暖かい季節とはいえ、毛布をかけておいてあげないとな。

シエルはまだ脳が興奮しているらしく、元気になにか書いている。もしやネームか!?

あれ。違った。俺にメモを手渡してきた。直接言えよ。スモールが起きないように気を遣っているのだろうか？　いやいや、そんな気配りができるシエルではない。できるようになってくれたら……いいな……。

なになに……『クエストを終わらせたから、クエスト達成！　と私が声に出して呟けば即、マンションに帰還できる』？

「なるほど。それじゃ朝が来たら、スモールにいったんお別れを告げて現代世界に戻るか」

うん？　シエルが自分の首を、ふるふると横方向に激しく振っている。またメモ追加。

なになに……『結論はひとつ。クエスト達成！　と宣言しなければ、ずっと異世界でのんびり暮らせる。もう嫌な現実世界で仕事せずに済むぞ！』

「って、おいっ⁉　ちょっと待てシエル！」

俺のほうが思わずスモールへの気配りを忘れて、素っ頓狂な大声を上げていた。起きる気配は……ないな。いろいろあったし、よほど疲れていたのだろう。

「んみゅ～。私はもう、帰りたくな～い～。感染対策で外出もできないしぃ」

「お前が感染恐怖症を拗らせているだけで、みんな普通に外出してるからな？」

「やだ。〆切りの悪魔に追われなくて楽だから、この世界で暮らす。友達ができて楽しいし。それに、歴オタ道楽……いや違った、お仕事で食べていけるなんて夢みたいだ。気づいているかレナ？　全世界の古代石碑を回収していくだけで、半永久的に稼げるのだぞ？　大賢者様とちやほやされるし。こんなチートな人生、向こうでは決して味わえないぞ」

「シエル、お前なあ。異世界転生したがるニートの思考に完全に染まってるじゃないか……」

ミイラ盗りがミイラになるとは、まさにこのことだよ。

「はっ？　そうかこの怠惰な感情が、異世界転生を求めてやまない感情か……やれやれ。異世界転生の読者も作者も、つくづくダメな連中だな」

「ダメなのはお前だよ」

こらこら。手をぴよぴよと振り回すな。ちょっと怒っているポーズだな、これは。

「レナ、聞け。私はこの異世界の一万年の歴史を調査したい。過去2000年分しか記録が残ってなくて、それ以前の8000年は神話の領域だ。史実がどうだったか誰も知らないのだ。この膨大な失われた歴史を調査できるなんて一生モノの道楽……いや、立派な仕事だぞ⁉」

シエルは上手く本音を隠しきれないいんだから、無理しなくていいぞ？

「お前はそれでいいとして、俺の人生はどうなるんだよ。毎日出社してタイムカードを押さなくちゃいけないいんだぞ？」

「ふむ、言われてみればそんなものもあったな……参ったな……困惑してしまうじゃないか」

「俺が一番困惑してるよ」

「……では、私一人で冒険するか。い、今は、スモールもいるしな（ちらっちらっ）」

な、なんだよ。無理して俺の顔を見ようとしなくていいぞ。お前が時々見せるそのレアな上目遣いって、なんだか妙な破壊力があって戸惑うんだよ。

「それは無理だ。俺一人じゃあ、心配でとても帰れないよ」

「ほぉ。そんなにこのバルカン人の娘さんが心配かい？　おぬしも好色な奴じゃのう～」

「俺が心配なのはお前だよ。あと、彼女はダークエルフな？」

急に悪代官口調になるのやめろ。どういう感情のサインなんだ、それは。

「わ、私は異世界では大賢者だぞ。心配などする必要は……」

「お前が騙されて奴隷として売られる未来が、俺には見える見える。もう二度も騙されているんだぞ？　しかも娘のスモールを奪ってパーティに入れた件で、奴隷商人にマークされている」

「……うう～。保護者みたいなこと言うなぁ……二度目は、魔術が効いてなかったからノーカンだぞ？」

「効いてないと言いだせなかったじゃないか。シエルは、心が素直すぎるから他人の言葉に乗せられやすいんだ。もしも古代石碑の謎を解読したと漏らしたら、真の大賢者が現れたとおだてられて、必ず魔王退治を押しつけられる。そうなったら終わりだ。盛り上がったお前は、止めるスモールをスルーして暴走する。いつもそうだっただろう？」

「いつもっていつだ」

たとえば、お母さんの葬儀場で「私はプロのマンガ家になる」と宣言して周囲を唖然とさせただろう？　いや、これは言わないほうがいいな。シエルが傷つく。

「シエル自身にとっては理屈が通っていても、周囲がシエルの行動を常に理解してくれるとは限らない。些細なことをきっかけにスモールとの関係が壊れるかもしれないし、シエル自身が教会から異端扱いされる可能性もある」

「ふむ。つまりレナは、ワシが心配で心配でたまらないということじゃな！　うい奴め、うい奴め。ういういうい～」

だから悪代官キャラはやめろ。シエルはいつもヘンだが、今夜は特にヘンだな……。

「仕方ないにゃあ～。ではいったん帰ってやる！　だが、私は定期的に異世界に通うぞ？」

「わかった。ただし、二つの世界での生活を両立させるためにルールを決めよう。クエストを達成したらその都度帰還すること。あくまでも異世界転移は仕事の取材だ。異世界経験を積んでマンションに戻ったら、ちゃんと仕事をする。そのルーチンを繰り返し、三ヶ月で編集長の注文通り『第一話の原稿と第三話までのネーム』を完成させる。いいな？」

　複雑な二重生活をする以上は、ルーチンを決めておかないとな。シエルが混乱してパニックに陥りかねないから。

「うう～。わかった。私とてマンガへの情熱は失っていないぞ。むしろ、永遠の謎だった異世界をこの目で見て直接体験できて、過去最高に盛り上がっている！」

「そうか？　さっきダメ人間化してたよな？」

「私がイヤなのは〆切りの悪魔の存在だけだ。あ～チェーンソーマソが〆切りの悪魔を食べちゃった世界線に行きた～い」

「チェンソーマソな。世界に〆切りという概念がなければ、シエルは永遠に原稿を上げないだろうが。きっと、その世界線ではお前はずっと『信長公戦記』をやってるだろう」

「ま、いいかぁ。異世界で見てきたことをそのまま描けばいいしな。間に合う間に合う」

「こらこら手を抜くな。そのまま描いてもマンガにはならない。ちゃんとマンガとして再構築しろよ？」

「ああ、わかったわかった。でも　その都度スモールとレナと三人で冒険か……いずれ、レナの秘密をスモールに打ち明けないといけなくなる時が来るだろうな……」

「まあな。時機を見計らって詫びを入れるよ。時間をかけてスモールとの信頼関係を築いていけば、きっとカムアウトできるさ」

やっと「帰りたくないでござる」と愚図るシエルを説得できて、俺は安堵していた。

だからだろうか。

「……そうだな。いつかそういう時が来ることくらい、私にだってわかっていた……」

目を明後日の方向に向けながら、シエルが寂しげにふと呟いたその言葉の意味を、俺は深く考察しなかった。シエルも今日は遊びすぎて疲れたのだろう、などと思っていた。

「うん？　どうしたシエル？」

「……なんでもない……」

シエルとは目を合わせられないから、長年一緒にいた俺でもシエルの微妙な感情を完璧に読み取るのは難しい。動かなくなると「動作のサイン」も見られないから、特に。

「うん？　らしくないな？　もう寝よう、すぐに朝が来るぞ」

本来なら、抱き枕に顔を埋めてしまったシエルの頭をそっと撫でてから寝室に向かいたかった。だが、本人の許可なく触らないほうがいいだろう。シエルは接触されるのが苦手だから、家族のスキンシップであっても勝手に触れるのは御法度だ。俺がシエルに触れられる時は、シエルがパニックを起こした時だけだ。

胸が、苦しくなった。

俺にとって永遠にシエルは、目の前で眩しく輝いているのに決して手が届かない、過去の星の光――考えてはいけないはずなのに、また俺の心はそんなことを考えてしまっていた。

第四話
桜小路シエルが異世界の魔王と対決してしまった件

The genius girl, Ciel Sakurakouji can't draw another world

翌朝。「ちょうじゅと～はんえいを～。むにゃ……」とまだ寝ぼけていたスモールに、「俺たちは地元で用事を済ませたら、またすぐに戻ってくる。この屋敷で合流しよう」と告げた俺は、案の定「やっぱりこっちで遊んでいたい」と騒ぎだしたシエルを連れて現代世界のマンションへと帰還した。二重生活はスケジュール管理がキモだからな。

帰還したこちら側の世界も、朝だった。きっちり異世界で過ごした分の時間が経過している。

二度目の転移では長期滞在してしまった。急がないと〆切りに間に合わないぞ。

あっ、会社のタイムカード……しまった⁉　有給消化で誤魔化せるか⁉　日数足りるか？

ところがシエルは、早速仕事机から離れて、夢中になって窓辺に張り付いている。

猫かよ。

シエルの目線の先では――リビングルーム兼仕事部屋の窓際に飾られている、例の食肉植物ザラセミラが、紫色の美しい花を咲かせていた。豪快な植物本体に比べると、花は意外なまでにちんまりと小ぶりだ。

「ふふふ。お前は植物のくせに踊ったりするヘンな奴なのに、花だけはかわいいな。まるで、私みたいだ」

シエルも落ち着きがなくてすぐに踊るからな。毎日ハンバーガーばかり食べているのに、身体は小さいし。そして、稀に見せる笑顔がとてもかわい……あ、いや。仕事だ仕事。

（あれ？　この紫色の花、どこかで見た覚えがある？　異世界の花なのに妙だな。どこで見たんだったか？　現代世界にこれと似たような花があるのか？）

なにかが引っかかったが、〆切りに追われている俺は、それ以上深掘りできなかった。

異世界取材は十分に行った。スモールという親しい友人もできた。「キャラクターが描けない」なんて事態はもう起きない。シエル本人が異世界への移住を希望しはじめたくらいだし。

いよいよシエルに本腰を入れさせて、新作マンガを描かせなければならない。

ここからは、時間との闘いになるな――。

「ほらシエル、仕事の時間だぞ」

「ふい～。遊び疲れて、眠い～」

「禁じ手だが、仕方ないな。朝からエナドリを飲んでシャキッと目を覚ませ」

「18歳の少女をエナドリ漬けにしようとは、悪い編集者だなあレナは」

「『異世界を見たことがない』『異世界のキャラクターが描けない』『ハーレムが苦手』という

シエルが抱える三つの問題は、全てクリアした。もう異世界転生を描けるよな？」

ここまでやって「私には無理だな、はっはっは」とか言われたら俺は泣くぞ。俺の有給、全滅してるからな。マイナスに突入している可能性もある。

「うむ。視線は合わせられなかったが、スモールの顔の細部まで描ける。風景に続いてキャラクターも自在に描き放題だ、レナ！　やっぱりマンガは最高だな！」

「やったじゃないか！　その子がスモールか？　かわいいじゃないか！」

あのシエルが、異世界のキャラクターをこんなにも活き活きと描けるようになるなんて。俺は感無量だよ……シュメールの合わせ鏡様、ありがとうございます。

「……まあな。スモールはかわいいからな。そのまま描けばかわいくなるに決まってる。ふん」

なんで不機嫌になるんだよ。「スモールってかわいくないよな」なんて言われたら「私の友人を愚弄するなー」と激怒するだろうに。シエルは猫だな、ほんとに。

「ストーリーは、主人公の異世界転生から奴隷オークションを阻止する派手なクエスト達成までできっちり三話かな。石碑エピソードは四話以後、世界観を深掘りする過程でやればいいだろう。三話分のネーム、いけそうか？」

「うむ。今の私は創作意欲が爆発している。三日三晩徹夜すれば、できる」

「やったじゃないか！　おめでとうシエル！　俺も徹夜作業に付き合うぞ、食事作りから飲み物の補給、ザラセミラへの餌やり、掃除洗濯、トーン貼りまでなんでも言いつけてくれ」

「レナは昭和の遺物か？　私のマンガは完全デジタル制作だ、トーンなんか貼らんぞ。アナログ工程ゼロこそが、アシスタント抜きで連載する秘訣だ」

「……アシスタント作業を手伝えないのはもどかしいな。そうだシエル。俺の社用ノートパソコンで、せめてベタ塗りだけでも」

「ヤメロ！　作画データを破壊する気か？　あんな社畜御用達の低スペックノートでは私のアプリは動かない。いいから私への餌やりと水やりを頼む。あと、こまめなトイレ掃除」

「自分を猫扱いしてどうするんだ」

「猫も人間も同じどうぶつだろう？　ここからは全集中するぞ、レナ」

こうして、シエルは戦った。〆切りという恐ろしい悪魔に果敢に挑戦し、三日三晩完徹して三話分のネームを一気に切り終わる……はずだった。

だが初日、二日目は異世界での感動を胸に全力で走りきったが、徹夜三日目ともなると、俺もシエルももう体力気力が限界を突破して、脳はヘロヘロ。身体はボロボロ。ザラセミラが巨大化して暴れる幻覚まで見えてくる有様に。お互いに、なにを聞いても意味もなく笑ったり怒ったり。完全に、冬山遭難者状態になっていた……。

こうなると作業効率が低下して、予定通りには終わらない。一日の休息を儲けるべきだったのだが、俺もシエルも寝不足で判断力が低下していて妙にハイになり、「まだいけるいける！」「目を瞑るな寝たら死ぬぞ！」と、「撤退」の二文字を完全に忘却。

そして――四日目の朝に、突然破綻がやってきた。

「みぎゃああああ！　む〜り〜！　三話のネームの最後で詰まったあああ〜！」

シエル猫、大暴れ。落ち着け、落ち着けシエル猫。いや、これは疲弊した脳が見せている幻覚幻聴かもしれん。現実のシエルはネームを完成させて机の上で安らかな眠りに……。

「奴隷商人成敗で三話分の話はまとまったが、三話のヒキに出す魔王を描けない〜！　魔王を出さないと、ヒキが弱い！　絶対に出さないといけない〜！　でも私は異世界の魔王に会ったことがないから描けない〜！」

「……これが現実……そのへんの異世界転生の魔王を参考にアレンジすればいいだろう？」

「無理だ、異世界転生をいくら見ても頭に入らない！　ラスボスの魔王という奴がさっぱりわからん！　魔王といわれても、第六天魔王・織田信長しか思い浮かばない〜！　比叡山延暦寺の焼き討ち！　伊勢長島の信徒大逆殺！　浅井朝倉の髑髏に金箔を塗って酒の器に！　自ら外交書状で『第六天魔王』と名乗る！　これほど魔王らしい魔王が他にいるわけがない！」

「……そんなことを言いだすのはお前だけだよ……」

まさか最後の最後のヒキで詰まるとは。見抜けなかった、この俺の目をもってしても。

「異世界の魔王は戦争をしないというが、具体的になにをしているのだ。ほんとうに奴隷商売の元締めなんかで、強大な軍事国家の運営が成り立つのか？　略奪コマンドばかり連打してたら、あっという間に財政破綻するぞ。おかしいではないか」

「俺も知らん。だいたい魔王なんてものは、フワッとしているものなんだよ。指輪が欲しいから世界を征服するとかそういうのでいいんだよ、そういうので。やられ役なんだから」

「なぜそんな雑な動機で、魔王などという面倒な職業に就くのだ？　織田信長には、戦国時代を終わらせる『天下布武』という確固とした目的があったではないか。人間側が知らない事情がなにかあるはずだ。魔王の実情を知らなければ、描けないぞ」

「待て待て待て。魔王関連クエストは請けちゃダメだぞ、いいな？　魔王城に潜入するだけでもダメだぞ、危なすぎる」

　ああもう。眠すぎる、脳と肉体の限界だ。編集者が言ってはいけないことを口走った気がするが、もう自分がなにを言っているのかさえよくわからん。シエルのこだわり癖が、まさかこの大一番で「魔王」に……でも、三話でラスボスは出しておかないとな……。

「うああああ。〆切りの悪魔に殺されるううう。もう嫌だぁ〜この世は苦界だ〜」

　俺もそう思うよ。社畜人生は辛いよ。物価ばかり上がって賃金は上がらないし。いかん、メンタルが酒場でクダを巻いてるサラリーマンになってきた。徹夜って恐ろしいな。

「でも……実際そうだよなあ。異世界のほうがシエル向きかもな。友達もできたしな」

「……うう。や、やっぱりレナもそう思うか？　レナは、その……スモールをどう思う？」

「スモール？　彼女は凄くいい子だよ。シエルに優しいし、性格がとてもかわいい」

　この世界では、シエルの友達になってくれる子は現れなかったからな。

　スモールは、ほんとうにいい子だよ。シエルと末永く親友でいてほしい。

「願わくば、ずっとスモールと一緒にいられればな。ほんとうにそう思うよ」

ずっと独りぼっちだったシエルが、先夜はあんなに楽しそうだった——。

「……そうかレナ。スモールに正体を隠しているのはやっぱり、そういうことなのか？」

「ん？　シエル？　そういうことって、どういう意味だ？」

「う、うるさい！　うるさいうるさいうるさい！　うわあああ！」

シエルは、突然激しいパニックに陥っていた。滅多にこんな状態にはならないのに。

「し、シエル!?　どうしたんだ？　もしかして俺、なにか口を滑らせたか？　悪かった、眠くて頭がぼんやりしていて……」

シエルは確かに突飛な行動が多いが、普段は高い知性で自身の自閉傾向を可能な限り抑えている。徹夜続きでそれができなくなったのだろうか？　だが、俺がなにを言ったせいでシエルがいきなり混乱したのかがわからない。三年前SNSが突然途絶えた時も、そうだったのだろうか？　俺はやはり、送ってはならないメッセージを送っていたのだろうか？

「し、シエル、落ち着け。だいじょうぶだ、だいじょうぶ。ここは俺とお前しかいない、絶対に安全な場所だよ。シエルを傷つける人は誰もいない。だから……」

「さささ触るなハグするな！　でで出て行け！　もうイヤだああ！　うわあああん！」

俺は、シエルのマンションから追い出されるように一時退避した。

わからない。俺にはわからない。シエルの心が。シエルの感情が。シエルの考えていることが。理解したくても、常に見えない壁がある。決して乗り越えられない壁が。だから俺は、時々酷く胸が苦しくなって……シエルも、俺と同じなのだろうか？　それとも……。

俺もシエルも、睡眠不足で疲弊しきっている。互いに混乱した状態で無理に会話を続けるよりも、シエルをしばらく一人にして落ち着かせたほうがいいだろう。

一度眠れば、落ち着いてくれるはずだ。シエルには、自分のパニック症状を抑えられる高い知性と自制心がある。だいじょうぶだ――。

シエルのマンションから出たのと、ほぼ同時だった。

俺のスマホに、ＳＮＳメッセージが着信していた。

「今すぐ会社に出勤しろ」という、編集長からの緊急召集メッセージだった。

編集長に呼び出された俺は「事情は察するが無断欠勤が長すぎる」とまず一言叱られた。

校了直前の限界状況なのだろう。数日眠っていなさそうな編集長が酷く苛ついていることは、目の充血ぶりと足の貧乏揺すりの激しさでわかる。

俺は、ひたすら頭を下げて詫びた。

だが、そこから先の編集長の言葉は、どうしても聞き流せなかった。

「保父星。お前は本来、最終選考で落ちるはずだった。くぅぱぁ丼先生の従兄だと聞いたから強引に入社させたんだぞ」

「……なんですって？」

俺が入社試験を通過できた理由は——いや、俺のことはどうでもいい。許せない言葉を、編集長は言った。

「くぅぱぁ丼先生は、明らかに障害者かなにかだろう？　あの変人を、ちゃんと介護しろ。なんとしてもメ切りに間に合わせろ。いいな」

俺は——その言葉を聞いた瞬間に、頭が真っ白になっていた。

気がつけば編集長の胸ぐらを摑んで、大声で怒鳴っていた。

「障害者？　介護？　仮にもうちの編集部が仕事を発注している作家に対して、失礼じゃないですか⁉　その言葉、今すぐ訂正してください！」

「おっ……お前、新入りが編集長に向かって……何様のつもりだ⁉」

「黙れ！　会社での役職なんか関係ない！　シエルをそんなふうに言うな！」

学校でシエルが虐められていた時に、見境なく切れてしまったことが何度かあった。

だが今の俺は会社員だぞ。編集長の部屋でいったいなにをしているんだ。

俺は解雇されてもいいが、シエルが干されてしまったらどうする？

でも……でもさ。耐えられないだろう。シエルは学校でも成績優秀だったのに、内申書には酷いことばかり書かれていた。マンガ家としても、感染症の流行が起こるまでは成功していた。

あいつは、必死で生きているのに。

それなのに、編集長がシエルをそんなふうに見ているのか。内心で思っているだけならまだしも、仕事の場で口に出すのか。担当編集者で従兄の俺の前で。もしも、繊細なシエルが編集長から直接こんな言葉を言われたらどうなる。それだけは絶対にダメだ。

「シエルは俺たちとは少し違うけれど、あいつは天才なんだ！　マンガ家として仕事を発注しておきながら、今さら彼女を障害者だの介護だの言うな！　一人のマンガ家として正当に扱え！　シエルの前でその言葉を言ったら、俺は絶対にあんたを許さない！」

「お、おい？　待て保父星。俺もお前も、お互い徹夜続きで疲れているんだ。頭を冷やせ。人生を棒に振る気か⁉」

「シエルに冷たい世界なんか、こっちからいつでも捨ててやるよ！　通報でも逮捕でも告訴でも好きにしろ！　シエルは絶対に傷つけさせないからな！」

俺よりも先に、編集長のほうが冷静になった。短気な編集長が引くほどに、俺は激しく切れていたのだろうか。

「失言だった。申し訳なかった」と、あの尊大な編集長が俺に詫びてきた。

「保父星。お前、それほど彼女を……そうだったのか……わかった、今日のことはなかったことにする。〆切りまでに原稿とネームを取ってこい。俺の注文は、それだけだ」

憑きものが落ちたように、俺は我に返っていた。

「……こちらこそ、申し訳ありませんでした……！」

そうか。

俺は、バカだ。

シエルの心がわからないから苦しかったんじゃない。

俺は、俺自身の心がわかっていなかったんだ。

俺は「絶対に安全な家族」というシエルの居場所であり続けたかった。そうであるべきだと自分に言い聞かせてきた。俺との関係が不安定なものに変化することを、環境の変化を苦手とするシエルは決して望まないだろうと。

でも……シエルだって、成長していたんだ。年齢を重ねるごとに。

（スモール？　彼女は凄くいい子だよ。シエルに優しいし、性格がとてもかわいい）

（願わくば、ずっとスモールと一緒にいられればな）

言葉を字義通りにしか解釈できないシエルは、俺がスモールを異性として意識していると思い込んで「自分と彼女とで扱いが違う、不公平だ」と憤ったのかもしれない。

そんな感情をシエルが持っていることすら、俺は気づいていなかった。いや、気づかないふりをしていた。

編集長に「介護しろ」と言われて、俺は切れた。でも実は俺自身が、ずっとシエルを幼い妹分として扱ってきた。シエルを年頃の一人の異性として認識することを、自分に禁じてきた。

だから俺は……そんなふうにシエルを不公平に扱い続けてきた俺自身に切れたんだ。

懲戒解雇されて当然の失態を犯した俺は、なぜか「今回だけだぞ新人」と許してくれた編集長に何度も謝ったあと、シエルのマンションに大急ぎで舞い戻った。

一秒でも早く、シエルに再会したかった。それなのに。

マンションのどこにももう、シエルはいなかった。

『私はこの世界では孤独だが、異世界では大賢者だ。魔王に会ってくる。さようならレナ』

そんな置き手紙を残して、一人で異世界へ行ってしまった後だった。

（シエルが、達成不可能クエストを請けてしまう）

異世界のほうがシエル向きかもな、なんて言葉を繊細なあいつに言うんじゃなかった。

あの言葉自体に深い意味はなかったが、あいつは自分にかけられた言葉を字義通りに受け取るんだ。わかっていたはずなのに、不注意だった。

やっぱりSNSが途絶えた三年前にも、なにかをやらかしたんだ、俺は。

あの時と同じだ。シエルは俺にシエル自身の心を、気持ちを伝えることなく、俺との関係をいきなりリセットしてしまった。

――くぅぱぁ丼先生は、相手が三時間三十四分遅刻したらエンカウントを一切拒絶する。

相手との人間関係を強制リセットする――。

そうだ。シエルには、ストレス負荷が限界を超えると、状況にどう対応していいのかわからなくなって人間関係を無言でリセットしてしまう癖がある。自分自身が混乱してパニックに陥る前に、心に電源を供給するブレーカーを下ろしてしまう。そして、自分自身の心に起きたパニックを強制停止させる。そんな「作業」を、瞬時にやってしまう。

今、俺はシエルから二度目の強制リセットを喰らっている。

どうすればいい。魔王城に向かうなんて自殺も同然じゃないか。シュメールの合わせ鏡は？　合わせ鏡が無傷なら、追いかけられる！　俺は夢中で室内を探し回った。

そして——ザラセミラの花が偶然視界に入った瞬間に、不意に思いだしていた。

俺が、いつどこで、この花とそっくりの花を見たのかを。

五年前のその日は、俺の18歳の誕生日だった。俺は朝の通学路を歩きながら、「高校を卒業したら上京して東京の大学に通う」とシエルに打ち明けていた。

シエルのもとを離れがたいという気持ちは強かった。だが、母親から「シエルちゃんに優しく寄り添うあなたは素敵よ。でももう子供じゃないのだから、自分の人生も大切にしなさい。あなたは頭が特別にいいわけじゃないし、特技もない。道場は閑古鳥。それなのに、東京の難関大学に推薦されるという幸運を得たのよ？　この国では、大学進学と最初の就職に失敗すればもうリカバリーは難しいの」と懇願されて、四年間だけ東京の大学に通うという苦渋の選択をした。四年もシエルと離れ離れになる。シエルが心配だった。だが、シエルにも優しい母親はいる。休暇の度に地元に里帰りすればいい。四年耐えれば、地元の大企業に就職して安定した人生を過ごすことができる。シエルを一人ぼっちにすることもない。

俺は、自分に、そして「イヤだ。イヤだ。イヤだ！」とパニックを起こしたシエルにそう言い聞かせていた。

そして——その日の夜の公園で、シエルは「喰らえ！」と突然小さな紫色の花の束を俺の顔面にぶつけてきた。

あの花にそっくりなんだ。

あれは、そうだ。

ラベンダーの花だった。

どうしてシエルは、ザラセミラを自分によく似ていると言っていたのだろう？

俺とシエルが離れ離れになることが決まったあの夜……ラベンダー。

俺はスマホを握りしめて「ラベンダー」を検索した。

ラベンダーの花言葉は——

「あなたを待っています」

俺がその花言葉を呟くと同時に。

リビングルームの片隅に二枚重ねて収納されていたシュメールの合わせ鏡が、突然激しく震動しながら目映い光を放っていた。

いつの間にか挟み込まれていたのか？　異世界に転移するのか？　いや違う。鏡面は一枚分しか露出していない。二枚目の鏡の鏡面は、一枚目の鏡のすぐ背後に隠れている。

シュメールの鏡が放った光は、室内に現実と寸分変わらない立体映像を投影していた。

シエルが異世界でARのプラネタリウムを天空に投影したのと同じように。古代異世界の「星系魔術」が発動したのだ。

しかも今シュメールの鏡が投影しているものは「映像」だけではない。「音声」までが再生されている。

これは、シエル自身の「記憶」そのものだった。その場でシエルが実際には口にしていなかった「シエルの気持ち」までもが、シエルの「内心の声」として再生されている。

シュメールの鏡の中に、何度も鏡を潜ったシエルの記憶が「土地の歴史記憶」のように残存していたのだろう。シエルの精神は奇妙なほどに異世界の魔力と相性が良くて、連動しているから。そしてそれは「光」として封じられている。

シュメールの合わせ鏡は、異世界で作られたものだったのかもしれない。

☆

夜の公園。

レナを待っている私は、自分ではまっすぐ立っているつもりなのだが、たぶん今も身体が左右に揺れていると思う。ひよこが震えているかのように。手に握りしめているラベンダーの花束も一緒に震えている。中学校の制服を着たままでよかったのだろうか。補導されそうだ。

朝、レナが東京の大学に通うために上京すると聞かされて驚き、パニックを起こした私は、午後にはやっと落ち着きを取り戻して『とりあえず誕生日を祝ってやるから来い』とSNSでレナを呼び出した。

待ち合わせ場所は、幼い頃からレナとよく遊んだ近所の公園。

今朝は、レナに四年間地元からいなくなると言われて、とてつもなく混乱してしまった。

私は幼い頃から、他人とは少し違うらしい。病院で教えられるまで、普通の人は会話中に相手と目を合わせるなんて考えたこともなかったし、人間が嘘をつく生き物だという現実も、どうしても理解できない。

なによりも私は環境が急変すると、どう対処していいのかわからなくなり、混乱してパニックを起こす。だから、日々決まったルーチンを消化する静かな暮らしこそが、私の脆弱な心を安定させてくれる。

私が突然パニックを起こして我が儘を言っても、レナはいつもそんな私を許容してくれる。

そんな人は、私にとってはお母さんとレナだけだ。

私が遅刻を嫌うことを知っているレナは、指定時間より早く来てくれた。

それなのに私はレナが到着するなり、頭が沸騰してどうしていいのかわからなくなり、「喰らえ！」とラベンダー爆弾をレナの顔面に突っ込んでいた。「お誕生日おめでとう、レナ」とどうして笑顔で言えないのだろうか、私は。なぜ自分の感情を相手に伝えられないのだろうか。なぜレナと視線を合わせることすらできないのだろうか。自分で自分が忌まわしくなる。

「し、シエル。いきなり凶器攻撃かよ？　まだ怒ってるのか？」

「なにを言う。レナは実にばかだな。この花は私からの誕生日プレゼントだ。よ、喜べ」

「……誕生日プレゼントを顔面に突っ込んだらダメだぞ？　ああほら、花がぺちゃんこだ」

「そうなのか。おかしいな、どこにもそんなルールは書かれていなかったのに」

「暗黙の了解ってやつだよ。そんなルールをいちいち明文化していたらキリがない」

「人間として生きるって、大変だな」

「大変そうなのはシエルだよ」

「まあいい。四年も会えなくなるのだから、もうひとつオマケしてレナに追加でプレゼントを捧げてやろう」

「大学は休みが多いんだ、長期休暇には戻るよ。ありがたいが、あんまりお小遣いを無駄遣いするなよ？」

「タダだから問題ない。星空を見ろ、レナ」

「うん？　北斗七星が綺麗だな、今夜は。普段は見えない、七星の脇に薄暗く光る星までがはっきりと見える」

「それだ！　いいかレナ？　北斗七星のうち、六つの星が眩しい2等星だ。その星の中でも、ひときわ美しく輝くあのミザールという恒星が、私だ。別名おおぐま座ゼータ星。覚えておけ。東京の夜空にも輝いているから、私に会いたくなったらミザールを探せばいい」

「……そうか。ありがとう」

「ただしミザールは86光年離れているから、86年前の私の姿だがな。あれ？　私はまだ生まれていないな。前世の私か……いやいや、私は前世など信じない。困ったな」

「もう覚えたよ。東京に行っても、毎晩探すよ」

「は？　星空は季節ごとに移り変わるし雨も降る、毎晩見られるわけがないだろう」

違う。私がレナに伝えたい言葉は、そうじゃなくて。

「まったく一言多いなシエルは。すっかり反抗期だな」

「う、うるさい。ミザールがなぜ私の星かというとだな、ミザールの隣に薄暗〜い伴星の4等星が寄り添っているからだ。あれはおおぐま座80番星、アルコルという星だ」

「ああ。今夜はかろうじて見えるな。空気が汚れている東京では、見えないかもな」

「あれがレナの星だ。目映い私の隣にひっそりとくっついている。ふふふ、実にレナと私らしいコンビ星だろう？　は、は、離れ離れになっても、ええと、そ、その……とにかく私は北斗七星で、レナは死兆星！　そういうことだ、覚えやすいだろう！」

「お前は北斗七星で、俺は死兆星かよ⁉　見えたら死ぬ星じゃなかったか、あれ？」

「問題ない。地方によっては、見えないと死ぬ星だという伝説もある」

「なるほど。シエルが、北斗七星の中でもひときわ目映く輝く2等星ミザールだとすれば、俺はミザールの薄暗い伴星で北斗七星に入れてもらえない4等星アルコルか。二人の知性にはそれくらいの差があるな、確かに」

違う。レナ、そうじゃなくて。

今夜、一緒に星空を眺めながら私がレナに伝えようと決めていた言葉は——。

（いつも歴史旅行に同行してくれてありがとう）

（レナが上京して離れ離れになっても、またレナと一緒にいたい）

それなのにどうして、口から出てくる言葉がぜんぜん違ってしまうのだろう。

「……うう……と、とにかく、東京に行っても頑張れ。毎晩歯を磨いて顔を洗え。怠けずに風呂にも入るのだぞ。ルーチンは大切にな。せ、生活環境が変わっても、毎日のルーチンさえ遵守していれば、ルーチンが精神を守ってくれる」

「ああ。行ってくるよシエル。シエルも来年は中三だ。勉強、頑張れよ」

「……あまり興味ないが、わかった」

私にとって、自分自身のほんとうの気持ちを相手に伝えることは、ほんとうに気が遠くなるほど難しい。

また、やってしまった。

花を顔面にぶつけて、お前の星は死兆星だなんて言ってレナを不快にさせて。ほんとうに伝えたい言葉を、私の気持ちを、レナに伝えられなかった。レナはもうすぐ東京に行ってしまうのに。それなのに。私は……私だけの世界に生きていて、この世界は高い壁に囲まれていて、どうしても私は外の世界に出られない。

レナが東京へ引っ越してしまったら……私は……独りぼっちだ。


レナが上京した後——お母さんが突然の病で死んだ。

運悪くレナは就職活動のために海外旅行中だったので、葬儀に間に合わなかった。

葬儀場で、私はお母さんの位牌に向けて語りかけていた。私は生前のお母さんにも、自分の気持ちを素直に伝えられた経験がほとんどなかった。お母さんは死ぬまでずっと私の将来を心配してくれていた。今言わなければ、もう二度と言えない。

「お母さん。私は上京してプロのマンガ家になる。だから安心して。ぶいぶい！」

私は、お母さんの位牌に向けてピースサインをしていた。お母さんを安心させたかったから。

それに、位牌には「目」がないから、素直に気持ちを打ち明けられる。感情も表せる。

でもそれは、人間の社会ではとても非常識な行為だったらしい。

一斉に、私に向けられる周囲の冷たい視線。

私はどこまでも空気が読めない。

参列者たちの前で、私はお母さんに安心してほしくて「プロのマンガ家になる」と宣言していた。それは、許されない行為だったらしい。

私を攻撃する言葉の数々が、降り注いできた。最初に「お前には人間の心がないのか」と顔を真っ赤にした親戚の叔父さんに怒鳴られた。

そこから先、みんなからなにを言われたのかは、怖すぎて覚えていない。

激しいパニック発作に襲われた私は、がくがく震えながらタクシーに飛び乗って葬儀場から逃走した。その足で新幹線に飛び乗って、東京で物件を探した——それきり、怖くて故郷には戻れなくなった。戻ったら、葬儀場の記憶がぶり返してパニックになってしまうから。

もしも葬儀場に、レナがいてくれたら。

私がレナにどれほど守られていたのか、はじめて実感した。レナのような人がいてくれることを私は当たり前のように思っていたけれど、違ったのだ。

上京して出版社の人間と関わるようになってからも、レナのような人には出会えなかった。

故郷を捨てるかのように単身上京した私は、レナとSNSで再び話し込むようになっていた。いつも無表情な私だが、スマホを握りしめてレナとメッセージをやりとりしている時だけは、とても嬉しそうに笑っている。でも、レナと同じ東京に暮らしているのに、なぜか恥ずかしくて「会おう」となかなか言いだせなかった。

だが、ある日――。

町の路上でレナから「せっかくだから東京で会おうか」といきなりメッセージをもらって、「そうだな」というメッセージを返信した直後、私は突然パニックを起こしていた。叫びながら、コンクリートの歩道の上に座り込んで頭を抱えていた。故郷の町なら誰かが駆け寄ってきてくれるはずなのに、東京では誰も私の顔すら見ようとしない。うずくまって泣いている私を無視して、黙って素通りしていく。

私はこの時に、握りしめていたはずのスマホを紛失してしまった。

自宅のパソコンを開き、ネット通販サイトで新しいスマホに買い換えた。

この時――私は電話番号を変更して、衝動的にレナとの関係を強制リセットしてしまった。

「……う……う……うう……」

全てを捨てた私は、PCモニタを凝視しながらぽろぽろと涙をこぼしていた。

どうしてだろう？　こんなにもレナに会いたいのに、会うのがとても怖い。東京まで自分を追いかけてきた面倒な奴だと思われていたら？　もしもレナに嫌われたらと思うと。もうレナにとって私は必要のない存在になっているかもしれないと思うと。とてもとても怖い。息ができないほど怖い。お母さん、お母さん。もう私は一人で働いて生きていけるから。レナに頼らなくても生きられるから。だいじょうぶ。だいじょうぶだから……。

私にとっていつもレナは、目の前で眩しく輝いているのに決して手が届かない、過去の星の光のようなものだった。一緒にいても、時々寂しくなって胸が苦しくなる。私はそれがなによりも辛いから、スマホを無くしたことを言い訳にレナを手放したくなったのかもしれない。

でも、ほんとうに手放してしまったら――もっともっと、苦しくて辛くなった。

私は――誰よりも愚かだ。

☆

シエル、お前の心は。お前がずっと感じていたそのもどかしい気持ちは。

俺と、まるきり同じだよ……。

俺が地元に戻らず、東京の企業に就職したほんとうの理由は……シエル、お前だ。

いつか謎の理由で連絡を絶ったシエルが機嫌を直して、俺との関係が修復された時に、もしも俺が地元に戻って就職していたら、もう会えないから。

それなのに俺から再連絡できなかった理由は……それもシエル、お前と同じだよ。

シエルに拒絶されることが、なによりも怖かったんだ。

それが、ずっと俺が心に秘めていた俺の真実だ。

シエルはもう異世界から戻るつもりがない。この世界そのものから自分を切り離してしまうつもりだ。置き手紙の不穏な文面と鏡の記憶から、俺はそう確信していた。

シエルを魔王のもとから連れ戻す。そして俺はこんどこそ伝える。お前は一人じゃないと。お前の心はちゃんと俺に伝わってると。そして、俺の心もきちんと伝える。

だから——行くな。ミザールとアルコルのように、俺の側にいてくれ。

異世界へ。カナの町へ。

既に俺が自らを転移した時にはもう、新居にはシエルの姿はなくて。

急いで馬車を拾って町の広場に飛び出すと、武具を手にした町の住民たち、そして重装甲冑に身を包んだ騎士団員たちが集合して「我らも戦争準備に取りかかる！」「大賢者様が魔王城に向かわれたのだ、今こそ立ち上がらずにどうする！」と怪気炎を上げていた——。

「れれれレナさん。ごめんなさいごめんなさい。私が近くの農家さんにお野菜を買いに出かけていた間に、シエルちゃんが『魔王城に潜入』『魔王に会う』のWクエストを受注して……たった一人で北の山へ行ってしまいました！」

「やっぱりそうかスモール。スモールのせいじゃないよ。シエルは一度やると決めてしまったら、周囲がまるで見えなくなる奴だからな。ギルド長？　ギルド長はこの場にいるか？」

「おう、いるぜ。魔王クエストを二つまとめて受けると言いだしたあのお嬢ちゃんには、まったく驚いちまったぜ。だがまさか、あんたたちパーティ仲間を置いて単独挑戦とは予想もしてなかったな。気づいていたら止めたんだがよ、済まねえな」

「それはいい、あいつの行動は予測困難だ。俺もWクエストを請ける！　今すぐにだ！」

「おや？　あんた、お嬢ちゃんのライバルになったのか？」

「違う。俺はシエルのバディだ！」

わわわ私も同行します！　とスモールが震えながら杖を掲げてくれた。危険すぎるが、彼女の防御魔術がなければ、俺は魔王城に辿り着けないだろう。迷っている時間はもうない。

「……スモール。俺は普段はタイムカードを押すことに夢中で編集長に頭を下げまくる社畜のくせに、シエルのことになると我が儘なんだ。シエルを傷つける奴、シエルを侮辱する奴を見ると、瞬時に頭が沸騰して理性が吹っ飛んで、バーサーカーになってしまう。だから、今の俺も正常な状態じゃない。聞き流してくれていい。同行してくれればほんとうにありがたいけれど、来てくれなくてもいい。スモールまで危険に巻き込むことになる」

「わ、私も、シエルちゃんのお友達ですからお気遣いなく。私も行きますっ！」

「……俺は、今までずっとシエルのスタンドだった。無言で影法師のようにシエルに寄り添って、シエルを苦しめるものからあいつを守ることが俺の使命だと思い込んでいた」

「あのー。すたんどって、なんですか？」

「ちょっとしたことで傷ついたり混乱したりするシエルには、『絶対に安全な家族』が必要なんだ。あいつが安心していられる居場所が。だから俺は『男の視線』であいつを見ちゃいけないと、ずっとそう思って自分の心を誤魔化してきた。でも、もう自分を誤魔化してシエルを子供扱いするのはやめる。シエルの成長と変化を受け入れる時が来たんだ――」

ああ、余計な言葉が止まらない。俺は完全に暴走しているようだ。いつもどこか醒めている俺をこんなにも狂わせるものはいつだって、シエルだった。

「……ああ……そっかぁ……そうだったんですね……」

うん、どうしたスモール？　なにか微妙な表情だな。もしかして呆れられている⁉

「――とっても素敵です！　レナさんのシエルちゃんへの思いはもはや愛ですね、愛！」

「あっ……いやっ、わざわざそんな重い言葉で言わなくてもっ⁉」

とにかく！　全面戦争開始なんて物騒な事態は止めなければ！　魔王城に移動中のシエルが魔王から「敵」認定されてしまう！

「みんな聞いてくれ！　シエルのバディの俺とスモールが今、魔王クエストを受注した！　俺たちが魔王城に向かったシエルを連れ戻すから、戦争をはじめるのは待ってくれ！」

「ですが冒険者レナ殿、町の誰もがシエル様を『予言されていた大賢者』と崇めて熱狂しています。私ども司祭にも、もう止められません」

　司祭が首を振った。もっと教会の教義を調べておけばよかったな。カトリックっぽいなにか、という程度の知識しかない。あとは、予言がいくつかあることくらいか。

「司祭、戦争がはじまったらシエルが最初に巻き込まれる。なにか止める方法は？」

「予言を信じる人々を止める力を持つものは、予言だけです。そう、例えばあなたが予言されていた『勇者』ならば――」

「それだ！　俺が勇者になれば、みんなを止められる。今すぐ大教会に入れてくれ！　岩から伝説の勇者の剣を引き抜けば、勇者に認定されるんだろう⁉」

　ああもう。今すぐ出立したいのに。なんでもやるから急げ！

「承知しました。大教会はすぐ向かいです、ご案内致します」

「おいおい。俺が三回挑戦して三回失敗した超難関クエストだぜ？　頓知でも使わねえと絶対に抜けねえぜ。実は岩に融合しているから絶対に抜けないという噂もあるんだ」

　ギルド長の陰謀論が真実だったら、戦争が勃発。妄想でも、抜けなければ戦争が勃発。シエルは旅の途上で魔王軍に襲われて死ぬ。だったら、抜くしかないだろうが――！

「ふえええ。レナさん、あの誰も抜けない剣を抜けるんですか⁉　勝算はありますか？」

「スモール、やるしかない！　シエルの命がかかっている！　腕がもげようが絶対に抜く！」

☆

大教会の敷地内。緑に包まれた聖なる森に、勇者の剣が突き立てられた「岩」はあった。

想像していたよりも遥かに巨大な岩だ。

シエルと奈良を旅行した時に山中で見かけた磐座によく似ている。あるいはヨーロッパ各地に点在する謎の巨石遺跡にも。幸いなことに剣は岩の根元に突き立っているから、岩を登らずとも抜ける。足の踏ん張りは利く。

ただ、剣のサイズが異常だった。斬馬刀を遥かに超える長さを誇り、俺が保父星流の修行に用いていた大剣よりもずっと幅広で太い。とても人間が振るえる剣には見えない。

そして――保父星の大剣同様になぜか刃がついていない。剣の色は銀ではなく漆黒。

「これは、予言者オモネカが２０００年前に岩に刺した聖遺物です。古代の希少な隕石から作られた、前史時代の大剣です」

「司祭。この剣には刃がついていませんが？」

「刃は役に立ちません。魔族、とりわけ魔王クラスともなると防御力が高いので、どんな刃も通らないのです。さらに魔術耐性も桁外れです。この古代の聖剣こそが、魔王に大ダメージを与えられる唯一の武具なのです。歴代の魔王はこの剣を抜く勇者の出現を常に恐れていました」

「妙だな……魔王を倒せる唯一の武器を、なぜ予言者は岩に刺して封印したんだ？」

「それは、今も教団内で議論が交わされている難しい問題です。2000年前には既にこの大剣を扱える者が絶えていたそうです。扱える者が再び現れるまで、貴重な剣を魔王に奪われることを防いだのではないでしょうか？」

俺にはその2000年前の予言者が何者なのかわからない。だが今すぐにこの剣を抜かなければ、シエルは助からない。戦争がはじまれば、単身で魔王城に移動中のシエルは魔王軍に……。

「わかった。俺が抜く。司祭、俺が成功するよう、祝福を」

「れ、レナさん？　無理ですこんな大剣、どんな怪力の持ち主でも抜けません。なにか方法を考えましょう。経験者のギルド長さんも知恵を貸してください、お願いします」

「おお、魔術師のお嬢ちゃん。なにしろこれほどのデカブツだ。古来、ほとんどの挑戦者が両手で柄を握って岩から抜こうとしてきたが、剣はぴくりとも動かなかった。若い頃の俺の自慢の怪力も、まるで通用しなかったぜ」

そうか。ギルド長は三度、挑戦したのだったな。

「こりゃ力任せに抜ける代物じゃねえと悟った俺は、一心に剣術の修練に打ち込んで、十年かけて剣技を極めた。だが、腕力と技術を兼ね備え、満を持して挑戦した二度目もまた無残な失敗さ」

「十年修行しても、手応え無し？　やっぱり無理じゃないですか〜⁉　ふえええええ〜？」

「そこで俺は知恵を絞って考えた。この剣の柄の形状をよく見な？　こいつは片手剣の柄だぜ。両手で握るから失敗するんじゃねえか、実は片手なら抜けるんじゃねえか？　そうだ間違いない、と俺は確信したね」

「そ、それで、片手抜きの修行を積んで三度目の挑戦を？」

「ああ。だがこの剣は異様な重量を誇るし、重心もアンバランスだ。三度目は片手抜きの剣技を極めて挑戦したが、やっぱり失敗したのさ。過去に俺と同じ結論に到達して片手抜きを敢行した奴も何人かいたそうだが、全員肩を痛めて剣士を引退しちまった。そもそもこんな途方もない大剣を片手で引っこ抜こうなんて、人間の肉体の限界を超えてるんだよ。幼い頃からの長期間にわたる特殊な鍛錬が必要だろうなあ……とはいえ、どんな鍛錬を積めばいいのかもわからねえから、こいつを抜く弟子の育成に成功した剣士もいねえ」

待てよ？　この状況、この条件……保父星流の修行に似ているよな、やっぱり？

この異世界には、地擦り青眼のような下段から切り上げる剣術スタイルが存在しない。もしかしたら広い世界のどこかにはあるかもしれないが、ギルド長のようなベテランの元冒険者にすら知られていない。「ない」と言ってしまってもいいだろう。

そして——シエルが「賽の河原で小石を積むような修行」と見事に表現していた、あの意味不明の反復動作練習――岩から大剣を片手で引き抜く動作を、俺は幼い頃から何万回も繰り返してきた。「いくら調べても剣術としてのルーツが判明しない。地方の土俗宗教の儀式が、元の意味を忘れられて剣術に変化したのだろう。ああもう。全然わからないから黒歴史にする～！」と、あのシエルですら保父星流の謎を解明できなかった。

全ては偶然なのだろう。奇跡的な確率で起きたなにかの間違いだ。

だが――俺にとっては、これは生涯最高の天佑だ。

「スモール。ギルド長。これは確かに片手剣だ。抜こうとして強引に引っ張るから抜けないんだ。岩に刺さっていることは意識せず、剣を下段から上段へと、最速で斬り上げるんだ。全身を脱力して、剣を握る掌に集中する。そして一呼吸で突き上げる。空を飛ぶ鳥を斬るつもりで」

俺は――保父星流に伝わるたったひとつの「型」を、用いた。完全な脱力状態から、一瞬で剣を握る腕に「力」を集中し、爆発させる。片側の肩の筋肉が、瞬間、岩のように盛り上がる。この瞬間に、重力などは存在しないと信じる。剣を抜くのではなく、電光石火の速度で蒼天へと斬り上げる――！

みりっ、という異音が俺の肩から響いてきた。肩が壊れるのか。かつて片手抜きに挑戦してきた剣士たちのように。だが構わない。俺のあの謎の「賽の河原での小石積み」は、シエルを救いだすための苦行だった。肩のひとつやふたつ、くれてやる。

そして。

２０００年間岩に刺さったまま動かなかった大剣の剣先は——青空へと掲げられていた。

「司祭、広場で『勇者が出現した』と宣言を。みんなを止めてくれ。俺が魔王城へ行く！」

☆

大剣を背中に背負った俺は、即座に道案内役兼防御担当のスモールとともにカナの町を出立し、北の山の山道を登った。

暖かい季節だったことが幸いした。冬になると猛烈な吹雪の雪山になるという。だが、今なら越えられる——問題は、シエルの足でも山を越えられてしまうということだったが。シエルは腕立て伏せも鉄棒の前転もできないが、山登りは意外と得意だ。山城だの磐座だの謎の巨岩だのを調査するためにさんざん登ってきたからだ。

「どこまで進んでもシエルに合流できない。魔王城まであとどのくらいだ、スモール？」

「はあはあ、ふうふう。この峠を下りるとすぐに魔王城です。この山自体が、魔王城の南側の防壁になっているんです」

「まるで小田原城だな。すまない、急ぐぞ！」

「は、はいっ！　あーっ!?　れれレナさん、前方に魔族です！　魔王軍の警備兵たちです！」

山道を封鎖していますよ。見つかっちゃいました！」

「人間とエルフの二人組を発見！」

「警備隊、職務執行！　魔王城には断じて入れるな！」

「わわわ。攻めてきました～!?」

多いな、百人はいるぞ。山道は一本道で、他に迂回路はない。突破する。できるか？

シエルは。シエルはどこへ行ってしまったんだ？　まさかもう魔王城の内部に？

「オーク。トロール。ゴブリン。あとは分類不能の雑多な魔物たちだな。カナの町で働いているオークやトロールと、魔王城で暮らしている魔族とは、どう違うんだ？」

「同じですよ。魔王に税金を納めて『ク・アナン王国』に所属すれば魔族。人間が統治する『ミラト最終王国』に住んでいるオークやトロールも魔族ですが、彼らは魔族ではなく異種族と呼ばれ、エルフやドワーフのような人系種族と同等の待遇を受けられます。前世紀の戦争以来、人間もエルフも数が足りませんから、魔族も最近では好待遇なんです」

「なるほど？　とにかく突っ切るから、スモールはシールド展開を頼む。背中は任せた」

「はいっ！　お任せください！　シエルちゃんを救いだしましょう！」

保父星流剣術唯一の型。下段から大剣を振り上げる、シエルが名付けた「無明逆流れ」。

こんな重量級の大剣を実戦で扱えるのか少し不安だったが、奇妙なまでに俺の腕に剣が馴染んだ。重心の位置も普通の剣とは違っておかしなバランスなのだが、保父星流の剣とまるで同じなのだ。こんなにも偶然が続くものだろうか？

さすがに、奴隷商人の警備員たちと戦った時よりは歯ごたえがあった。数も多いし、魔族はどの個体も強い。しかし、初見の俺の奇妙な剣筋を誰も躱せない。当たる。一撃必殺の居合抜きが、次々と魔族たちにヒットする。

「ふええ？　レナさんが無双しています⁉　どうしてそんなに強いんですか～？」

「偶然だ。シエルには言うなよ。俺の流派と異世界を妄想で繋がれたら面倒臭い。それにこの剣は峰打ちしかできないから気楽でいい。殺してしまう危険がないからな」

「で、でもその剣は重いですから、そんな凄まじい速度で殴られたら死んじゃうのでは？」

「魔族はやたら頑丈だから問題ないさ。打撲程度のダメージは受けるだろうが、死なないよ」

「あわわ……レナさんってほんとうに、シエルさんが絡むとバーサーカーと化すんですね⁉　怪み、皆さん、レナさんは伝説の勇者なんですよ～？　勇者の剣を握っているんですよ～？　我しますから、どうか通してください～お願いします！」

ほとんどの連中は剣や斧で殴りかかってくるが、弓矢や物理系魔術を使って背後から遠隔攻撃を飛ばしてくる厄介な相手もいる。

無防備な俺の背後を器用にシールドで守りながら、思わず叫んでいたスモールのその言葉が、「戦いだあ～！」と興奮していた魔族たちを一斉に震えあがらせた。

「「「うわあああ、ほんとうだあああああ⁉　あの剣は、大教会に２０００年眠っていた勇者の剣だああ⁉　ヒラ魔族の俺たちじゃ勝てない！　賃金に見合わなさすぎる！」」」

　よほど魔族は勇者の剣を恐れているのだろう。突然、士気を喪失して敗走を開始した。

　俺一人だったら、シエルを返せ通せとひたすら戦い続けて、圧倒的な数を前にいずれ倒れていただろう。スモールさまさまだ。

「撤退していきますね！　やりましたレナさん！」

「魔術使いが少なかったし、使い手も石を飛ばしたり火を放ったりの物理系魔術ばかりで助かったよ。勇者の剣を持っていても、精神系魔術はどうにもならない」

「魔族は、強い個体ほど精神系魔術持ちが多いんです。魔王は精神系魔術の達人で、とてつもなく強いそうですよ。噂では一睨みだけで相手を粉砕するとか……」

　なんだよそれ、精神系の魔術で物理的に粉砕ってどういうこと⁉　強すぎるだろ⁉

　スモールの怖い情報を聞いて、いよいよシエルが心配になった。頼む。シエルが魔王に遭遇する前に、シエルに追いつかせてくれ。頼む……！

「よし、辿り着いた！　城門前に吊り橋がかかっている。あの橋を渡りきれば門だ！　このまま魔王城内に突入する！　自分を最優先して守るんだぞ、スモール」

「は、はいっ！　シールドを展開します。ウロヤタ・ブレガヤチ・オヘ・イカマ！」

　おっ？　門が開いた？　これは城内から新手が繰りだしてくるパターンだ。まずいな。

「「「そこまでだ！　伝説の勇者よ。魔王は、人間とエルフがアポ無しで魔王城に入ることを禁じている。どうしても入るというのなら、我ら魔族四天王を倒していけ！」」」」

凄まじい圧力だ。四人が四人とも魔力の塊。シエルは？　シエルはどこにいるんだ？

「れれれレナさん!?　一人一人が魔王に匹敵する強さを誇る四天王が、一度に四人も……しかもそれぞれが数百人の家臣団を指揮しています。ど、ど、ど、どうすれば」

「……俺はシエルを見つけるまで止まらない。スモールは撤退してくれ。ここまでほんとうにありがとう。感謝するよ」

「撤退なんて、シエルちゃんとレナさんを置いてそんなことできませんよぅ!?　ああでも、どう考えても戦力差が……どうすれば……爆発系魔術を修得しておけばよかったです」

「魔族四天王、お前らの自己紹介は不要だ。俺の名前は保父星レナ。城に小柄な人間の女の子が来ているだろう？」

確かに来ているな、と四天王たちが笑った。もう城内に入ってしまったのか？　どうしてシエルだけは通過させた？　捉えて人質として利用するつもりか、それとも？

「……どうあっても彼女を無傷で返してもらう。もしも彼女の身になにかあれば、お前たちを全員――」

「レナさん？　髪の毛が逆立って……あ、あああ。もう、レナさんを止めることは」

俺はここで人間をやめてもいい。シエルを救いだすためなら、俺は――。

しかしこの時。城内から、唐突に鐘の音が鳴り響いた。

その鐘の音を聞いた魔族四天王たちの全身から、突然殺気が消え去っていた。

「あれ、もう定時か。それじゃあ帰宅するか」

えっ？　なんだよ定時って？　自称勇者が城門まで来ているんだぞ？

「あの……私たちがこんなことを伺うのはおかしい気がしますが……帰っちゃうんですか？」

「ああ、そうだ。魔王と小娘は、城内の中央庭園にいる」

「門は開いておくから好きにしろ。ではさらばだ」

え？　え？

「……ほんとうに帰ってしまった……なんなんだ、あいつら？」

「レナさんの勝ちですよ！　四天王はレナさんの覚悟に怖じ気づいて撤退したんです！」

そうか？　そんな気配はみじんもなかったが？

「魔王城潜入クエスト達成ですね！　吊り橋を渡って、魔王のもとにいるシエルちゃんを連れ戻しましょう！」

そうだった。今は四天王のことはどうでもいい。シエルを助け出さなければ。

☆

魔族四天王と警備隊員たちがそれぞれの持ち場から一斉に姿を消した魔王城に、俺とスモールはついに潜入した。

「警備隊員がいない。全員自宅に帰ったのか？　これはチャンスだ、中央庭園へ急ごう！」

「魔王の視線に注意してください、レナさん！」

魔王城という禍々しい名前とは裏腹に、城内は中央庭園を中心として放射状に通りが広がる見事な都市設計を施されていた。しかも明らかに恐ろしく古い。いわゆる「古代都市」だ。カナの町の大教会よりも遥かに歴史的な価値が高そうだ。

道中、建物のあちこちに奇妙な年代物のレリーフを見かけた。文字は彫られておらず、見慣れない神々やモンスターの肖像を岩に彫り込んであるだけのシンプルなものだが、デザインが独特で、ゴシック風でもあり古代エジプト的でもある。シエルが見たら大喜びしそうだが、今は建築物どころではない。まっすぐに中央庭園へと駆け抜けていた。

「シエル、無事か⁉」

しかし――これほどの大冒険を繰り広げてやっと再会できたシエルは。

仰々しい鎧を着込んだ厳めしい魔王と二人して、庭園に据えられたテーブルで、ティーカップに入れたお茶を、

「意外と美味しい～」

と飲みながらダベっていた。

「あれっ？　人間とエルフが無断で城内に？　しかも大賢者の次は勇者？　まったく困りまし

人間
五十

たね。今日は厄日ですか？」

魔王は恐ろしい形相の爬虫類系魔族なのに、意外と紳士的な喋り方!? しかも声が……ピカチウだと？ 顔と声がまるで合ってない！

「おお。よく入ってこられたな、レナ。私は大賢者様だからフリーパスだったが」

「シエルお前、なにをやってるんだよ？ その顔が爬虫類系でガタイがでかい魔族が、魔王なんだろう？ 危ないから離れろ！」

「爬虫類系とは酷いことを仰る。確かに私は魔王ですが、魔族きってのイケメンですよ」

いや。シエルが無事だったのは嬉しいんだけどさ。

ほんとうにお前はなにをしているんだ、いったい？ この状況を理解できているのか？

「なにをしているって、新作の取材に決まっているだろう。第三話のネームを完成させるために必要な魔王への取材だ。ラスボスの魅力こそ作品のキモなのだぞ？」

「……取材……!?」

「そうだ。魔王に、歴代魔王の世界征服の目的や、現役魔王としての今後の抱負、さらには魔族の歴史をインタビュー中なのだ。そうそう。この魔王、本名はアンド氏だそうだ。黄金造りの名刺を貰ったぞ。これで第三話のネームはばっちりだな！ ぶいぶい！」

全身の力が急激に抜けていくのがわかった。あの……俺の冒険は？ シエルの危機は？

そもそも、シエルは俺との関係を強制リセットしたのでは？

「シエル。お前、現実世界を捨てたんじゃなかったのか？」

「は？　なんのことだレナ？　どうしてそんな誤解を？」

「俺が『異世界のほうがお前向きかも、友達もできたしな』と口走った時に、お前は戸惑っていただろう？」

「そうだな。スモールと友達になれて、嬉しくて戸惑っている」

きゃああ嬉しいです！　とスモールがはしゃぐ。俺の言葉に傷ついたんじゃなかったのか。

「『スモール？　彼女は凄くいい子だよ。シエルに優しいし、性格がとてもかわいい』『願わくば、ずっとスモールと一緒にいられればな』と俺が言った時、お前はいきなり切れてパニックを起こしただろう？」

「……あー。あの時は確かに、胸がモヤモヤしてパニックになった。私はかわいくないのか？　スモールだけ『かわいい』扱いは依怙贔屓だ！　と腹が立ってな」

そんな……小学生レベルの焼き餅だったのか？

「それだけ？　俺の言葉に傷ついて、魔王城に突撃するなんて無茶をしたんじゃ？」

「やれやれ、レナは繊細だな。ほんとうに面倒臭い奴だ」

「怒るぞ」

ダメだ、目眩が。立ちくらみが。スモールが「しっかりしてください！」と俺を支えてくれなければ、今までの疲労がどっと溢れてきた俺はそのままぶっ倒れていただろう。

「シエル。でもお前は、置き手紙に『さようなら』って書き残したじゃないか」

「お出かけするから、定型句の挨拶を書いただけだ」

「永遠の別れの言葉じゃなかったのか？」

「は？　永遠の別れの言葉は『永遠にさようなら』だろう。レナは実にばかだな」

「ほんとうに怒るぞ」

……疲れた……俺は勝手に誤解を積み重ねて、一人で盛り上がっていたのか……なんてことだ、俺こそが奇行種だったのか。出社したら、編集長に焼き土下座して辞職しよう。

「いやいや。待て。どうも誤魔化されている気がする。『私はこの世界では孤独だが、異世界では大賢者だ』なんて言葉を置き手紙に書き残されたら、誰だってお前を心配するよ」

「なぜだ？　それはただの事実だろう？」

「違う、事実じゃない！　聞いてくれシエル。お前は俺の……」

「な、なんだレナ？　ちょっと怖いぞ？」

あんなにもシエルに伝えたい言葉があったはずなのに。全てが俺の誤解による空回りだったと知ったせいか、言葉が声にならない。シエルは、いつものシエルのままだった。こんなに混乱した精神状態でこれ以上喋っても、恥の上塗り……黒歴史……。

「……レナさん、勇気を出しましょう」

俺の耳元に、そっとスモールが囁いてきた。シエルには聞こえないように。

「シエルちゃんは無愛想なことばかり言っていますけれど、自分の気持ちがよくわかっていないだけなんですよ。足をぴよぴよと細かく振っているでしょう？　レナさんが心配して駆けつけてくれたから、シエルちゃんはほんとうは嬉しいんですよ」

「あ、そうか。シエルの感情が動作に出ることを、もう覚えたのかスモールは」

「ふふ。それはもう、友達ですから」

それじゃやっぱり、シュメールの合わせ鏡に映ったシエルの記憶がシエルの本心なのか？

「え？　え？　それじゃあ、俺はどうすれば？」

「ふふ。レナさんが今なすべきことは、シエルちゃんへの告白です！」

「え？」

「『好きだ』と言えばいいんです。それが、シエルちゃんがレナさんにほんとうに言ってもらいたい言葉です」

あれ？　スモールは俺を女だと思っているはず……そうか、スモール的には別におかしなことじゃないのか。って、いやいやいや。そうじゃなくて！　スモールも大冒険で興奮して妙なスイッチが入っているのでは!?　「恋愛応援症候群」的な!?

「むー。またスモールと二人でいちゃいちゃしてる。レナ、お前はいったいなにをしに来たんだ。もうカエレ」

ゴゴゴゴゴ……と異音が鳴り響きはじめた。

明らかに苛ついているシエルの背後から聞こえてくる。

スモールに続いて、シエルまで魔力を放出するように？　異世界に適応してきている⁉

ゴゴゴゴと異音を響かせるシエルに困惑した魔王が、ピカチウ声で訴えてきた。

「あの～。いったいなんなんですか、この人？　お願いですから引き取ってください。『私は伝説の大賢者様だ、もてなせ～』と魔王城に無断で押しかけてくるなり、織田信長とかいう知らない人の話をえんえんと続けるんですよ？　星座を空に投影する魔術を使って、うちの住民を大混乱させますし。おかげでみんな家にひきこもってしまいました。魔族は星座に全然興味ないんですよ。だって夜空って、暗黒ドラゴン星雲がこっちを睨んでいて怖いじゃないですか」

魔王はシエルと優雅にお茶していたんじゃなくて、あの魔界ティーは京都人の「ぶぶ漬け」に相当するもの。「飲み終えたら帰ってくれ」という暗黙のサインだったのだ。無論、現代世界ですら空気を読まないシエルが、そんな異世界のサインを察知して帰るわけもなく――。

「この人、ほんとうに厄介なんです。精神系魔術を使ってお引き取り願おうとしても、精神系魔術が全部無効なんですよ。そんなチートな人間、有り得ますか？　私の必殺技、視線で相手を粉砕する『ソドラの目』さえ効かないですし。背後には顔が濃い怖い守護精霊がいるし」

そりゃシエルは人と目を合わせないから精神系魔術は効かない……って、ちょっと待て。

「お前、シエルを粉砕しようとしたのかっ？　勇者の剣を喰らわせて討ち取るぞ‼」

「レナさん。落ち着いて落ち着いて。魔王さんを叩き割っちゃダメですよ戦争になります」

「ヒエッ？　討たないでください！　魔王を倒せる大賢者様を粉砕なんて、そんな恐ろしいことしませんよ！　なんとしても帰ってほしかったので、私の術が効くかどうかちょっと試してみただけです！　もちろん全然効きませんでしたからご安心を！」

「シエルに傷ひとつでも付けたら、俺は勇者の剣でお前を」

「討たないでください！　その剣、凄い魔力がこもってるんですよ？　誰にも破壊できない古代の最強武具なんです！　うちのお抱え魔術長によれば、大賢者様に危害を加えたりしたらとても悪いことが起きるそうで、一切手荒な真似はしていません……というか、とても悪いことが既に起きてます！　今や城内は、野戦病院と化していますよ！」

担架に載せられて通りを運ばれていく大勢の魔族兵たちの姿が、庭園からも見えた。

さっき俺が戦った警備隊員たちだ。峰打ちなのに。思ったより威力があるんだな、勇者の剣。

スモールが「か、壊滅状態ですね……ちょっとヒーリングのお手伝いをしてきますね？」と慌てて走っていった。うう、迷惑ばかりかけてすまないスモール。

「まだ大賢者様に危害を加えてもいないのに、酷すぎます。彼らはただ、『人間とエルフをアポ無しで城に入れてはいけない』という私の業務命令に従って職務を執行しただけなんですよ。『訪問者を殺してはならない』という業務規定まで定めてあったのに、勇者の剣で容赦なく滅多打ちだなんて」

「……すいません……」

この魔王、もしかして愚痴が多いタイプなのか。シエルに告白する雰囲気ではなくなってしまった。ああもう。俺の心も鏡に記憶させたい。それをシエルが見ればコミュニケーションが成立するはずだ。

って、完全にトラえもんの道具に頼るのび太の思考方法じゃないかこれ。

ダメだ。自力で頑張らなければ。

しかし、もしも繊細なシエルが大混乱して俺との関係を完全にリセットしてしまったら？

3年前に「東京で会おう」と言われただけで一度リセットしてしまったんだぞシエルは。

でも……シエルは俺がいなくなったから、取材中に架空のバディ・アルキメデスの幻像を「見る」ようになったのでは？　「二体目のスタンド」って言ってたよな……やっぱり、独りぼっちは寂しかったんだろうな。とりわけ、旅先では。

もしもシエルがほんとうに望んでいるのなら、これからも俺はシエルの伴星として——。

ああああ。いったいどうすればいいんだ俺は!?

「どうしてタコ踊りを踊っているのだレナ。落ち着きのない奴だな」

「お前にだけは言われたくない！」

「いいから魔王インタビューを再開するぞ。さて魔王、どこまで話した？」

「あなたが一方的に織田信長の話と星座の蘊蓄をえんえんと喋り続けていただけですよ！」

「そうだったか？　それではインタビューに移ろう。ここからはレナがサポートしてくれるから安心しろ。私の話が明後日の方向に逸れたら、レナがすぐに止めてくれる」

「はあ。インタビューが終わったら帰ってくださいね？　もうあまり時間がないんですよ」

あまり時間がないって、なんのことだ。どうも悪い予感がする。

「うむ、わかった。レナ、インタビュアー役を頼むぞ。質問事項はメモってある、読め」

☆

「魔王さんは、もとは魔王軍所属のしがない一兵卒だったと伺います。どのようにして魔界のトップ・魔王に成り上がったのでしょう？」

「いやー。先代の魔王は史上稀な戦争好きだったんですけどね、彼を生かしておいたら世界が滅びると危惧した家臣に暗殺されましてね。それで穏健派の私がうっかり次代の魔王に推戴されてしまったのですが、魔王職なんて割に合わないですヨ！　即位後は『魔王は勇者と大賢者に倒される』という予言が怖くて、ずっと城にひきこもっているんです」

「苦労しておられるんですね。魔王城では日頃、なにをされているんでしょうか？」

「八割方公務ですね。家臣たちから目を離すとすぐにサボるし汚職に手を染めるし税金をチョロまかすしで、全然楽できませんよ。自由時間は趣味の資産管理。毎日、蔵に貯めた黄金の数をチェックしています。ちゃんと黄金一枚一枚に私の名前を書いてましてね」

見上げた守銭奴だ、徳川家康が同じことをやっていたなとシエル。戦国ネタ禁止！

「人間界は、常に魔王軍の侵攻を恐れています。世界征服についてどうお考えですか？」

「世界征服ですって？　フハッ、そんな幼稚な……今は経済の時代ですヨ！　白魔術と黒魔術が先鋭化した現代では、戦争などお互いの国力とマンパワーを消耗するばかりの破滅行為です。事実、前世紀は滅亡寸前までいきましたからね」

「らしいですね」

「ええ、おかげで未だに世界の人口は回復していません。以来、わが国はずっと労働力不足ですよ。賃金を上げろだの有給をよこせだのと調子に乗った労働者どもが小うるさくて……今の時代、戦争にメリットなどありますか？　なにもないですヨ！　だって、私の収入と資産が減ってしまいます！　戦争ダメ、絶対！」

「レナ。今の魔王は戦争を嫌うという噂はほんとうらしいな」

なにか腑に落ちないが、まあ戦争を嫌っているのは確かだ。

「そんなあなたが魔族の国家を統治するにあたって、譲れない理念はありますか？」

「はい。国家運営にとって絶対に必要なもの。それは、低賃金で働く従順な労働者――社畜です！　私の夢は、社畜どもを酷使して一生使っても使い切れない資産を貯めることです！　そのために魔王なんて危ない職業に就いたんですからね。これからも銭を稼ぎますよ、どれほど国内で貧富の差が拡大しようとも！　はっはっは！」

魔王が調子に乗ってくるとともに、違和感の正体がだんだんわかってきたような……。

「……しかし四天王どもめ。あいつら、結託してサービス残業を拒否して定時退社とか、あれじゃ労働組合じゃないか。ヒラ魔族どもも労働意欲が足りない。勇者と大賢者が城に乗り込んできたのに、仕事したふりだけで戦死者ゼロとは何事？　全員、今月はマイナス査定してやるから覚えておけ……ブツブツ」

四天王が定時退社した理由は、魔王が残業代を支払わないからだったのか。

「なあシエル。どうもこの魔王、どこかで会ったことがあるような気がするんだが」

「うむ。現代世界の会社経営者によくいるタイプだな。こいつは『資本主義の悪魔』だ」

「ああ、悪であることは間違いないな」

「ああっ勇者様、討たないでください！　その剣はやめて！」

「こらこらレナ。斬ったらインタビュー取材できなくなるではないか」

「……そうだったな。人間側に『先代魔王とは違う、戦争する気は一切ない』と直接伝えて、和平を結ぶというお考えは？　市場を人間界に広げられれば収益も上がるはずですよ」

「でも私、イケメンなんですが人相が悪くて……姿を見せたら人間に怖がられます」

「うむ。声はピカチウみたいでかわいいのにな」

魔術で顔を弄ればいいのに。魔族規準ではイケメンだから変えたくないのか？

「人間界では過剰な銭儲けは悪徳ですしね。そもそも私は教会に『十分の一税』を死んでも払いたくないのです！」

「十分の一税？」

「レナ。十分の一税とは、中世ヨーロッパのカトリック教会が信者から徴収していた税だ。名前まで同じとはな。まあ島津家なんて八公二民とか七公三民だが」

「人間と交易するには、教会の洗礼を受けねばなりません。受ければ私は課税対象者です。独立している限りは課税されませんから、濡れ手に粟なんですよ。わが国は司法立法行政、全て私が仕切っていますのでね。脱税も中抜きも収賄も自由自在です、はっはっは！」

　この魔王、世俗的すぎるだろ。外見と必殺技以外、異世界要素がなにもないぞ？

「実は私の年収は、帳簿上はマイナスなんですヨ。所得税も住民税も払ってません！」

「……やっぱり基本的には悪だな、こいつ。しがないサラリーマンとして決して許せん」

「ああ悪だ、レナ。マンガ家は原稿料も印税も勝手に天引きされるのに、酷いな」

「すみませんでした調子に乗っちゃいました討たないでください！　これからは納税しますからお許しを！　つ、次の話題に移りましょう！　大賢者様は、魔族の歴史を調査されておられるとか？」

　とうとう魔王がインタビューを自分で仕切りだした。

「うむ！　人間が記録している歴史は過去２０００年まで。しかし魔族なら教会誕生以前の歴史も記録しているかもしれない。歴史書を見せろ」

「……こちらが３０００年前に編纂された魔族最古の歴史書『スターレス』です。門外不出の貴重な書ですよ。持ち出し禁止ですからね？　今ではもう誰も読めないのですが、代々の歴史官が内容を丸暗記して口伝していますので問題ありません。なんでも聞いてください」

「一度読めば全部覚えるから問題ない。またしても古代文字か。石碑のやつよりずっと難しいぞ……文法が複雑だ。でもまあ基本はヒエログリフだ。なんとか読めそうだな」

「ええっ読めるんですかっ⁉　大賢者様さすがです⁉　何者なんですこの人？」

桜小路シエルだとしか言いようがないな……。

「ふむ。歴史書の冒頭に、人間に伝わる神話よりずっと古いトカ・ウレマ王の伝説が書かれている。やはり十二頭身だ。３５００年前の正確な王の姿が、魔界には伝わっていたのだな」

「ええ、それはもう。魔界最古の英雄神話ですからね。歴史書の冒頭は英雄王で決まりですよ！　どうです英雄王の肖像画は？　私ほどではありませんがイケメンでしょう？」

時間が押しているのでどんどん解説します！　と魔王が早口で歴史書の内容解説をはじめた。

「智勇を兼備したトカ・ウレマ英雄王は、半人半魔の王でした。王は古代魔術を極めて、世界を滅ぼす恐ろしいドラゴンを魔術の力で調伏し、世界の覇者となったのです。王は聖地に壮大な魔術神殿を築き、世界中に己を讃える記念碑を建て、人魔をあまねく支配しました」

「ふむ。やはり世界各地に配置された古代石碑は、英雄王が築かせたものだったのか。私の推理は正しかったな、ぶいぶい！　どうだ歴史の謎解きは楽しいだろうレナ？」

「ああ。スモールから教わった星座に伝わる神話とはかなり違う話のようだが……」

「まだ続きがありましてね。英雄王は、魔術神殿の秘密を無断で解明しようとした人間たちを『もっとも知恵ある者』と呼び、神殿への立ち入りを禁じたのです。これは褒め言葉ではなく、人間の知恵と果てしない好奇心は罪だという警告です。人間たちは聖地から遠く離れた土地に移住させられました。彼らはドラゴンを使役する英雄王を恐れて従いましたが、人魔の関係はこれ以後決定的に悪化したのです。魔族は聖地での居住を許され、人間は禁じられて追放。遺恨が発生したんでしょうね」

「ほう。まるで聖書の『楽園追放』だな。興味深いぞ魔王」

人間の世界の英雄王神話にはない要素がずいぶん多いな。ドラゴンを使役して人魔を支配していたとは。もしかして英雄王って暴君？

「この歴史書に肖像画が載っている神は英雄王だけだが、他にも多くの神話が収録されている。どれも長い。ほぼ原典のままだろうな。これは貴重だ！　むふー！」

「あのう大賢者様、ご満足いただけましたか？　そろそろお引き取り願えます？」

「ダメだ。第一部の神話パートは読み終えたが、第二部の歴史パートをまだ読んでいない」

「私が口述しますからそれでお許しを！　英雄王の死後、3000年前に古代文明を一掃する大洪水が起きて、世界は混乱の時代に陥りました。人と魔が、神殿が建てられた聖地を奪い合う長い戦争がはじまったのです。最終的に聖地は、始祖魔王ク・リトルが建国した魔族の王国の首都に定められました。現在の『魔王城』です」

「えっ？　それじゃこの城って……英雄王が築いた魔術神殿だったのか？」

「そうですよ？　町並が整然としていて実に美しいでしょう？　英雄王の叡智は建築技術にも及んでいましてね。世界を水で覆い尽くした大洪水も神殿は押し流せませんでした」

そうだったのか。道理で年代物の建築物だと思った。

「難攻不落の聖地を確保した魔族は、勝利を確信しました。ところが2000年前に、人間の予言者オモネカがヒイロ教会を設立し、『大賢者と勇者』の終末予言を流行らせて魔族を恐れさせ、現在のミラト最終王国のルーツとなる人間の帝国を樹立させたのです。この年が、人間側では紀元0年にあたります。ギルド制度による冒険者の管理もはじまりました。それからはもうずっと、人魔の攻防は一進一退でしてね。まったく余計なことを」

「じゃあ『大賢者と勇者』の予言は、もしかしてハッタリだったのか？」

「いや、実際に今日あんたらが来たでしょ？　以後2000年、戦争を好む魔王の代には『勇者が出てくる前に殺れ』精神で戦争に突入。戦争を忌避する魔王の代になると、和平を結ぶための使節団や『魔王城に潜入』クエストを請けたパーティが何度もこの城に来ました。ですが」

なぜ和平を結ばなかったのだ？　とシエルが歴史書を凝視しながら魔王に尋ねた。

「古の時代に城内に設置された『罠』が、城を訪れた人間たちを勝手に仕留めてしまうのです」

城に仕掛けられた「罠」ってなんだ？　俺もシエルもスモールもそんなものには出会っていない。運がよかったのか？

「『罠』を騙し討ちや暗殺に悪用する魔王もいましたしね。人魔の相互不信は年々深まり、魔術学園を設立して魔術師の数を増やした人間側から攻めて来る戦争も激増。人魔は互いの魔術を強化し続け、戦争は大規模化しました。それでも和平を結べぬまま現在に至ります」

「では、この城にある『罠』が全ての元凶なのだな。それはトカ・ウレマ英雄王が人間を神殿から排除するために設置した古代の魔術装置だろう。さらなる調査が必要だな」

「はい。城内に仕掛けられた古代魔術の『罠』は、英雄王が築いたと言われていますね。魔系列の種族──オーク、ゴブリン、トロール、旧世代魔族には無反応で、城内に入った人間、エルフ、ドワーフなどの人系列の種族にのみ反応します。執行猶予時間を過ぎると自動的に起動するんです。だから人間は定められた時間以上は魔王城に滞在できないんですよ」

「おいおい。時間がないってそういうことだったのか魔王⁉　どうしてそんな危険な情報を隠していたんだ？」

「いやまあ、運良く勇者と大賢者を『罠』が仕留めてくれれば私が命拾いできるかなって。でも、私はあなたたちに『時間がないから早く帰ってください』とは言い続けてましたよ？　言ってましたよね？　あ、剣はやめて、討たないでください！」

「油断も隙もない奴だ。それじゃ俺たちは、あとどれくらい城にいられるんだ⁉」

「魔界時間で8と1／3パーセクです」

「レナ、私たちの世界の時間に換算すれば三時間三十四分だ」

「呪いの数字だな……その英雄王の『罠』は魔族にも止められないのか？」

「はい。大洪水で古代文明の叡智が失われたため、今の我らにはもう扱えないのです。それどころか、どこに罠の本体があるのかも不明なんですよ」

「では城そのものを解体すればいいのでは？　罠だけ除去してまた復元すればいいだろう」

「大賢者様。『罠』の力はとても強く、我ら魔族をもってしても城を破壊できません。大洪水後に増築した新しい建物部分しか取り壊せないのです」

古代文明を滅ぼした大洪水にもびくともしなかった建物だからな。古代石碑や勇者の剣同様に、城内の「罠」に魔力が籠められているのだろう。恐らく桁違いの魔力が。

「ですから人間やエルフの安全のために、城にアポ無し突撃してきた方々には警備隊員を差し向けて追い返すしかないんです」

「……そういうことだったのか……」

「敵対行為にしか見えんぞ。丁重にもてなしてお帰り願えばいいだろう。私にしたみたいに」

「私ら、信用ゼロなのでかえって怪しまれます。腕力で追い返すほうが早いんです。あ、大賢者様は別ですヨ？　抵抗したら酷い目に遭わされますので泣く泣くご入城頂きました。勝手に空に星座を展開するの、ほんとにやめてもらえます？　子供たちが泣いているんですよ？」

「『罠』の攻撃が及ばない城外で会えばいいんじゃないか？」

「勇者様。こっちから人間側の領地に乗り込んだら、怖がられて即開戦です。なにしろ戦争好きの先代魔王が文字通り滅茶苦茶やりましたから、これ
ばかりは仕方ないですね」

だが、戦争を嫌う今の魔王が現役のうちに人魔和平を成立させないと、魔王が代替わりしたらまた魔族が前のめりになって戦争を再開するかもしれない。人間側も戦意が高いしな。

「正直、人魔の関係は完全に詰んでいます。私ってば、戦場では塹壕にこもって毎日小銭の数を数えていたラブリー魔族だったのに、こんな貧乏くじを引かされたんですよ？　資産くらい貯め込んでもいいじゃないですかあ！」

「少しずつ好感度を回復していくしかないな。とりあえず悪評高い奴隷商売をやめてみては？あんたが奴隷商売の元締めなんだろう？」

「は？　奴隷商売？　ぷっ。そんな時代遅れなシノギ、効率が悪いのでやってないですよ」

「シノギ？」

「あ、いえ、ビジネスでした。うちは労働者に対価は払いますし、あらゆる住民に基本的魔族権を保障してますからね。福利厚生も整っています。奴隷なんて時代遅れの存在は、私の国には一人もいませんヨ！」

もしかして俺の会社よりも待遇よくね？

「いやなに、労働者は生かさず殺さずですよハッハッハ。実際には雀の涙程度の権利を与えてやって、奴隷を労働者と言い換えただけですよ。奴らは単純だからコロッと騙される」

魔王はピカチウボイスで邪悪な言葉を吐くが、割と根は善人……のようでやっぱり悪人だろこいつ。

「やはり資本主義の悪魔、いや魔王だな。討っておくか、シエル」

「歴史パートの解説も済んだし、いいんじゃないか？」

「やめてくださいお願いですから討たないでください！　人魔和平に尽くしますから命だけはお助け！　無条件で忌み嫌われる魔王職の私にどうしろというんですかあ？」

まあ、先代魔王みたいな戦争好きの純粋悪ではないしなあ。ブラック経営者ではあるが。

「魔王よ、元気を出せ。正義と悪が実は相対的な関係だったという展開は、マンガではよくあることだ」

「大賢者様？　マンガってなんです？」

「だが、ラスボスが純粋悪キャラを貫いてくれたほうが展開が盛り上がる。いっそ、もっと明確な悪事に手を染めてみては？　そう、たとえば世界征服とか――ふっふっふ」

「イヤです世界征服すると言った瞬間にあなた方に討たれます！　誘導尋問はやめて！」

「こらこらシエル、魔王をけしかけてどうするんだよ。それじゃ俺たちが人魔和平の架け橋になるよ。これでも教会に顔が利くんだ」

「あなた勇者じゃないですか。私を討つのが仕事では？」

「俺はたまたま剣を岩から抜けただけさ。ただの誤解だよ。だが、虚名であっても利用はできるだろう？」

「……ほんとうに私を討たないので？　信じていいのですか？　私は、勇者と大賢者に討たれる未来に怯えずに生きていけると？　予言の運命を変えられると？」

「うむ。魔王よ、眠れる奴隷であっても運命はきっと自由意志で変えられる。諦めたらそこで試合終了ですよ、エル・プサイ・コングルウ……ゴゴゴゴ」

「おおっ大賢者様！　意味不明ですが力強いお言葉と決めポーズ！　感激しました！」

「全部他人のマンガの台詞の継ぎ接ぎじゃないか」

次の瞬間。

ボーン、ボーン、と城内の長塔の鐘が鳴らされていた。

その鐘の音を聴いた魔王が「ああっ？」と悲鳴を上げた。

「大賢者様、勇者様！　すみませんでした、今日からサマータイムの試験運用期間でした！　間もなく外部侵入者の滞在可能時間が切れます！　あああ。働き方改革をやってる感を出すために、余計な小細工をしたばっかりに……」

なんだよそれ⁉

だがシエルは、魔族の歴史書に齧り付いて動かない。全神経を集中させて、難解な古代文字で書かれた歴史書を恐ろしい速度で読み続けている。

「まずいぞシエル、時間がない。歴史書の暗記はまた次の機会にしよう」

「そうですよ大賢者様。いつでも来てくだされば、歴史書をお貸ししますから」

「やだ。もう少し読みたい。英雄王が城内に仕掛けた『罠』の解除方法発見は、私にとって最高の道楽……違った、異世界の人魔二大勢力の和平に必要な仕事なのだぞ」

お前は嘘が下手なんだからさぁ⁉ 道楽に命を賭けるんじゃあない！

「ひいいいい⁉ シエルちゃん。レナさん。私、突然湧いてきた大量の悪霊に襲われて……！ なんなんですか、これ？ お二人はご無事ですか⁉」

えっ、スモール⁉ 背後に無数の悪霊が追いすがってきているぞ⁉

まさか、もう「罠」が発動したのか⁉

「うひゃああ？ レナぁぁ、お化けだあああ⁉ あわ、あわ、あわわわわ」

「悪霊が可視化されている。村の石碑より殺意が高いな……よしよし落ち着けシエル」

まずいな。無数の悪霊が続々と湧いてきている。

「ごめんなさい、悪霊を引き連れて来ちゃいました！ ウロヤタ・ブレガヤチ・オへ・イカマ！ 庭園にシールドを展開して時間を稼ぎます。シエルちゃん、急いで退避しましょう！」

「大賢者様⁉ 人間やエルフが悪霊に張り付かれると、徐々に生気を奪われて死んでしまいます！　ここ、私の城内ですよ？　断固として戦うとか抵抗するとか反撃するとか、被害が拡大するからほんとうにやめてくださいよ？　お願いですから帰ってくれます？」

「うにゅにゅ、もう少しで閃きそうなのに～。『罠』の本体装置が、城内のどこかにあるはずなのだ。あの村の古代石碑や、シュメールの鏡みたいな奴が。どこにあるのだ？」

「シエル。そういえばシュメールの合わせ鏡に、お前の記憶が残留していたぞ。鏡を何度も潜っているうちに、お前の記憶が移ったようだ……」

あっ⁉　こんな時にうっかり地雷を踏んでしまった！　驚いたシエルがいよいよ挙動不審に。ロボットのようなぎこちない動きで、頭をぶんぶんと振りはじめた。

「ふにゃあああっ？　れれれレナ？　わわわ私の記憶を覗くな、族滅！」

「『俗物』な？」

「レナ、わわわ私のなななにを見た？　正直に言え！」

「……秘密だ」

「言え！」

「い、イヤだ」

言えない。絶対に言えない。こんな時にわれながら迂闊な発言だった。

「お、お二人とも喧嘩している場合ではありませんよ？　レナさん、城内に奇妙な像を彫った年代物のレリーフがありましたよね？　あれって城の『罠』となにか関係あるのでは？」

「んみゅ？　レリーフだと？　そんなもの、あったか？」

スモール、でかした！　シエルの意識が「罠」の謎解きに戻った！

「シエル。お前の大好物じゃないか、見てなかったのか？」

「ああ。城に入ってから、ずっと空ばかり見ながら歩いてたからな。空に古代の星座を投影するのに夢中でな。桶狭間の合戦も投影してみたぞ。あれは大迫力だった……」

「ですから、子供が泣いているんですよ⁉　空で遊ぶのはやめて！」

路上に電信柱がなくてよかったな。ちゃんと前を向いて歩きなさい。

「城内のあちこちに、お前が好きそうな古代のレリーフがいっぱいあるぞ？　ゴシック調と古代エジプト風味が混じったみたいな珍しい代物だ」

「おおおお、そんな貴重な遺跡が城内に？　見たい！　今すぐ案内しろ魔王！」

「案内しますから命だけはお助け！　見たらすぐ帰ってくださいよ？　まったくもう、レリーフなんてただの飾りですよ。人間の余計な知的好奇心はほんとうに意味不明です。どうして常識や社会通念を平然と無視して、どうでもいいことに執着して調べたがる奇矯な人間が時々出てくるんですかね？　英雄王の時代からほんと、人間は変わりませんね」

そういう人間は、人間社会でもごくごく一部の変わり者だけだから。

シエルのような存在は、変人、奇人、社会不適応、発達障害、様々なレッテルを貼られて人間社会でも疎まれる。だが、他の者が見向きもしない分野に好奇心を抱いて、異常な集中力とともに未知の領域に突き進んでいく変わった人間が稀に出てくるからこそ、人類文明は停滞することなく進化してきたのだろう――この異世界では、教会がそういう人間の危険な好奇心を封じる役目を果たしてきたようだが、シエルには関係ない。

襲い来る悪霊を「しっ、しっ」と「ソドラの目」で睨んで祓いながら、魔王は渋々ツアーガイド役を務めた。視線の魔術って、実体がない悪霊にも効くのか？　強くね？

「いえいえ、悪霊は消し飛ばせませんからね。散らしてもまた湧いてきますからキリがないんです。私の目をもってしても、そう長くは皆さんを守れませんよ？　ちなみに『罠』発動時の私の護衛成功率は、驚異の０％です」

ゼロなのかよ⁉

「全然ダメじゃないですか～。ふえええええ、もう終わりですぅ」

「だって城内に人間がいる限り無限に湧いてくるんですよ、無茶言わないでくれます？　そういえばこのツアーガイドのお仕事って、賃金を頂けるので？」

「……勇者の剣で殴るぞ」

「討たないでください！　せめてチップだけでも！」

「そもそも王なんだから、警備員たちに仕事させればいいだろう」

「コストカットのために私が残業手当の支払いを拒否して以来、四天王と家臣たちは事実上のストライキ中でして。業務時間外は働いてくれません。それでも私は残業手当など死んでも払いませんよ！　我こそは魔王！　屈するものか、労働者たちの不当な圧力に！」

「残業代を払えよ……国庫から黄金をちょろまかして貯め込むな。護衛成功率0％って明らかにコストカットしすぎだろ。国が滅びても知らんぞ？」

　庭園から移動したばかりに、あちこちの「罠」に感知されたらしい。悪霊の数がどんどん増えてきた。これじゃあ保たない。

　かと言って、こんなにも大量の悪霊たちを祓いながら城を脱出するのも今さら不可能だ。

「シエル、あっという間に絶体絶命だぞ？　解決方法は見つかりそうか⁉」

「ふむ。元の『罠』本体をどうにかしないとダメらしいな。私に任せろ、レナ」

　お化け出た！　とパニクってた時と、歴史の謎を解こうと集中している時では別人だな。

「大賢者様、到着しましたよ。城内で一番目立つレリーフが、こちらの国定公園名物『三連レリーフ』です。三人の乙女が三枚並びのレリーフに彫り込まれている変わり種で、魔王城での待ち合わせスポットとして愛用されているんですよ。見物はお早めに」

「……これは……古代エジプト風の沈み彫り技法か？　だが彫り込み具合がとても深く、立体感が強い。見たことのない様式のレリーフだ⁉　魔王、この三人のモデルは誰だ？」

「さあ、知りませんよ。大洪水以前の古代からこれらのレリーフは城内に飾られていたんです。道標みたいなもので、深い意味なんてないでしょ？」

「そんなわけがあるか。絶対にモデルがいる。あっ？　そうだ、これは……閃いた～！」

エウレカ～！　と叫びながら、シエルがぐるぐると手を振り回した。これは、シエルの脳が発火して「解」に一足飛びに到達した時の台詞とポーズだ！

「あれ？　アルキメデスのスタンドが出てこないな？」

「フッ。今の私の隣には、レナがいるだろう？　わが最強のスタンドが」

「俺は人間だからな？」

「レナ。空を恐れて星座に興味を持たない魔族たちはただの『飾り』と思っているが、これら城内に多数存在するレリーフは、様々な星座の神話を彫ったものだ」

「星座の神話⁉」

「そうだ。英雄王の神話もそうだが、スモールが教えてくれた星座の神話は古代には既に存在していた。この三枚は、それぞれ異なる神話に登場する神を描いている。歴史書には英雄王以外の神の肖像画が収録されていない。レリーフには神話の文章が彫られていない。空の星座も大きく変形した。それでモデルがわからなくなったのだ。城の『罠』は、村の石碑と同じ星系魔術。レリーフが『罠』の本体で、レリーフに封印された星の光を『悪霊』の姿に変換して呼び出しているのだ。悪霊の姿が可視化されるのは、村の石碑よりもずっと強力だからだ」

「はっはっは。なにを根拠に、そんなこと仰る……それってあなたの妄想ですよね？」

「それでは証明してやろう、魔王」

シエルが自らの指を「スカッ」と鳴らして、瞬時に天空にＡＲ星座を投影してみせた。

「パチン」と指の音を響かせたいんだな。でも不器用なシエルには指鳴らしができないのだ。口笛も吹けないな、そういえば。バルカン式挨拶は得意なんだけどな。

「ですから空に星座を出すのはやめてください！　怖いです！」

「もう猶予がない。超高速で天空の時間を巻き戻してみよう。レリーフが制作された年代を特定する——ここだ、この年代だ！　英雄王の時代、３５００年前の三つの星座とレリーフの像がぴったり同じ形だ。このレリーフの三人は、それぞれの星座に紐付けられている古代の神だ。愛の女神、美の女神、創造の女神だな」

「このレリーフが、魔族神話でも人気を誇る三美神!?　なるほど、これが『もっとも知恵ある者』。さすがです大賢者様！　偉い！　かしこい！　いよっ天才！　だから早く帰って！」

「歴史的天才☆だ、魔王」

「はいはい、あなた様は歴史的天才☆です！　だから、空に星座を出すのだけはやめて！　空が怖くて弱体化した私の『ソドラの目』のクールタイムがどんどん伸びてます！」

死活問題じゃないか。魔王はほんとうに大賢者（というかシエル）と相性が悪いらしい。

「ふえ～シエルちゃんはほんとうに凄いです！　でも、私のシールドの耐久力ももう限界です！　『罠』を止めないと！　あうっ。シールドの一部が破損!?　悪霊が入ってきました!?」

「『ソドラの目』！　これじゃキリがありません。大賢者様、そろそろ限界です」

「……問題ないスモール、魔王。『罠』を停止する呪文なら、もう手に入れている」

シエルは得意げに、片手を自分の小さな顔にぺたりと張り付けてみせた。ジオジオっぽい決めポーズのつもりだろうが、顔がすっぽり覆われて食肉植物に捕食されているようにしか見えんぞ。バルカン式挨拶だけは上手いのは、奇跡かなにかだろうか。

「３５００年前に英雄王が築いた古代星系魔術の『罠』の全体像がほぼわかった。王は村々の石碑を『己を讃える記念碑』と称して築いたが、あれは実は神殿への人間の侵入接近を防ぐ広大な外部結界だ。異民族の侵入を防ぐハドリアヌスの長城や、万里の長城みたいなものだな」

「歴史蘊蓄は後回しでいいから、解決策を頼むシエル！」

「そう焦るなワトソンくん。外部結界だけでは不十分だと考えた英雄王は、人間を断固として神殿に潜入させないために、神殿内にさらに強力な『罠』を築いた。それが内部結界だ」

「えらく執拗だな……人間が神殿の構造を暴こうとしたくらいで、そこまでするか？」

「外部結界は既に崩壊し、今は単体で勝手に作動しているだけだ。だが内部結界は、見ての通り今も城内で英雄王がプログラムした通りに動いている」

「わかった！　完璧な推理だ！　頼むから結論を言ってくれ！」

「村の石碑を止めた時と同じだよワトソンくん。城内のレリーフに対応する星座の神話を片っ端から詠唱すれば、『罠』は全て止まり悪霊は消える。魔族の歴史書に記述された神話を詠唱すれば止められるのだよ。原典に忠実だからな」

えっレリーフって城内に12個あるんですよ？　私、あなたに弱体化されたあげく魔術の使いすぎでボロボロなんですけれどと魔王がたじろいだが、シエルは「レリーフに向かって直接詠唱しなければ効かないぞ」と譲らない。

「『罠』を停止して和平条約を結べば、人間界でのビッグビジネスが可能になる。向こうにも守銭奴、いや、魔界市場への新規参入を望んでいるだろう商人は大勢いる。スモールのお父さんとかな。十分の一税は信仰上の理由でも持ち出して拒否すればいい。勇者の俺が仲介する」

俺は、これ以上の防戦と移動を渋る魔王にそう囁いた。

「人間界でのビッグビジネス⁉　承知しました！　私は銭のためなら死んでも構いませんよ！　大賢者様、全レリーフの設置場所をくまなくご案内致します！　禁断の『ソドラの目』最終連射モード、解除！　オラオラ道を空けろや悪霊ども！　うおおおおおっ！」

「うむ。まずはこの三美神の神話を詠唱してレリーフ三枚停止だ——やはり有効だな。これで悪霊の数が減ったはずだスモール」

「はい。かなり減りましたシエルちゃん！　これならなんとか移動できそうです！」

「残りあと9枚だな。魔王、次のレリーフにさくっと案内しろ。よきに計らえ」

「まったくもう魔王使いの荒いお人ですね！　銭！　ビジネス！　シノギ！　誰にも邪魔はさせません、我こそは魔王なり！　魔王の黄金への道を空けよ古代の悪霊どもがあああ！」

銭が儲かると知った魔王の強さは、桁外れだ。もしかして今までは、銭にならないから手を抜いていたのか？

スモールのシールドと魔王の「ソドラの目」の合わせ技で悪霊の大群をどうにか捌きつつ、俺たちはレリーフからレリーフへと移動を続けた。シエルが「歩き疲れた。休もう」と言いだした時には思わず切れそうになったが、シエルをなだめすかして作業を続行。

そしてついに――。

「やりました皆さん！　最後のレリーフが停止しましたよ！　これで人間界でのビッグビジネスが実現するんですね！」

「おめでとうございますシエルちゃん！　これで人魔和平への道が開けましたね！」

城内最奥部の「王との謁見の間」。英雄王が座っていたとされる年代物の玉座。その背もたれ部分に飾られていた12枚目のレリーフをシエルが停止させた瞬間に、執拗に俺たちを追っていた残りの悪霊が全て消滅したのだった――英雄王の「罠」は、完全停止した。

「んみゅ～、さすがにヘロヘロなのだ～。もう歩けない～。こんどこそ休むぞレナ」

「俺ももう、足が言うことを聞かない……背中の勇者の剣が重すぎる……休憩しよう」

「あ、祝賀会は開きませんからね？　うちの家臣団は時間外労働を拒否していますから」

ともかく、終わった。スモールが残された魔力を振り絞って「元気が出ますよ」とシエルと俺にヒーリングを施してくれている。シールドを展開し続けていたスモールが一番疲れているだろうに、ほんとうにいい子だな。

「ありがとうスモール。もう夜も近いし、騎士団が魔王城への進軍をはじめる前に町に戻るか……あ、あれ？　勇者の剣が……激しく震えはじめて……？」

「えっ？　剣が光ってますよレナさん？　なにが起きているんでしょう？」

『罠』は全部止めたはずなのだ。おい魔王、まだレリーフが残っているんじゃないのか」

「もう全部案内しましたよ!?　えっ。なんで。どうして勇者の剣が英雄王の玉座に反応してるんです？　私、なにかとても嫌な予感がするのですが」

おおおおっ!?

お、俺の身体が勝手に剣に操られている……どうして俺は剣を構えているんだ!?

気がつけば俺は大剣を一直線に足下へと振り下ろして、玉座を貫いていた。

「あーっ貴重な英雄王の玉座がーっ？　なんてことするんですか、あなた!?　オークションに出品すればベラボーな値段で売れる貴重な歴史遺産なんですよ？」

「あ、いや、身体が勝手に。うん？　玉座の下になにかあるぞ？　この手応えは、剣先がなにかを深々と貫いた感触……こ、これは、まさか」

ゴゴゴゴゴゴゴ。

またシエルのジオジオ擬音か？　いや違う。玉座の真下に埋まっていた「なにか」が、勇者の剣に貫かれて「起動」した音だ！

「「「ギャー、出た――――っ!?」」」

玉座が粉々に砕け散り、「それ」が唐突に地中から露出した。

見上げるほどに巨大な古代石碑だった。12枚のレリーフと同じ手法で製作された「像」が刻み込まれている。それは、巨大なドラゴンの像だった。右目の部分には勇者の剣が突き立っている――そして巨大ドラゴンの両の目は、形容しがたい異様な輝きを放っていた。

怖い。怖すぎる。見ているだけで精神を破壊されそうな暗黒のオーラだ……！

「あのう、大賢者様？　私、このおぞましい姿に見覚えがあるんですが？　これって人魔がずっと恐れていた『世界を滅ぼす暗黒ドラゴン』の石像では⁉」

「魔王さん。もしかして、古代の英雄王が使役したドラゴンの像ではないでしょうか？」

「ああ、絶対それですよスモールさん！　まさか……空に浮かんでいる恐怖の暗黒ドラゴン星雲と関係あったりします？」

シエルは「こんな展開、納得いかない～」と足をぴよぴよ振って踊りだした。

「城に配置された『罠』が全部停止すると起動する、隠し魔術装置だと？　なんだこれは、ずるいぞ！　私の推理が肝心の真犯人を見落としていたみたいで最悪の気分だ！」

「『ラスボスの背後に真のラスボス』は異世界あるあるなんだよ、シエル」

「レナ、そんな達観したことを言ってる場合か⁉　私は今とても落ち込んでいる！　どうして勇者の剣がこの石像に反応したのだ？　それは魔王を倒す剣ではなかったのか？」

「し、シエルちゃん。勇者の剣は、実は武器ではなくこの石碑の『起動キー』なのかも」

スモールの言葉を聞いて、腑に落ちた。勇者の剣に刃がついていないのは、こいつがもともと戦闘用の剣ではなく、英雄王が造らせたドラゴン石碑の起動キーだからだ。

まさか……と震えながら、俺たちは謁見の間の吹き抜け天井の向こうに広がる空を、恐る恐る見上げていた。

天空では、最悪の事態が起きていた。

まだ日が沈んでいないはずなのに、空は無数の目映い星々に覆われていて、そして。

夜空に浮かびあがった暗黒ドラゴン星雲が、「目」を見開いて輝きながら猛スピードでこの星へ向けて接近を開始していた――。

「ああ暗黒ドラゴン星雲が迫って来ている⁉」

「ふっ。暗黒星雲が吸収している星々の光は、遠い過去の光だ。狼狽えるなレナ」

「どう見てもあれは過去じゃないぞシエル。あの星雲には時差がないんじゃないか？」

「は？　光速超え？　光年の概念が壊れる戯言を言うな。アインシュタインを全否定か？」

《よくも我を遠き宇宙へと封印してくれたな、トカ・ウレマよ。今度こそ復讐を果たす。醜き星に繁殖した生命のすべてに、死を。すべてを暗黒の無の世界へと帰す時が来たのだ――》

中二病時代の俺が吐いているような台詞だが、誰の声だこれは？

脳内に直接響いてくる。シエルやスモール、魔王にも同じ声が聞こえているようだ。

まさか、暗黒ドラゴン星雲の「声」なのか？

《我は、貴様ら生命どもが穢した星を浄化するために大地に生まれし、純粋な破壊神。ドラゴンの王たる我が「星雲」になったのは、トカ・ウレマが生意気にも星系魔術を駆使して我を星から追放し、宇宙の闇に封印した故。今、うぬらはその封印を解除したのだ》

「なんだとぉ？　地上のドラゴンが宇宙に封印されていたただと～⁉　マンガか～っ⁉」

シエル、ここは異世界だからな。

「そもそも、星を浄化する純粋な破壊神とはいったい何様だ。お前は中二病時代のレナか！」

シエル、ここは異世界だから……やめてくれ俺に響く。

《トカ・ウレマの星系魔術にも限界はあった。我はすぐに貴様らの星を滅ぼせる近距離にいる。ただちに星へと戻り、今度こそ貴様らを絶滅させてやろう》

「ひいい、暗黒ドラゴンが目覚めてしまいました！　魔族の言い伝えでは、暗黒ドラゴンは大地のすぐ近くに潜んでいると言われていましたが、ほんとうだったんですね⁉　これだから空は怖いんですよ！」

「そんなに近くに暗黒星雲が⁉　れれれレナ。暗黒星雲がこの星に衝突したら、異世界が滅茶苦茶になるぞ⁉　うわあああ？　うわあああ？」

あっ、今が危機的な状況だと理解してしまったシエルがパニックを起こした。

「落ち着けシエル。暗黒ドラゴン星雲を止める方法を考えてくれ。異世界を救ってくれ」

「そそそそんなこと言われても、うわあああ？　うわあああ？」

「……私たちはわざわざ汗水垂らして英雄王の『罠』を停止して、ドラゴンの石碑を起動させ、世界を滅ぼす暗黒ドラゴンを召喚したんですね……最悪じゃないですか⁉　私のめくるめくビッグビジネスチャンスはいったいどこに？」

《トカ・ウレマに長らく封印されていた積年の恨みを晴らしてくれるわ。穢れきった星に七つの厄災を起こしてやる！　まずは第一の厄災・大洪水！》

「ふえええ。レナさん、外を見てください。川津波です。城内に大量の水が！」

どうしてうちの城にピンポイントに厄災が⁉　よそでやってください！　と魔王が泣きを入れた。そりゃ暗黒ドラゴンを宇宙空間に封印していた石碑がある神殿だからな……。

「スモール。暗黒ドラゴンは、この星の重力や魔力を自在に乱せるらしい。だから英雄王は暗黒ドラゴンをこの星から追放して宇宙空間に封じたんだ。両者の距離が縮まれば、桁違いの大洪水が起こるはずだ」

「だ、大洪水ですか？」

「ああ。３０００年前に古代文明を崩壊させた大洪水。あれは、誰かが暗黒ドラゴンを召喚して発生させたんじゃないだろうか？」

「ぎりぎり星系魔術が忘れられていなかった時代だったとすれば、有り得ますね。いえむしろ、大洪水で星系魔術の知識が失われたのでしょうね。辻褄は合いますよね、シエルちゃん？」

「んにゅうう。誰かが誤作動させたのか……王が死んで結界の管理が不十分になったのか……

聖地を追放された人間の反乱か……もしかすると単なる好奇心で起動したのかもしれない。いずれにせよ、暗黒ドラゴンの接近を途中で止められたので全滅だけは免れたのだろう。うっく、うっく。怖い怖い怖い……」

《その通りだ、小娘。前回、我を目覚めさせた者は、第一の厄災を目の当たりにして恐れをなし、我を再封印した。故に、此度は三倍の速度で星に到達する。うぬらが我を再度封印する手段を発見する前にな！》

「みぎゃあああっ？　レナ、レナ。息が。息ができない……酸素が……酸素が」

「星の大気は消し飛ばされていない。大丈夫だ、落ち着けシエル」

俺は暗黒ドラゴンの言葉に混乱するシエルを落ち着かせるために後ろからハグして、「深呼吸。深呼吸」と囁いた。きっとこの異世界を破局から救える者は、シエルだけだ。

「ふう、はあ。心臓が爆発して死ぬかと思ったぞ。おかげで落ち着いた、ありがとうレナ」

「お前に素直に感謝されている時点で、どれだけ今が絶望的な状況かがよくわかるよ……」

「どういう意味だ？　諸君。英雄王が神殿の構造の謎を解明しようとした人間を追放し、神殿の内外に結界を築いた動機がわかったぞ。石碑を起動して暗黒ドラゴンを召喚する危険がある存在は『もっとも知恵ある者』、すなわち人間だからだ。人間の好奇心は猫も殺すからな！」

「内部結界を停止した者は、シエルだろ？」

「そうだな。私こそが大賢者、『もっとも知恵ある者』だ。英雄王の予見は正しかったな」

「お前が大賢者なのはわかったから。今はドラゴンを止める方法を見つけてくれ、頼む」

「なんだその言い草は。レナだって起動スイッチの剣を石碑に刺したではないか」

醜い責任のなすりつけ合いですね、これが人間の大賢者と勇者のパーティのほんとうの姿ですか、と魔王に蔑まれてしまった。くっ、俺としたことが人間失格な気分だ。

「つまりお二人の共同作業なんですね！　ついに大賢者と勇者が魔王を倒す時が訪れたんです、2000年越しの予言成就ですね！　おめでとうございますシエルちゃん、レナさん！」

「あのう……スモールさん？　私が倒れるだけじゃなくて、世界ことごとく滅ぶんですが？」

「ふえええ。せめて前向きな表現で言わせてください。私ももう限界なんです～！」

ダメだ、スモールの目がぐるぐる回っている。このパーティ唯一の良心的存在が……！

「しかし英雄王め。魔術で暗黒ドラゴンを支配して自分の武器にするなんてタチの悪い奴だな。普通の神経なら、絶対に召喚できないよう永久に封印するはずだ」

「いえいえ。これこそ人も魔も逆らえない完璧な支配！　まさに大魔王ですよ！　ああ、ストライキもサボタージュも決して起こらない夢の社畜王国が古代に実在したんですね！　私は英雄王を、理想の国家運営者として崇拝してしまいますよ！」

「まだそんな寝言を言っているのか。討つぞ」

「すみませんでした討たないでください！」

《黙れ！　トカ・ウレマめが。よくも我を、人魔間の戦争を抑止するための道具にしおって

――神を使役した報いを受けるがよい！》

予言者が、古代を「暗黒時代」として封印した理由もわかった気がする。

「恐らく予言者は魔王城と剣の秘密に到達した。だが、どちらも破壊できない。だから剣を大教会に封じ、剣を抜いて魔王を討つ勇者の予言を広め、両者を遠ざけて暗黒ドラゴンの召喚を防止したんだ。知恵をよき方向に駆使したんだな」

「ぶーぶー。詐欺だぞ、それは。真相を人々に伝えればよかったではないか。私たちだって真相を知っていれば、ドラゴン石碑を起動したりしなかった」

嘘を嫌うシエルらしい意見だな。

「邪心を抱いた者が暗黒ドラゴンを悪用したら最悪、世界は滅ぼされる。嘘も方便なんだよ」

「はっはっは！　確かに戦争好きの先代魔王なら躊躇なく使ってましたね。敗色濃厚になった時点で、迷わずこの世界を巻き添えにしたでしょうねドカーンと！」

ドカーン！！！！

「うわあああ、うわあああ？　なにかが爆発したあああ？　耳が、耳が……」

「し、シエル!?　だいじょうぶか？　ヘッドホンをつけろ！」

「今のは私のせいじゃないですよっ!?　何事ですかっ？　ああ家臣団のストが痛すぎる！」

《第二の厄災、火山の噴火だ――トカ・ウレマが築きし忌まわしき魔術神殿よ、いの一番に滅ぶがよい》

「たたた大変です、北の山が噴火しました！　暗黒ドラゴンに反応して地下で大規模な地殻変動が起きているんです！　すぐに火砕流、土石流、粉塵が襲ってきます！　シールド・オン！」

「ちょっとスモールさん、北の山とはなんです。うちの城から見れば南山ですよ？」

大洪水の発生。火山の噴火。となれば当然、大地震も襲ってくる。

そう気づいた瞬間、直下型が来た。

《……第三の厄災、大地震……》

火山が噴火した直後に、体感M8から9クラスの超巨大地震が、突然魔王城を襲った。

「暗黒ドラゴン様あああ！　お願いですからうちの城をピンポイントで攻撃しないでくださあああい！　私は巻き込まれただけの被害者なんですううう！」

魔王は全力で、天空に迫り来る暗黒ドラゴンに土下座している。封印されていた間は「暗黒星雲」だったドラゴンが、徐々に実体を持った「竜」の姿になりつつある。どうやらこの星に接近するにつれて、本来の肉体と力を取り戻してきているらしい。

「うわああああ、地震だあ？　レナ、レナ、レナ、助け……ひぐっ……！」

シエルは環境の変化に敏感だから、突然の天災にとても弱い。中でも地震が一番の苦手だ。三半規管を激しく揺らされる物理的なダメージもシエルにとっては拷問だし、自分が生きている世界が実は一瞬の地震で崩壊してしまう脆弱な世界だという現実を突きつけられると、恐怖心に取り憑かれて耐えられなくなってしまう。

「シエル。だいじょうぶだ。だいじょうぶ。俺はここにいる。決して離れないから」

「うえっ。うえっ。ぐすっ……怖い……怖い怖い怖い……！　レナ、強くハグして……もっと強く。もっと」

そう。英雄王が築いたこの城は大洪水をも乗り切った。この建物にいれば、暗黒ドラゴンが破局的な接近を果たして最後の瞬間が訪れるまでは、きっと安全だ――最後の瞬間が来るまでは――シエル……。

「落ち着け。落ち着け。だいじょうぶだ――」

「ええっ？　破壊できないはずの城にダメージが入ってますよ？　あちこちに亀裂が……」

「スモールさん。私たちが英雄王の『罠』を全部止めて、城の魔力を弱めたからかもしれませんね。泣きっ面に蜂ですね」

嘘だろ？　勘弁してくれよ⁉

《やがて第四の厄災・疫病が発生し、魔術神殿にいる貴様らは全員息絶える。貴様らが汚した星とともに滅びるがよい。生命とは、宇宙を満たす暗黒と無と平穏を乱す忌まわしき存在。我は忌まわしき生命を浄化し、宇宙に暗黒と無と平穏を取り戻すために生まれた神なのだ》

「……無と平穏……いっさいの変化が起こらない、永遠に苦痛のない暗黒の世界……んにゅ～、それもいいかも……いつ地震や戦争でおうちが壊れてしまうかわからない今の世界よりは……

ウィルスに怯えておうちに引きこもり続ける人生よりは……」

し、シエル？　暗黒ドラゴンの言葉に流されてる？　脳に直接語りかけられているからか？

「はっ？　いや、よくない！　レナもスモールも死んでしまうではないか〜！　ああ、でも、怖い怖い怖い……ぐすっ……地震怖い地震怖い地震怖い……疫病やだやだやだやだやだ……！」

ええい、最後の瞬間なんか待っている場合じゃない！　シエルは死なせない。俺がドラゴンを止める！　バランスを取れば、かろうじて歩くことも可能だ……！

「考えろ。考えろ俺。そもそも石碑に剣を刺したから起動したんだ。石碑から剣を抜けば、ドラゴンが止まるかもしれない！　シエル、少しだけ離れるが我慢してくれ。できるな？」

「ぐすっ……うん」

「おおっ勇者様！　頑張って、私の蔵に溜め込んである黄金の資産を死守してください！　黄金は熱に強いんです。この星さえ崩壊しなければ、文明が崩壊しようとも私の資産は安全ですよ！　謝礼は銀貨三枚でどうでしょうか？」

「うるせえよ！」

《小僧、無意味な真似を。魔術師でもない貴様には、なにもできぬ》

「暗黒ドラゴン、お前もうるせえ！」

俺は激震に耐えながら、石碑に突き立った剣を抜いた。俺にはこれといった才能がないが、剣を抜く技量だけは天下一品だ。

だが。

「……くそっダメだ！　抜いたのに、暗黒ドラゴンが止まらない！」

案の定、俺の読みは外れた。だが織り込み済みだ、俺はシエルのような天才じゃないからな。

それでも最後の最後まで「解」を追い求めてやる。絶対に諦めない。

待てよ？　もしかして、ドラゴンを止める「停止キー」は別に存在するのでは？

《復讐の時は成れり！　我は間もなく大気圏に突入する。七つの厄災すべてが全土で発生し、星の自然環境は破壊され、地上の生命は絶滅する。さらに我は此度、星の中核部に大異変を起こして星自体を崩壊させる。二度とトカ・ウレマのような不遜な者が現れぬようにな》

「そんなあ？　私の資産は？　この星が砕けたら黄金も四散するじゃないですかあ〜？」

「……暗黒星雲の宇宙塵は隕石よりも危険なのだ。２億５０００万年前のＰ－Ｔ境界で地球史上最大の生物大量絶滅が起きた原因は、暗黒星雲と太陽系が衝突した際に地球を覆った大量の宇宙塵による地球寒冷化だという仮説があり、データも得られている。もしも暗黒ドラゴン星雲と衝突すれば、Ｐ－Ｔ境界生物大量絶滅どころの被害では済まない……」

「うう。レナさん、シエルちゃんをハグして声をかけてあげてください。現実に打ちひしがれて、心を閉ざしてしまっています……このまま永遠のお別れなんてダメです……」

「……そうだな。わかった、スモール」

俺は早口で独り言を呟きながらぴよぴよと震えているシエルのもとに駆け戻って、もう一度背後からハグした。シエルを絶対に死なせたくない。諦めずに考え続けた。なにか僅かでも可能性が残っていないか、必死で頭を回転させ続けた。ああ、シエルと異世界で過ごした記憶が走馬灯のように……死を目前に、脳の「最終防衛機能」が発動している。この記憶の中に「解」への鍵があるはずだ。見つけろ。探せ。膨大な記憶を見落とさずに直視しろ……！

『んにゅ～。レナなら抜けそうな気がするが、じゃあ別のクエストにするか。《世界を滅ぼす暗黒ドラゴンを召喚して、退治する》。これなら簡単だな』

『待て待て。そんな危険なモノ、そもそも召喚しちゃダメだからな』

『ふふふ。レナは怖がりさんだなー。古今東西の神話に頻出するドラゴンの正体はな、ただの大蛇か大トカゲだ。私は虫も殺せないかよわい乙女だから無理だが、レナなら退治できる』

『異世界のドラゴンは違うからな？　ドラゴンはマジでドラゴンだからな？』

『お、お嬢ちゃん。暗黒ドラゴンはタブー中のタブーで、魔王ですら触れない禁忌だぜ？召喚方法はわからねえが、もしも召喚したらこの世界は一日も保たずに滅亡しちまう。頼むからやめてくれねえか？』

「……そうだ。カナの町のギルドには『暗黒ドラゴン退治クエスト』があった。ギルドと教会は同時期に生まれた。予言者が設定したクエストかもしれない。暗黒ドラゴンは止められる！

３０００年前の大洪水時に、誰かの手で一度召喚されたドラゴンは再び止められた。ドラゴン自身がそう言った。止める方法は必ずある！　あるぞシエル！」

シエルの身体の震えが、ぴたりと止まった。俺の声が通じたかのように。シエルは虚空の一点を凝視しながら、頭のヘッドホンを外した。

シエル。お前……まだ地震が続いているのに……火山が噴火し続けているのに……。

「レナさん？　シエルちゃんが戻ってきました。集中モードに入っています！」

「――『エウレカ』モードだ、スモール。レナの推論は正しい。暗黒ドラゴンはまだ止められるぞ」

「シエル、閃いたのか⁉　耳は平気なのか？　動悸は？　呼吸はだいじょうぶか？」

「やれやれ。平気なわけがないだろう。レナが泣きわめいて哀れで見ていられないから、仕方なく閃いてやっただけだぞ？」

「泣きわめいていたのはお前だろうが」

「そうだったか？　世界各地に設置された外部結界の停止呪文は、細かい逸話をざっくり省略してシンプルに英雄王自身を讃えるファスト神話だ。外部結界は少ない魔力で十分だしな。だから２０００年以前の歴史を喪失した人間世界には、ファスト神話だけが残った」

歴史蘊蓄講義からはじめる時間はもうないからな⁉　どこまでもシエルらしいな……。

「焦るなレナ。結論を言うぞ。トカ・ウレマ英雄王神話の原典は、この魔族の歴史書に書き残された３０００年前の神話そのものだ。レリーフへの呪文詠唱効果から鑑みても、かなり正確に伝わっているはずだ。だから暗黒ドラゴンを停止させるには、原典に忠実な魔界版英雄王神話を詠唱すればいい」

「村の石碑や城のレリーフと同じ止め方か。ドラゴンと英雄王とでは神話が異なるのでは？」

「問題ない。魔界に伝わる英雄王神話の原典は、同時に暗黒ドラゴンの神話でもある。Ｗ主人公という奴だな。それに英雄王は実に用心深い。だから、魔術を緊急停止する安全装置が絶対にこのドラゴン石碑にも搭載されている」

「しかしこいつは村の石碑や城のレリーフよりもセキュリティが硬い。物理的な停止キーも必要だろう。停止キーはどこにあるんだ？」

「暗黒ドラゴンが手がかりをくれたではないか。３０００年前の大洪水の時には、こいつを起動させた張本人が想像以上の惨劇を目の当たりにして、慌てて止めた。その時点から停止キーを探す旅に出ても、既に大洪水が発生しているから、もう間に合わない。暗黒ドラゴンを召喚したら世界は一日も保たないと、タコ組長も言っていたしな。つまり停止キーの在り処は……」

《小娘、やめよ⁉　我は、悪徳と苦痛と死の恐怖に支配された生命に、無という安らぎを与える救世主なのだぞ⁉　その星に生命が繁殖する限り、死と病と戦争と憎悪は決して消えることがなく永遠に続くのだぞ⁉　小娘、お前自身も変転し続けて決して安定することのない世界

を生きることに、他者の心が理解できない謎と誤解だらけの世界に生まれ落ちたことに、どれだけ苦しんできたことか……！》

「……そうだな暗黒ドラゴン。生きるということは、私のような人間にとってはとても辛いことだ。でも、悪いことばかりじゃない。楽しいこともある。幸福もある。友達もいるし、レナもいるし——なにより、私は歴史的天才☆だからな！　大賢者の私が消滅したらそれは宇宙の損失だ！　だから、お前が封印されろー！」

　シエルは目をきゅっと瞑り、長い長い呪文を——魔界版英雄王神話を正確に詠唱した。

　魔王が「まさか一読しただけで全文暗記しているのですか？　誰も読めない古代文字を？」とシエルの異能ぶりに驚いたが、俺は魔王が銭金以外のことに本気で驚いたことに驚くよ。

《こ、小娘⁉　やめよ！　我を封印するでない！》

「無と平穏の世界も魅力的だが、私はレナたちと一緒に生きたいからな。詠唱、終了——」

《ふ、ふ、封じられてしまう！　神を封印する不遜の者めがあああ！　おおおおお⁉》

「聞け暗黒ドラゴンよ、これからはトカ・ウレマ英雄王に代わり、私がお前の主君だ～！　純粋な破壊神として生まれたものを、放置してはおけんからな。使い魔にしてきりきり酷使してくれる、がははー。私のために無給で働くがいい」

《や、やめろこの魔女めが！　トカ・ウレマより酷い！　貴様に慈悲の心はないのか⁉》

「使い魔って奴隷みたいなものだろう？　そういうの苦手じゃなかったのか、シエル？」

「そ、そうですよシエルちゃん。なんだかドラゴンさんがかわいそうですよ」

「こいつを放置していたらレナやスモールを消し飛ばそうとするのだから、当然の処置だ」

「あああ暗黒ドラゴンを無給で酷使しようとは、なんというブラック大賢者！　もはや魔女！歴代のどの魔王よりも悪辣にして豪胆！　私、尊敬してしまいます！」

シエルの勝利宣言とともに、石碑に彫り込まれたドラゴンの両目の光が消えた。

ドラゴン石碑に長い亀裂が入り、裂け目から真っ白い長剣が俺たちの前に姿を現していた。

それは、柄に魔族の姿を描いた精密なレリーフ装飾が施されている、古代の魔剣だった。

「やっぱりここに隠されてたな。ドラゴン石碑を起動させた者だけが、呪文詠唱によって停止キーを手に入れられる。翻心したら即座に引き返せるように。確かに英雄王は暗黒ドラゴンを魔術で縛って宇宙に封じ、世界を支配したが、それは暗黒ドラゴンによる世界の破壊を防ぐためであり、不仲な人魔をともに統べて戦争を抑止するための政策でもあった。ドラゴンの力で世界を滅ぼす者を輩出するつもりはなかったのだ。レナ、これが停止キーだ。ドラゴンのもう片方の目に刺せ！」

「わかった！」

俺が白い魔剣をドラゴン石碑の目の部分に突き立てると同時に。

「暗黒ドラゴンよ。今後はこの大賢者シエル様が使役してやるから、呼び出されるまで宇宙で寝ていろ〜。勝ったなガハハ！　ぶいぶい！」

《……これほどの厄災を浴びながら我を恐れぬのか、この小娘めが……さんざん泣いて怯えておったくせに……ぬかった……！　覚えておれ……う、うおおおおお……！》

天空に迫っていた暗黒ドラゴン星雲もまた「目」の輝きを失い、そして元の位置へと急激に戻っていく。この星に到達する直前に、からくも封印されたのだ。

「シエルちゃん！　魔王さん！　暗黒ドラゴン星雲が遠ざかっていきます！　す……救われたんですね、世界は……ふわあああ……」

天を覆っていた星空は、夕焼け空に。

あれほど激しかった火山の噴火も、長く大きな地震も、嘘のように停止。

川から溢れて城内に押し寄せていた水も、ゆっくり退いていった。

「ふふ。シエルちゃんとレナさんは救世主ですね。今頃カナの町も大騒ぎですよ」

「うにゅう、自作自演の騒動だったがな。こういう場合、真相は内緒にしておいたほうがいいのだろうか？　私が暗黒ドラゴンをいつでも召喚できるなんて知られたら、きっと魔女扱いされる。それなのに私は、嘘や隠し事は苦手で……お尻がむずむずする」

「暗黒ドラゴンの声を聞いたのは当事者の俺たちだけだろう。それに、暗黒ドラゴンが攻撃したのはこの城だけで、山向こうの町の被害は大きくない。俺がサラリーマンらしく適当に言いつくろうよ。任せておけ。嘘はつかないから安心していいぞシエル」

「うむ！　そうかレナ。嘘をつかないなら、問題ないな！」

「それにしても英雄の剣が解除キーで、この白い魔剣が停止キーか。対の剣だったのか……」

魔王が揉み手で近寄ってきた。魔剣を欲しがっているのだな。ありありとわかる。

「勇者様、大賢者様、私の資産を守ってくださってありがとうございました！　その魔剣の所有権は当然魔王城の主の私ですので、早速オークションで売り飛ばします。さあ、ご返却を」

「ダメだ。これを売り飛ばすなんて論外だろう。石碑内にも戻さない。誰かに悪用されたら困るから、魔剣は俺たちが預かっておく。暗黒ドラゴンを止めた報酬だ」

「そんなご無体な？　勝手に起動しておいて？　あ、待って、討たないでください！」

「おおーレナ。すっかり二刀流剣士になったな。中二病が再発したかのようだぞ。スモール？今は常識人ぶっているが、実はレナは中学生の頃にな」

「ええ？　なんですか、なんですか？」

「こらシエル。俺の黒歴史を暴くのはやめろ、恥ずかしい」

こうして俺たちのクエストは終わった、はずだった。

だが——これで終わりではなかった。

……ゴゴゴゴゴゴ……。

「また『ゴゴゴゴゴ』か。シエルでもないしスモールでもない。火山でも地震でもない。じゃあ、なんの音だこれは？　もういい加減にしてくれよ⁉」

「……もう疲れ果てましたが、大変ですレナさん……壁が次々と崩落してます……あ、見張り塔がぽっきり折れました……城全体が崩れはじめていますね……」

レリーフの「罠」を完全停止されたために魔力を弱めていた城が、大地震から喰らったダメージに耐えきれなくなったらしい。スモールも、メンタルを削られてやさぐれてきた。

魔王城の崩壊がはじまった。後世に増築された建物だけでなく、英雄王が築いた基礎の「神殿」部分までもが大崩壊していく。

「ひえええええ？　魔王城が崩壊ですってええええ⁉　聖地が、神殿があああ⁉　わが国最大最強の観光名所があああ？　これは悪夢だあああ！」

この建物には、歴史的な遺産が多数ある。それらを外に持ち出すまでは避難しなさそうだな魔王は。「魔族は頑丈ですから、瓦礫に埋もれても全然平気ですよ……」と投げやり気味にスモールが教えてくれた。す、スモールさん？　だいじょうぶですか？　もうメンタルが限界らしいな。

よし、決めた。俺たちの家に帰ろう。

「ギャー⁉　れれれれレナ、英雄王の神殿は壊れないのではなかったのか？　助けろー！　あ、ダメ、腰が抜けて立てない……うっく、うっく」

「泣くなシエル！　家に帰るまでが遠足だぞ？　ほら、手を出せ！　絶対に放すなよ？」

「……うん」

「そうですね！　帰りましょうシエルちゃん！　私がシールドを展開して落ちてくる瓦礫を弾

きますから、急いで門へ。城門と山道を繋ぐ吊り橋が陥落する前に、橋を駆け抜けますよ？」

俺は愚図るシエルの手を握りしめて引っ張りながら、崩壊していく魔王城内を走った。

吊り橋を渡りきれば、そこは北の山。カナの町へと戻る道が待っている。

シエルは手を繋いでから一分を過ぎても、いつものように「もう無理！　触るな触るな」と言いださない。

最後の最後。三人で駆けている足下がどんどん崩れていく中、俺とシエルは堅く手を握りあいながら並んで吊り橋の上を疾走していた。

いつもは無表情なシエルが、こういうアクシデントが起こると必ずパニックに陥るシエルが、なぜか走りながら「あははっ！　まるでジブリアニメみたいだな、レナ！」と晴れやかに笑っていた。

ほんの一瞬だったけれど――。

シエルと、視線が合った気がする。

シエル。今、お前、俺の目を見ながら笑ったのか？

写真越しでもビデオカメラ越しでもなく、目の前にいるほんもののシエルとまっすぐに視線を合わせることができた。俺の人生ではじめてのことだった。

☆

割り箸事件から一ヶ月ほど後。小学校の運動会で、シエルがまた騒動を起こした。

運動会のラストを締める「フォークダンス」を拒否したのだ。

男子と手を繋いで踊ることが、人との接触を苦手にするシエルにはどうしてもできなかった。

急遽、俺がシエルのフォローをすることになった。ハンバーガーを差し入れて以来、シエルは俺に懐いて、うちの道場に押しかけてきて剣術修行を見学するようにまでなっていたから。

俺が相手をすれば、慣れてくれているからだいじょうぶだろう。

俺はそう軽く考えていた。だが、現実はそんなに甘くなかった。確定診断こそ下りなかったが、シエルが背負っているものはやはり「少し変わっている」程度のものじゃない。そんな厳しい事実を実感させられることになった。

「やだ。やだ。触るな。触るな！　うえええええん！」

「シエル。俺だよ。レナだ。だいじょうぶ、怖くないから。曲が終わるまでの間だから……」

「やだあああああ！」

シエルはフォークダンスが終わるまで俺と手を繋ぐことを拒否して、蹲ったまままずっと泣き止まなかった。

シエルの周囲の生徒や教師たち、生徒の家族たちがシエルに向ける視線が、俺の胸を貫いて傷つけた。まるで、俺自身が蔑まれ憎まれているかのような……これが毎日学校でシエルが浴び続けている視線なのか。ずっとシエルを、彼女を理解してくれない彼らの視線から、悪意から守りたい。俺はそう思った。

でも……どれほど俺がシエルを守りたくても。シエルが俺に懐いてくれても。

こんなにも近くに寄り添っていても。

どうしても二人の間には越えられない壁がある。シエルの世界には、俺すら入ることができない。強引に壁を越えようとすれば、シエルは怯えて泣いてしまう。俺はシエルを傷つけたりはしないのに。それなのに。俺の気持ちを、シエルに伝えることはできないのだろうか。もしかして、シエルと心を通い合わせることは永遠に不可能なのだろうか。

だとすれば、それはなによりも酷く悲しい。

フォークダンスの時間が、終わりを告げた時。

俺は——シエルと手を繋ぐことを諦めて、ずっとシエルの前に差し出していた自分の手を引っ込めていた。これ以上俺自身の心が傷つくことに耐えられなくなったのだ。

あと少し耐えていれば。あと少し待っていれば。シエルが、俺の手を取ってくれたかもしれないのに。

SNSが一度途切れただけなのにシエルに再連絡する勇気を出せなかったのも、今思えばこの運動会で俺が諦めて手を引っ込めてしまったことが発端だったのかもしれない。

☆

でも、今は――。

「ゴ――――ル！　橋を渡りきった――――！　ぶいぶい！」

「た、助かりましたねシエルちゃん……間一髪でした……はあ、はあ。ふう、ふう」

「シエル、後ろを振り返るな。たった今まで俺たちが走っていた吊り橋が完全崩落してるぞ……見るなよ見るなよ。おしっこ漏れる！　と泣きだすなよ」

「黄泉の国下り系統の神話では、帰り道の途中で振り返るとろくなことがない。元嫁がゾンビになって襲ってきたりするからな。だからお化けが怖い私は決して振り返らない、心配するな」

シエルは俺と手を握りあいながら、魔王城から山道へ繋がる吊り橋を走りきっていた。

俺たちは、崩壊していく魔王城からの脱出に成功したのだ。

「あー。手汗でベトベトだ。アルコールで手を消毒しないと、恐ろしい感染症にかかってしまうな。しゅっ、しゅっ、しゅっ」

「俺を！　ウィルス扱い！　するな！　まったくお前は桜小路シエルだな！」

「そうだ、私は桜小路シエルだ。なにをわかりきったことを言っている」

シエルは走るフォームが不自然でぎこちないので、速度が恐ろしく遅い。何度も「もうダメだ死ぬ」と絶望したが、スモールのシールドが俺とシエルを最後まで守ってくれた。スモールにはいくら感謝してもしたりないな。ああ、それなのに俺は今でもスモールを騙したままで……うっ、良心の呵責が……。

「ところでレナの実家の保父星流は、やっぱりこの異世界の古代剣術じゃないのか？ご先祖は、シュメールの合わせ鏡のような魔術装置を使って異世界から渡ってきたのでは？」

「やっぱりそう言いだしたか……ただの偶然だよ。お前のほうこそ異世界に適応しすぎだろ。アルキメデスを出したりARプラネタリウムを投影したり……」

「運命のお二人ですね！眩しいです。青春です。麗しい関係です。私も機会があれば、お二人の故郷を訪問してみたいです。その……この世界とは異なる別の世界なんですよね？どんな世界なんでしょう？」

「ほらレナ。喋りすぎだ。スモールにわれわれが別世界人だとバレてしまったではないか」

「お前が異世界がどうのこうのと言いだしたんじゃないか」

まあいいか。スモールはもう俺たちのパーティの欠かせない一員で親友だ。隠し事なんて必要ないな……ああっごめんスモール、俺は変性男子じゃないいんだ！いつカムアウトすればいいんだ⁉もしかして、どんどん時機を逸している⁉一生言えなくなるルート？

「……うぐぐ、もはや我慢できん！　スモール、残念だが実はレナは変性男子ではない」

えっ？　シエル？　ちょっと待て、おい。

隠し事が苦手なお前の性格はわかっているが、待て。頼む。待て待て待て。

「レナは、生まれた瞬間から男なのだ！　なのだー！　なのだー！（山彦）」

「今それを言うかーっ？」

やっと危機だらけの魔王城から生還したのに、俺はここで消し炭になるのかあああ⁉

「はい、知ってますシエルちゃん。とっくに気づいてましたよ？」

「えっ？　スモールさん？　ど、どうして？　いつ気づいて……？」

「レナさんが町の広場で剣を抜くクエストを請ける時に、ご自分で仰いましたから」

自分で？　俺が？　そんなこと言った？

「──ちょっとしたことで傷ついたり混乱したりするシエルには、『絶対に安全な家族』が必要なんだ。あいつが安心していられる居場所が。だから俺は『男の視線』であいつを見ちゃいけないと、ずっとそう思って自分の心を誤魔化してきた。でも、もう自分を誤魔化してシエルを子供扱いするのはやめる。シエルの成長と変化を受け入れる時が来たんだ──って。とても素敵な言葉でした。私、きっと生涯レナさんの言葉を忘れません」

「嘘だあああっ⁉　ちょ。シエルの前でそんな。違う。忘れてくれ。あの時の俺はどうかしていたんだあああ！」

　お、お前、これほどの生き恥を晒してよく切腹せずにいられるな……とシエルに同情されてしまった。生涯痛恨の屈辱だ。一生擦られるぞ、これ。くっ、誰か俺を殺せ！

「け、消し炭にしないのか？　いや、俺を消し炭にしてくれませんかスモールさん？」

「そんなことしませんよ。だってレナさんは、シエルちゃんの大切な人ですから」

　外堀を埋められるとは、こういうことか。ダメだ。もう誤魔化せん……。

「大坂冬の陣だな」とシエルがよくわからん歴史ネタに絡めているが、頭に入らない。

「殿方が全員悪人というわけじゃないんですね！　私も、お二人と一緒に楽しい時間を過ごして、お父さんへの反発心で偏っちゃった考え方が改まりました！　お二人は、最高に最高に最高にお似合いのバディです！」

　スモールは１００％混じりけ無しの善意で、すぐ側にいるのにずっとすれ違い続けてきた俺とシエルの距離を縮めるために頑張って二人の背中を押してくれているのだ。だから、照れ隠しで切腹とか失神とかしている場合じゃない……の、だが……。

「でもレナさん、不用意に他の女の子をかわいいって言っちゃダメですよ？　シエルちゃんに凄～く嫉妬されますからね？」

　なんだよ、その青春まっただ中みたいな爽やかな言葉は？　スモールお嬢様、ダメ押しはやめてください！　今すぐ誰か俺を殺してくれ。恥ずかしいなんてものじゃないぞ。俺はもう、シエルと目を合わせられない……もしもシエルに迷惑がられていたら。「キモっ」とか思われてたら。あああ。シエルの今の気持ちを想像するだけで怖い。この場から全力で逃走したい。一人になりたい。

いや、シエルはもともと俺と目を合わせないのだが。今も「うみゅみゅ、うみゅう～」と謎のオノマトペを発しながら頭を抱えている。穢れなきスモールのド直球の言葉が恥ずかしすぎてパニックに陥ったらしい。そして今、シエルをフォローする立場の俺までが同じ状態に。

……そうか。シエルは生まれてから今までずっと、こんな不安な気持ちで人と接してきたのか。相手によって不安度に濃淡はあるだろうけれど、シエルにとってはあらゆる人間が、感情も考えも読めない不可解な存在だから……シエルの世界は……俺には辛すぎる。

ヘッドホンを頭に被って、本を開いて、外部の情報を遮断しなければ、シエルはとてもじゃないが心が保たないんだ。感染症対策を理由に二年間部屋にこもっていたのも、きっと……。

だから——俺はもう、シエルから逃げない。

「……スモール。俺はシエルにとって、いつまでも『絶対に安全な家族』でありたいんだ。たとえこの先、二人の関係性が変化していくとしても。できるだろうか？」

「はい。レナさんならできますよ！」

「そ、そうか。ありがとう……と、ところで……盛大に城が壊れたけど、魔王たちはだいじょうぶかな？」

「はい、魔族は頑丈ですから。瓦礫の下敷きになっても怪我なんてしませんよ？」

ちゅどーん。

「え？　今、魔王城跡から凄い爆発音がしたぞ？　巨大な黒煙が上がっている……ほんとうにだいじょうぶかな⁉」

「さ、最悪の場合はネクロマンサーが蘇生しますよ。だ、だいじょうぶですよ？」

「それはもうゾンビじゃないのか？」

これは後で魔王から愚痴られた余談だが、魔族たちは身体が頑丈なので魔王城が全壊しても無事だった。

だが、魔王が蔵に貯め込んでいた黄金の資産は全て消えてしまった。

コストカットの悪魔だった魔王だが、自分の蔵だけは国内最強の爆発系魔術の使い手を配備して朝も昼も夜も守らせていたそうだ。だがその魔術師が、暗黒ドラゴン星雲の接近を見て錯乱状態に陥り（オーバーワークによる寝不足もよくなかったのだろう）、爆発系魔術を暴発させ、広大な蔵を一瞬で吹き飛ばしてしまった。俺たちが目撃した爆発と黒煙はこれだ。

この大爆発によって恐るべき高温が発生し、通常の火災程度では溶けない黄金を一本残らず融解してしまい、折悪しく襲ってきた川津波が溶けた黄金の全てを呑み込み持ち去ってしまったのだという。

『私は経済的に破滅しました！　勇者と大賢者の予言は成就しましたよ！　この損失は人間界との交易で必ず取り返しますからね！』

それが、魔王が俺たちに送ってきた愚痴メールに追伸として添えられた文章だ。

☆

カナの町の広場に到着した俺たち三人は、「難攻不落の魔王城を破壊してくださり、ありがとうございます！」「魔王は捨て鉢になって世界を滅ぼす暗黒ドラゴンを召喚しましたが、その暗黒ドラゴンをも封印したのですね！」「凄いです。勇者様と大賢者様は無敵だ！」「二人を守り抜いたエルフのお嬢ちゃんも、素晴らしい魔術師だ！『鉄壁のエルフ』だ！」「お三方は最強のパーティです。戦争をするまでもなかったですね！」と町の人々から熱狂的に迎えられた。騎士団も武装を解き、町民たちと一緒に祝賀会を開いている。

実はシエルは二本の剣を手に入れて暗黒ドラゴンを自分の使い魔にしてしまったのだが、そのことは秘密にしておこう。どう考えても、バレたら厄介なことになる。

「いよう。お手柄だったな、さすが俺が見込んだパーティだ！」

「おお、タコ組長。いっぱいクエストを片付けてきたから、新しいバッジをよこせ！」

「ああ。倉庫から取り出してきたぜ。こいつは２０００年間支給されたことのない、レベル９９９のバッジだ！　達成不可能クエストを達成したパーティメンバーだけに与えられる、通称カンストバッジ。三人とも持っていけ！」

「レベル999？　やったあああああ！　ところでレベルってなんだっけ、レナ」

「知らずに喜んでるのかよ？　いっぱい見ただろ異世界転生⁉」

　俺たちは郊外の屋敷に戻り、三人だけで打ち上げパーティを開催した。町の祝賀会に長々と参加すると、シエルがいつ口を滑らせるかわからないからな。

「うわあああ～！　マンガ肉！　緑色じゃないフルーツ！　私の大好物がいっぱい！　美味しい美味しい。もぐもぐもぐもぐもぐ」

「そろそろ野菜も食べなさい。俺が原形を留めないレベルまでみじん切りにしてやるから」

「ふふ。私も子供の頃はマンドラゴラが苦くてダメでしたね」

　ほんとうは、数日ほど屋敷でゆっくり過ごしたいところだ。

だがもう、編集長に指定された〆切り日が近い。俺とシエルは今夜屋敷で眠ったあと、明日の朝にはいったん元の世界に帰還しなければならない。それでもギリギリだ。

「スモール。直近の仕事を片付けたら、すぐに戻ってくるよ。それまでこの屋敷と二本の剣をスモールが管理してくれれば助かる」

「はい、任せてくださいレナさん！　シエルちゃん、また会いましょうね？　出立は明朝ですけれど、忘れないうちに指切りの約束をしておきましょうか？」

「うむ。そうか、異世界でも指切りするのだな……はっ？　まさかほんとうに互いの小指を切

断する儀式だったりするのか？　異世界……ドラゴン……龍……龍が如く……みぎゃああ
あ？」

「た、ただの指切りごっこですよ？　ほんとに切らないですから～」

異世界は極道の世界じゃないからな？

「はい、指切り終了です。必ず戻って来てくださいね？」

「……バルカン式挨拶のほうがいいのに……挨拶は全て非接触型に統一するべきだ」

「ふえええ。エルフの指はあんなふうに曲がらないんですう～」

うん？　シエルが俺と母親以外の人間と物理的に接触した姿を、俺ははじめて見たような。

「シエル。お前、変わったな？　スモールと接触してもギャン泣きしなかった」

「ああ。スモールは犬猫みたいなものだからセーフだ」

「がーん？　お友達なのに酷いですっ⁉」

「泣くなスモール。シエルに同じ生物だと認識されているだけでも素晴らしく名誉なことなんだよ？　俺なんか足かけ十年もこいつに付き合ってるのに、未だにスタンド扱いだ」

「はあ。ですから、すたんどとは？」

言葉で説明するのが難しいので、俺たちの世界に招待した時に現物を見てもらおう。

「うーん、レナはスタンドから亜人にランクアップしたかな？」

「十年かけてやっと亜人かよ。審査が厳しすぎるだろ。お前はいったい何者なんだよ」

「私か？　私は『真人』だ」

「真人？」

「古代中国をはじめて統一するという偉業を達成した秦の始皇帝は、金目当てのニセ方士に騙されて、自分だけが人間を超越した不老不死の『真人』になる資格を持っていると信じこまされてしまった。ニセ方士いわく、始皇帝が真人になる方法はただひとつ——それは、自らの姿を人々の前から隠してしまうことだった。完璧なひきこもりになれと勧められたのだな。それからの始皇帝は宮殿内でも人に姿を見られないように、誰もいない道ばかりを選んで通るようになった。当然、自分一人きりの世界にこもってしまった始皇帝はどんどん孤独になった。そして、最後は誰にも看取られることなく死んでしまったというわけだ。天下を統一していながら、哀れなことだな」

シエル、それって。

「……私は……生まれた時から秦の始皇帝のように、ずっと世界に独りぼっちだ。私はいったい、誰に騙されたのだろうな」

シエル。

それは、違う。絶対に違う。

お前は、誤解しているだけだ。

「シエルの目にはそう見えていても、シエルの世界には俺もスモールもいるよ。シエルにとってはたまたま死角になっていて見えていないだけで、俺たちはいつもちゃんとシエルの隣にいるから。シエルは、孤独な真人なんかじゃないよ」

「……〜〜〜⁉」

慌ててシエルがそっぽを向いた。いや、シエルはもともと明後日の方向を見ているのだけれど、思いっきり首を捻って俺から完全に顔を逸らしてしまった。

おかげで、シエルの表情が死角になっていて見えない。

「わ、私はそろそろ寝ますね？　故郷に戻る前に、二人きりで異世界の星空をたくさん瞼に焼き付けてくださいね⁉」

スモールが、俺たちを気遣って寝室に。彼女はほんとうにいい子だ。異世界に興味を抱けなかったシエルが変われたのも、俺が一歩前へ進む勇気を得られたのも、スモールのおかげだ——二人をスモールに引き会わせてくれた異世界に、俺はもっと感謝しないと。

異世界の眩しい星空には、スモールが教えてくれた無数の星座がきらめいている。

あの暗黒ドラゴン星雲も、元の位置に戻っている。

「……レナ、18歳の誕生日の夜を覚えているか？」

「ああ。覚えているよ。星空のミザールとアルコルを見せてくれた夜だろう？」

「あの夜には話せなかったが、実はあの二つの星の話には続きがあった。学者間で意見は分かれているが、私はミザールとアルコルはほんものの『連星』だと信じている」

「連星？」

「そうだ。連星はお互いに星の重力で結びついていて、決して離れられない運命の星だ。しかもミザールとアルコルは4光年という、とてもとても近い距離にある。ちょうど、レナが東京の大学に通う期間と同じだろう？」

「そうか、きっかり4光年か」

「……アルコルは薄暗い4等星だ。だから人によっては見えなくても、私の目にはいつだって見えている。ミザールにそっと寄り添って優しく支えてくれている、大好きな星だから。だ、だから私とレナは、ミザールとアルコルなのだ……」

「そうか……」

それがあの夜、シエルがほんとうに俺に伝えたかった言葉だったのか。

「み、ミザールのほうが2等星で眩しくて賢くて『歴史的天才』で、アルコルがミザールを補佐する『☆』なのは、生まれながらの仕様だから諦めろよ？　星にはそれぞれ、定められたスペックというものが……」

「アルコルまで2等星じゃ眩しすぎて、知覚過敏なミザールが困るだろ？　これくらいがちょうどいい具合なんだよ。ミザールとアルコルは、いいコンビだな」

「そ、そ、そうだな……」

「シエル。俺も、夜空に眩しく輝いているミザールが大好きだ。ずっと、こうして見つめていたい」

「……う、うう～……は、は、は、恥ずかしくて、し、し、し、死にそう……」

そうだな。俺とシエルは、お互いに目と目で見つめあうことは難しくても、こうして二人で一緒に同じ星を見つめることができる。二人で星について語りながら、お互いの想いを伝えあうことができる。

思えば、簡単なことだった。異世界に来て、夜空を一緒に見上げて、やっと気づけた。

俺とシエルは、いつだって同じ世界に生きていて、お互いの気持ちを共有することができるのだと。差し出した手はちゃんと届くのだと。俺たち二人を隔てる「壁」なんて、ほんとうはどこにも存在しないのだと。

「――ところでシエル、４光年分の移動って新幹線で何年かかるんだ？」

「レナがそこに突っ込むのか⁉」

エピローグ　連星

The genius girl, Ciel Sakurakouji can't draw another world

「できたー！　どうだ、宣言通り間に合わせたぞレナ！　レナの首は守った！」

朝のマンション。机の上で朝日を浴びながらザラセミラが踊るリビングルーム兼仕事場。

シエルは〆切り当日の朝、ついにネームを完成させた。お互いに何日徹夜したのか、もう記憶にない。算数ができない……。

「……どうして土壇場で大量に描き直したんだよ……三話のラストに魔王をキャラ見せして完成のはずだったろう？　魔王城の崩壊と脱出エピソードなんて、予定になかったじゃないか」

「だって、せっかくの取材結果を盛り込みたかったから」

異世界から帰還したシエルは「間に合う、間に合う。私にマカセロー！」とネームの大幅改稿を強行。本来なら三話まで続く奴隷オークションのエピソードを二話で終わらせ、三話を魔王城潜入エピソードとして丸ごと描き直したのだ。突貫工事だった……。

「スモールがモデルの、魔女っ子バルカン人の出番がずいぶん増えてるな……エルフな？」

「こらこらレナ。勝手にマンガ家の原稿を修正するなー！」

「バルカン人を無断でマンガに出したら怒られるだろ。エルフな」

「スモールはダークエルフじゃなかったか？」

「あ、そうだったっけ」

あははっ、異世界に疎い奴めー、とシエルがはじけるように笑った。あれ。屈託なく笑うシエルの横顔が、滅茶苦茶かわいい……深刻な寝不足だな。そうに違いない。

「ネットで渡せば済むんだが、編集長も多忙だからな。メッセージを見落とされたあげく『貴様は〆切りを破った』と因縁をつけられたくないから、編集長にデータとプリントアウトした原稿を直接手渡ししよう。今すぐ編集部に行くぞ」

「ええ〜。やだ〜。編集長、でっかくて呂布みたいで怖い〜。緊張して喋れないのだ」

「異世界食堂の時みたく、俺が喋るから。ほらほら着替えろ。急ぐぞ」

「……ふにゃ〜。何徹したと思ってるのだレナ。ちょっと洗面所で支度してくる。出社するなら、N95マスクを着用しなくてはな」

「わかった。急げよ？」

しかし、タクシーで出版社に押しかけてきた俺とシエルから原稿を手渡された編集長は、なおもOKを出してくれなかった。き、厳しい……！

「リアルな異世界観、緻密で個性的な異世界の風景、生きた多種族キャラクター。バトルシーンもアクションシーンも迫力があってグッドだー。だがしかし、まだヒキが弱い！」

これ以上リアルに描けるわけがあるか、異世界に行ってから言え、とシエルが小声で呟いている。絶対に編集長に聞こえないように、俺の背中に小さな身体を完全に隠しながら。編集長が怖いならそういうことを言うなよ、まったくもう。俺だって滅茶苦茶怖いんだぞ。

「魔王の登場を前倒ししたので、第三話のラストに魔王が登場してヒキという予定を土壇場で変更したのは確かですが……」

実際その分、ヒキのインパクトが弱まって「これにて完結！」感が強くなっている。

「保父星。長期連載を目指すなら、三話のラストに主人公とヒロインのキスシーンを入れろ。いいな。異世界に恋愛要素はつきものだ。ハーレムを潰して回る話なら、なおさらだ」

「……はい？」

ふにゃっ？　とシエルが鳴き声を上げた。

「キスシーンだ。これから怒濤のラブコメ展開がはじまると読者に予感させて、新しいヒキにしろ」

「えっ？　あっ？　あのっ？　でも、その、今日が〆切りですよね？」

「俺も鬼じゃあない。深い慈悲の心をもって、〆切りを明日の朝まで伸ばしてやる。いいか、これは特例中の特例だぞ？」

たった一日？　また徹夜の突貫作業をやらされるのか？　一晩のうちにシエルにキスシーンを描かせろなんて無理難題だ。シエルは、ラブシーンに興味がないんだ。

「なにも無理にキスシーンを入れなくてもいいでしょう？　この話はあくまでもバディもので、主人公とヒロインの間に恋愛感情は……」

「保父星、お前はなにを言っているんだ？　このネームなあ。三話のラストで、主人公とヒロインが手を繋ぎながら崩れ落ちていく吊り橋を走って渡りきっているよな？　見ろ、このヒロインの幸せそうな笑顔を。文字通りこれだけの吊り橋効果を得て、若い男女の間でフラグが立たないなんて有り得ないだろう。読んでいて不自然だ。なんというかこう、モヤッと来る。もどかしいんだよ。最後の最後に、ほんとうに読者が見たい有るべきシーンがないんだよ。なにか反論あるか？」

正論だった。そして、俺は前回のやらかしを見逃してもらうという大きな借りを編集長に作ってしまっている。

もはや、俺に許された返答は一択のみ。

「……アリマセンネ……承知しました。三話のラストにキスシーンを書き足させます」

「ぐげっ？　私を編集長に売り飛ばすのかレナ？　ブルータスよ、お前もか～!?」

☆

マンションへの帰宅がてら、俺とシエルは川沿いの遊歩道を散歩していた。

お互いに「……どうしよう……」と途方にくれながら。

出版社を出てから、ずっとお互いの手を握りしめていることにすら気づかなかった。

「キスシーンなんて描いたこともないぞ。いっそ、ネームから恋愛フラグが立ちそうな要素を丁寧に消したほうが……ダメだな。もうそんな時間はないし、私のマンガを嘘塗れにするみたいでやりたくない。最後の最後に、本来有るべきシーンがない……編集長の言う通りかもな。うにゅう～」

「そ、そうだなシエル。他のマンガのキスシーンを参考にすればなんとかなるんじゃないか？キスシーンなんて世の中にいくらでも溢れているし、パクリにはならないよ」

「うぐぐ。これだけ私自身の異世界取材体験に基づいて描きあげたのに、最後の最後が既存マンガのコピペなんて絶対にイヤだ～！」

そりゃまあ、文字通りお互いに命懸けの冒険をしてきたわけで、シエルの気持ちはわかるよ。わかるけれど、執行猶予は一日しかないんだから。

「レナ？　マンガやアニメでよくキスシーンを見るが、そもそもキスにはどういう意味があるのだ？　別に赤ちゃんができるわけでもないし。あんな野蛮な行為はウィルス細菌感染の危機にお互いを晒す、ミクロ圏のバンジージャンプでしかない」

「シエルにとってはそうだろうけど……胸が、ど、ドキドキしたりするんだよ」

「そうなのか。感染症への恐怖は誰だってあるのだな、安心した」

「違うそうじゃない」

やっぱりシエルにキスシーンは無理だろ。今さらながら、絶望感がひしひしと。

「……う、ううう……そ、そもそも、レナはキスの経験があるのか～!?」

シエル？　急に大声で叫ぶなよびっくりした！　ここ、遊歩道だぞ？

「お、俺か？　ないよ？」

「なーんだ！　大学まで卒業していながら、ないのか。プッ。恋愛できない男女が増えているという統計はほんとうだったのだな。あははははっ」

「ほっといてくれ」

大学時代、俺は誰かに恋をする機会がなかった。新型感染症の流行で俺の大学生活は半分潰れたようなものだったし、そもそも俺の心はいつだって……。

「シエル。いっそキスの歴史を調べたらどうだ？　歴史ネタに変換すれば頭に入るだろう？」

「ふむ。いくら調べても私には理解不能だと思うぞ？　たとえば日本では平安時代には既に『口吸い』というキス文化が存在したのだが、もう字面からして不衛生そうで、天然痘が大流行したのも当然だとしか思えなかった。ぶる、ぶる」

「なんだよ。もう調べてたのかよ!?　そうかー。シエルは、ムッツリだったのかー」

「べべべ別にキスの歴史を調べたのではない！　平安時代の日本で猛威を振るった天然痘の歴史について調べていたら、たまたま目に入っただけだ！」

「はいはい。そういうことにしておこう」

「うぐ。ああもうダメだ！　いくら頭の中で想像しても歴史知識を拾っても、さっぱりわからな〜い！」

もしかして、作劇のために結構調べてたのかな……だとすればもう、打つ手がないぞ。

「こんな時は、そうだ。体験取材だ！　異世界だって、取材したら描けたからな！」

し、シエル？　体験取材って、お前？

やめろ。そのへんを歩いている知らない男とキスするとか、冗談でもやめてくれ!?

「よし決めた。キスシーンを描くために、私自身がキスしてみる。このままではレナが解雇されてしまうからな！　ありがたく思え！」

えっ？　シエルが外出中にマスクを外した？　本気なのか？

「やめろって！　ダメだダメだダメだダメだシエル！」

「改稿時間が惜しい。今ここで試してみよう。ほら私の正面に立て、レナ。レナは背が高いから、私が爪先立ちしても届かない。腰をかがめて、私と視線の位置を同じにしろ。ほ、ほら。は、早く」

「えっ、俺？　俺と……するつもりなのか？」

「当たり前ではないか。好きでもない男とキスなんかできるか。他に誰かいるか？」

「いや、まあ……そうだな」

遊歩道の半ばで立ち止まり、シエルと同じ位置まで視線を下げた俺の頭は、真っ白になっていた。シエルは相変わらず、俺と視線を合わせられずにぴよぴよと震えていたが――。

様々な記憶や感情が溢れてきて、考えがまとまらない。いや、なにかを考えている余裕すらなかった。今までシエルにはいつも振り回されてばかりだったが――。

だいじょうぶです、シエルちゃんとの関係性が変わってもレナさんはずっとシエルちゃんの「絶対に安全な家族」です、とスモールが俺の耳元で囁いてくれたような気がして、そして。

「……すーはー、すーはー。このキスをすればどうなるものか。案ずるなかれ。案ずればキスは無し――レナ、迷わずするぞ！　すればわかるさ、ダーッ！」

あのなあシエル。こんな時にお前はなにを言って……ゴンッッッ！

「いてえええっ⁉　頭突きやめろ！　鼻が。鼻がやられたあああ！　鼻血があああ⁉」

「ふむ。目を瞑って突進したから、大幅に目測を誤ったらしい」

目を瞑っているのに目測って矛盾してね？

「シエル。今のは殺人タックルだろ！　キスってのは突進するものじゃないんだぞ？」

「……そうだな。唇同士が触れてないし、体験取材は失敗だな。まあいい、この悲劇を第三話のオチにしようか？」

「いや、俺とシエルの唇と唇はちゃんと触れたぞ。キスは成功している。だからシエル、真面目にキスシーンを描け。ギャグに走るな。最高のキスシーンを、今のお前なら描けるから」

「はひふへほっ？　ふっ……ふふふ、触れてないっ！　触れてないってば！」

　シエルの癖になっている「両手グルグル」が飛び出した。狼狽えているな。

「いーや触れたね。ほら、よく見ろ。お前のルージュが、俺の唇にくっついてる。マスクの裏面にもルージュが付着しているはずだ。ほら、やっぱり」

「……ふっ……ふにゃあああっ⁉　あ、あ、あ、あわ、あわわわわ……」

「今日のシエルは、うっすらとメイクしてたんだな。いつも化粧水や日焼け止めをぺたぺた塗るだけでノーメイクなのに、珍しいな。おかげで、シエルとキスした証拠をゲットできた」

「うあああああっ？　ちちち違うっ！　違うのだレナ！　ててて徹夜続きで唇が渇いてたから、おおおおお出かけ前にりりりりリップクリームを塗っただけだ！　断じてメイクじゃない！　私をにわかに色気づいた糞ガキみたいに言うなー！」

「いいやこの色はルージュだね。それにシエルは糞ガキじゃないよ。お年頃のかわいい女の子だよ。俺にとっては」

　俺は、シエルとキスしたことで浮かれていたのだろう。ちょっとだけ調子に乗りすぎたらしい。ダメなんだよ。こういうふうに繊細なシエルをからかっちゃダメなんだ。感情が爆発して混乱してしまうのだから。シエルの耳が、そして頬が、顔全体が、一瞬で真っ赤になった。シエル自身が鏡を見たら「この変色忍者ぶりはタコだな。タコ人間だ」と評するくらいに。

「……う……う……うあああああ～⁉　そ、そうだ！　ききキスの意味について、すすす

人間
五十年

スモールの意見も聞かなくては！　ちょっと異世界に行ってくる！　さらばだレナ！」

あっ、逃げた⁉

足、速っ？　シエルってこんなに速く走れたのか⁉

「ちょっと待て⁉　異世界に行くのはネームを修正してからだ！　俺を置き去りにするな、シエル！　もう二度と！」

「……だだだって、ははは恥ずかしい……恥ずかしくて、もうレナと顔を合わせられない……！」

俺は、逃げるシエルを全力で追いかけて、そしてぴよぴよと震えているシエルの掌をもう一度握りしめていた。シエルが、立ち止まってくれた。もう、手放さない。

「今シエルが感じている、その感情だよ。それは、俺が今抱いている感情と同じものだ。それだよ、それを描けばいいんだよ」

「……レナも？　レナもこんな気持ちなのか？　辛くないか？　胸が苦しくないか？　泣きたくならないのか？」

「なっているよ。それでいいんだよ。溢れてくる感情を、一緒に共有していけばいいんだ。一人なら辛くても、二人なら辛くない。この感情は『辛い』とは違うものだから――これは『幸せ』って呼ぶんだ」

「……幸せ……ヘンだな。こんなにも胸が爆発しそうに苦しいのに……それなのに、私は今、とても嬉しい。なぜだ？　人間の感情は実に不合理だな、レナ……」

「そうだな。でも、それが人間なんだ。だから、俺とシエルが離れ離れにならなければいけない理由なんて、ないんだよ」

「……うん。わかった。それじゃあ、もう一度……」

こんどは高速殺人タックルではなく、俺のほうからゆっくりとシエルに――シエルが傷つかないように、ゆっくりと。

俺たちは、取材の続きを再開していた。

あとがき　桜小路シエルの取扱説明書

桜小路シエルはかよわい生き物です。

以下の通り、様々な特徴がありますが、本人にはまったく悪気はありません。忍耐強くつきあってあげてください。

生まれつき、他人と関心や感情を共有することが苦手です。治りません。

声に抑揚がありません。無理に感情を表現しようとすると、こんどは胡散臭く芝居がかってしまいます。

相手の目を見て喋ることができません。会話中は、常によそ見をしています。

会話中に、自分が喋りたいことをひたすら喋り続けることがあります。いったんこうなると、自力では会話を止めることができません。止めるサインを決めておきましょう。

空気が読めず、皮肉や冗談が通じません。相手の言葉はすべて字義通りに捕らえます。

知らない人に話しかけたり、自分から友達を作ることが苦手です。親しい関係を維持したり、関係を深めていったりすることも苦手です。

他人と距離をとろうとしますが、いざ親しくなるとこんどは距離感がバグってやたら馴れ馴れしくなります。混乱すると、人間関係リセット癖を発動します。

嘘がつけない性格で、感情よりも理屈と事実を優先するので、ド直球な発言をぽろっと漏らして周囲（特に目上の人間）を「失礼だ」と怒らせます。敬語が使えません。人間が嘘をつく生き物だということを理解できないので、地球人がみんなバルカン人のミスター・スポックのような論理的な生物だったらいいのにと思っています。他人と身体接触するのが苦手なので、ミスター・スポックの「バルカン式挨拶」が好きです。

人の顔や名前を覚えるのが苦手で、自分のマンガの主人公の名前を間違えたまま出版したことがあります。マンガ家にあるまじき弱点ですが、当人は気にしていません。

運動が苦手です。鉄棒の逆上がりどころか、前回りもできません。

同じ行動パターンを繰り返します。隙あらばひよこ踊りを踊ります。

まっすぐ立っているのが苦手で、身体をぴよぴよと揺らします。

生活ルーチンを厳守することにこだわり、ルーチンが乱れるとパニックに陥ります。

聴覚が過敏で、普段はヘッドホンで遮音しています。Netflixのドラマ「ウ・ヨンウ弁護士は天才肌」の真似をしているわけではありません。

新規曲の開拓が苦手で、常に同じ曲ばかりを反復して聴いています。

My Bloody Valentine の Loveless が好きですが、これは中学時代に中二病をこじらせていた保父星レナの影響です。シエルの口調も、当時のレナの口調が移ったものです。

味覚も過敏で、生理的に食べられないものが多いです。いわゆる偏食とは少し違います。苦手なものを無理矢理に食べさせると吐きますから、無理強いはやめましょう。

ジャンクフード舌ですが、舌がネチョッとなるコーラと、塩辛いフライドポテトは苦手です。ハンバーガーが好きなのは、食材がそのままの形で入っているからです。苦手な食材を除けられるので安心です。

マンガ家としては、大好きな歴史・神話・古代遺跡ジャンル限定で天才的な能力を発揮しますが、うっかり油断すると歴史ゲームに過集中して時間を吸われることが多いです。

他のジャンルに対しては無関心または苦手で、異世界ジャンルはまったく理解できません。これは、「異世界を自分の目で見たことがない」からです。異世界を直接見せてあげれば、ちゃんと描けます。

変化を恐れるので、感染恐怖症及び地震恐怖症です。ウィルス史と地震史に精通しています。

ちなみにペンネームの「くぅぱぁ丼」の由来は、アメリカのシットコム「ビッグバン★セオリー」のシェルドン・クーパー博士から採用しています。自分に生き写しのように似ているのでお気に入りだそうです。「シエル＝シェル」と「くぅぱぁ丼＝クーパー・ドン」を足すと、「シェルドン・クーパー」になります。

愛する相手は生涯に一人きりであるべきだと信じています。

シエルの紹介は、以上です。本作中ではシエルの扱い方を熟知しているレナがいつも隣にいてくれるので、なんとかなっているシエルですが、レナが不在の時は常にトラブルばかり起こしている困ったちゃんでした（レナがいる時も困ったちゃんですが、活き活きしています）。なお、失踪した前任の担当編集者は、シエルに困って失踪したのではなくて、実はプライベートの問題が理由です。本筋とは関係がないので書かれませんでした。たぶん、別の出版社にしれっと入り込んでます。この業界では割とあることです。

ストーリーは「異世界モノが描けないマンガ家が、異世界モノを描かされて苦心惨憺する」というシンプルなものですが、若い頃に読んだ「涼宮ハルヒの憂鬱」を自分風にアレンジして書いてみた面もあります。西宮北高に通っていた友達に、ハルヒの聖地をあちこち巡礼させられたこともあったなーと思いだしながら書いていました。聖地巡礼いいよね聖地巡礼。

長らく歴史モノの聖地巡礼ができなかったのは、いやー厳しかったです。なにもネタが浮かばないよ！　そんな作者の血の叫びがこの小説には呪詛のように詰め込まれています。はい。

最後になりましたが、イラストで作品を彩ってくださったRosuuri先生をはじめ、本作の制作に携わってくださった方々、そして、本書を手に取ってくださった読者のみなさま、本当にありがとうございました。

◉春日みかげ著作リスト

「Re：スタート！転生新選組1〜3」（電撃文庫）
「天才少女、桜小路シエルは異世界が描けない」（同）

本書に対するご意見、ご感想をお寄せください。

ファンレターあて先
〒 102-8177　東京都千代田区富士見 2-13-3
電撃文庫編集部
「春日みかげ先生」係
「Rosuuri 先生」係

本書は書き下ろしです。

電撃文庫

天才少女、桜小路シエルは異世界が描けない

春日みかげ

2023年4月10日　初版発行

発行者　山下直久
発行　株式会社KADOKAWA
〒102-8177　東京都千代田区富士見2-13-3
0570-002-301（ナビダイヤル）
装丁者　荻窪裕司（META＋MANIERA）
印刷　株式会社暁印刷
製本　株式会社暁印刷

●お問い合わせ
https://www.kadokawa.co.jp/（「お問い合わせ」へお進みください）
※内容によっては、お答えできない場合があります。
※サポートは日本国内のみとさせていただきます。
※Japanese text only

※定価はカバーに表示してあります。

ISBN978-4-04-914973-9　C0193　Printed in Japan

電撃文庫　https://dengekibunko.jp/

電撃文庫創刊に際して

文庫は、我が国にとどまらず、世界の書籍の流れのなかで〝小さな巨人〟としての地位を築いてきた。古今東西の名著を、廉価で手に入りやすい形で提供してきたからこそ、人は文庫を自分の師として、また青春の想い出として、語りついできたのである。

その源を、文化的にはドイツのレクラム文庫に求めるにせよ、規模の上でイギリスのペンギンブックスに求めるにせよ、いま文庫は知識人の層の多様化に従って、ますますその意義を大きくしていると言ってよい。

文庫出版の意味するものは、激動の現代のみならず将来にわたって、大きくなることはあっても、小さくなることはないだろう。

「電撃文庫」は、そのように多様化した対象に応え、歴史に耐えうる作品を収録するのはもちろん、新しい世紀を迎えるにあたって、既成の枠をこえる新鮮で強烈なアイ・オープナーたりたい。

その特異さ故に、この存在は、かつて文庫がはじめて出版世界に登場したときと、同じ戸惑いを読書人に与えるかもしれない。

しかし、〈Changing Times,Changing Publishing〉時代は変わって、出版も変わる。時を重ねるなかで、精神の糧として、心の一隅を占めるものとして、次なる文化の担い手の若者たちに確かな評価を得られると信じて、ここに「電撃文庫」を出版する。

1993年6月10日
角川歴彦

電撃文庫DIGEST　4月の新刊

発売日2023年4月7日

86―エイティシックス― Alter.1 ―死神ときどき青春―

著／安里アサト　イラスト／しらび
メカニックデザイン／I-IV

たとえ戦場であろうとも、彼らの青春は確かにそこに在った――。店舗特典SSやフェア限定SS、さらには未発表短編、安里アサト書き下ろし短編を多数収録した珠玉の1冊！　鮮烈なる青春の残り香を追う！

姫騎士様のヒモ4

著／白金 透　イラスト／マシマサキ

迷宮都市へと帰還したマシューを待ち受けていたのは、想像とは正反対の建国祭に浮かれる住人たちの姿。スタンピードは、太陽神教は、疑問を打ち消すような喧騒のなか、密かにヤツらは街の暗部を色濃く染めていき――

三角の距離は限りないゼロ9 After Story

著／岬 鷺宮　イラスト／Hiten

奇妙な三角関係が終わってしばらく。待っていたのは、当たり前の、だけど何より願っていた日常だった。恋人どうしの何気ないやり取り、それぞれの進路、そして卒業――。二人の"今"を綴るアフターストーリー。

ウィザーズ・ブレインIX 破滅の星〈中〉

著／三枝零一　イラスト／純 珪一

世界の運命を決する大気制御衛星は魔法士サクラの手に落ちた。人類を滅ぼそうとする賢人会議に対し、シティ連合も必死の反攻を試みる。激突する両者に翻弄される天樹錬や仲間たちに、決断の時は刻々と迫っていた。

新作 30ページでループする。そして君を死の運命から救う。

著／秋傘水稀　イラスト／日向あずり

ペンギンの着ぐるみをまとった謎の少女との出会いは、悲劇を止める熾烈な"シナリオバトル"の始まりだった。夏祭り会場で発生した銃撃事件。とある少女の死をきっかけに、俺は再びその日の朝に目覚め――。

新作 天才少女、桜小路シエルは異世界が描けない

著／春日みかげ　イラスト／Rosuuri

自称天才マンガ家のシエルは、異世界ファンタジーの執筆に難航していた。「描けないなら実際に来ればよかったのだ！」　マンガを描くため、いざ異世界へ！　けれど取材は一筋縄ではいかないようで……？

新作 未練タラタラの元カノが集まったら

著／戸塚 陸　イラスト／ねいび

一度終わった関係が再び動き出す高校二年の春。どうやら元カノ三人が集まって何かを企んでいるようで……!?

新作 悪役御曹司の勘違い聖者生活 ～二度目の人生はやりたい放題したいだけなのに～

著／木の芽　イラスト／へりがる

悪役領主の息子に転生したオウガは人がいいせいで前世で損した分、やりたい放題の悪役御曹司ライフを満喫することに決める。しかし、彼の傍若無人な振る舞いが周りから勝手に勘違いされ続け、人望を集めてしまい？

クセつよ異種族で行列ができる結婚相談所
～看板ネコ娘はカワイイだけじゃ務まらない～
五月雨きょうすけ
ill. 猫屋敷ぷしお
見習い秘書係のネコ娘、今日も頑張っています！
第29回 電撃小説大賞 受賞作
電撃文庫
特設サイトをcheck!!
STORY
訪れるのはワケあり相談者ばかり？
異種族同士の婚活って大変なんです！
ドタバタ婚活ファンタジー、はじまります!!
電撃文庫

仁木克人
ill.堀部健和
魔王城、空き部屋あります！
Demon King's Castle For Lease!
魔王城を、魔王自らマンション経営!?
豊洲ではじまる
不動産コメディ!!
あいあむ勇者
電撃文庫